dtv

Nach einer globalen Katastrophe haben die zwei überlebenden Supermächte jahrhundertelang in völliger Isolation voneinander existiert. Doch eines Tages bricht eine Expedition auf in das Gebiet des ehemaligen Gegners. Es sind merkwürdige und unheimliche Erfahrungen, die die Expeditionsteilnehmer dort machen: Sie blicken auf eine hoch technisierte Zivilisation, die seit der Katastrophe ganz andere Wege gegangen ist. Die Bewohner leben – aller materiellen Sorgen enthoben – für ihr Spiel, für ihre Forschung, für die Kunst. Sie leben in einem technischen Paradies, doch ist es ein menschliches? Dan wagt als Erster die Kontaktaufnahme ...

Herbert W. Franke, 1927 in Wien geboren, studierte Physik, Mathematik, Chemie, Psychologie und Philosophie. Er promovierte an der Universität Wien mit einem Thema aus der Theoretischen Physik zum Doktor der Philosophie. Seit 1957 ist er freier Schriftsteller. 1980 wurde Franke zum Mitglied des Deutschen PEN-Clubs gewählt. Im selben Jahr wurde ihm der Berufstitel Professor verliehen. Er ist Mitglied der Grazer Autorenversammlung und erhielt zahlreiche Preise, darunter mehrere für jahresbeste Science-Fiction-Romane. Frankes faszinierende Utopien basieren auf den Erkenntnissen seiner wissenschaftlichen Arbeit. Neben Autoren wie Philip K. Dick oder Stanisław Lem ist Franke einer der bekanntesten Science-Fiction-Autoren der Gegenwart.

Herbert W. Franke

Zone Null

Roman

Deutscher Taschenbuch Verlag

Von Herbert W. Franke
sind im Deutschen Taschenbuch Verlag erschienen:
Sphinx_2 (24407)
Cyber City Süd (24470)

April 2006

www.dtv.de
Erstveröffentlichung: München 1972
Ein Projekt der AVA international GmbH
Autoren- und Verlagsagentur, Herrsching
Umschlagkonzept: Balk & Brumshagen
Umschlaggestaltung: Stephanie Weischer unter Verwendung
einer Illustration von Corbis / Darren Winter
Satz: Fotosatz Reinhard Amann, Aichstetten
Gesetzt aus der Sabon 10/12'
Druck und Bindung: Druckerei C. H. Beck, Nördlingen
Gedruckt auf säurefreiem, chlorfrei gebleichtem Papier
Printed in Germany
ISBN-13: 978-3-423-20882-6
ISBN-10: 3-423-20882-1

Das Glas der Kabinenfenster war mit weißer Farbe überstrichen, aber die meisten kratzten sie heimlich weg. Zuerst gab es wenig zu erkennen. Sie waren am Rand des bewohnten Distrikts gestartet, der Schein der Beleuchtungssatelliten drang nur streifend durch die schwarzen Schwaden des Smogs. Graue Rechtecke, tiefe Schattenlöcher darin, da und dort ein unbestimmtes Glitzern.

Dann stiegen sie höher, tauchten von unten in die trägen Massen, starrten ins wirbelnde Dunkel, nur gelegentlich ein Blick in einen Nebelabgrund mit zerfressenen Rändern – dann plötzlich riss der flatternde dunkle Vorhang auf, und über ihnen strahlte der Nachthimmel mit unzähligen Lichtpunkten: die Sterne, von den Lehrprogrammen her gut bekannt, gelegentlich in Planetarien bewundert, und doch erstaunlich. Nirgends waren sie so beschrieben, wie sie wirklich waren, nirgends so gezeigt.

Das Meer des Smogs wogte tief unter ihnen. Allmählich wurden die Schwaden dünner, bildeten Wirbel, Löcher. Unten ahnte man es mehr, als man es sah: das unbekannte Land.

Dort unten, irgendwo musste die Grenze liegen. Keine Befestigungen mehr, Gräben, Drahtverhaue, Wachttürme, keine Panzersperren, Mauern, kein eiserner Vorhang. Nicht viel mehr als eine gedachte Linie. Doch die Sperre war absolut, die Befestigung unüberwindlich. Radar, Seismografen, versteckte Fernsehkameras, dahinter der Ring der Raketenbasen. Vielleicht auch andere Kontrollen, andere Waffen, wer wusste es? Es war gespenstisch, wie sie jetzt so einfach darüber hinwegflogen.

Gegen Morgen erlebten sie ein Schauspiel, wie es sonst nur die Lehrfilme bieten: Die Sterne verblassten, der Himmel überzog sich mit milchigem Rosa, und dann stieg der Sonnenball über den Horizont, viel heller als die blasse Scheibe, die tagsüber durch den Dunst erkennbar war, gleißender sogar als die Beleuchtungssatelliten bei voller Intensität. Jetzt wanderte unter ihnen die Landschaft dahin – ein Muster aus Weiß, Grau und Schwarz, Anflüge von Grün – aufkeimende Pflanzen inmitten der Asche, dazwischen Kreise aus Ocker, Krater, aufgewühlte Erde, Lehm. Ein spiegelndes Adernetz, ein Fluss, in Hunderte Arme gespleißt, daneben eine endlose graue Gerade – das drainierte Bett, jetzt trocken; Berge aus aufgeworfenem Gestein hatten es in seinem Oberlauf gesperrt, und der Strom hatte sich neue Wege gebahnt. Die Zone Null.

Jetzt kippte der Boden, die Motoren sangen höher, der Rumpf des Transporters vibrierte; der Pulk schwenkte ein, folgte den spiegelnden Wasserfäden. Rechts und links Hügelketten, lange Schatten daneben, dann wieder Ebene, Spuren alter Bebauung, eine Zeichnung aus Strichen und Kurven, einst Straßen, Schienen, dort das Skelett einer Brücke, Trümmerhaufen, einst Dörfer und Städte, Abschussrampen, unbeschädigt, aber leergefegt. Und dann schob sich eine unübersehbare gelb und grau gesprenkelte Fläche heran, riesig und leer, die bald das gesamte Gesichtsfeld einnahm.

Eine Stunde noch. Langeweile, trotz der Erwartung, Flug über das Nichts. Die Soldaten in ihren schweren Ausrüstungen rückten hin und her, eine leise Unterhaltung kam auf, dazwischen lautere Worte, Scherze …

Bis der Lautsprecher die nächste Phase einleitete.

Helme aufsetzen, Funkgeräte einschalten! Gesichtsklappen schließen! Lehnen aufrecht stellen! Köpfe an die Knie! Hände an den Nacken!

Schleusentüren schließen! Landefähre ab!

Es ruckte kurz, der Magen hob sich, das Gefühl des Schwebens … das Aufheulen der Gleitflügel, der sanfte Andruck wie im Lift, einige mühsame Atemzüge lang. Dabei, etwas unangenehm, das Warten auf die Landung – würden sie gut aufsetzen? Das Ganze wie bei einer Übung. War es eine Übung?

Wer noch einen Blick durch die freigekratzten Fenster geworfen hatte, konnte vorn rechts ein matt blinkendes Gebilde erkennen – wie Schaum, der auf Wasser liegt. Unten war nichts mehr davon zu sehen.

Er war zurückgekommen – wie geplant.

Er hatte damit gerechnet, daran geglaubt und daran gezweifelt. Er hatte darauf gehofft und sich davor gefürchtet. Er hatte es sich ausgemalt: das Wiedersehn, die vertraute Umgebung, die Glückwünsche und Ehrungen, und dann die lange, verheißungsvolle Arbeit – die Auswertung der Daten. Das war die selbstverständliche Folge der Schritte im Programm.

Und jetzt verstand er das Selbstverständliche nicht. Er fühlte sich nicht so, wie er es erwartet hatte, war weder ruhig noch sicher, weder stolz noch zufrieden.

Durch die Kunststoffscheiben blickte er in die Umgebung. Es hätte eine Garage sein können, ein Hangar, eine leere Sporthalle. Irgendwo über ihm, außerhalb seines Gesichtsfelds, brannte trübes Dauerlicht. Die Schatten in den Ecken wirkten wie kantige Löcher. Vor der Rolltür saß ein Posten auf einem Schemel, die MP auf den Knien.

Sie hatten ihm einen Käfig gebaut, ein Plastikgehäuse, einen Palast aus synthetischem Glas, eine Suite von Zellen, viel zu groß für ihn, den Arzt und die Krankenschwester.

Vielleicht war es das: dass er allein war. (Sein medizinischer Überwacher und die Schwester zählten nicht. Es waren Nullen. Das Mädchen war blond und aufreizend hübsch,

Pflegerin und Sekretärin. Sie umsorgte ihn mit penetranter Unterwürfigkeit. Der Arzt hatte angedeutet, sie wäre nicht abgeneigt, mit ihm zu schlafen – wenn er diesen verständlichen Wunsch verspürte, nach der langen Expedition ...) Pavel, Greg, Josef, Tibor und Sonja; er versuchte, jeden einzelnen des Teams aus der Erinnerung heraus lebendig werden zu lassen, aber sie blieben Schemen. Der Schleier, der vor den Dingen lag, umfasste auch die Gestalten der Vergangenheit. Er war nicht so traurig darüber, ohne die anderen zurückgekommen zu sein, wie er es hätte sein müssen. Nein, daran lag es nicht. Er stieß die Illustrierten beiseite, die Sportzeitschriften, Magazine und Rätselhefte, die sie ihm immer wieder auf den Tisch schoben. Am liebsten hätte er sie zerfetzt oder an die Wand geworfen, aber dann käme der Arzt angerannt, und das blonde Flittchen, und sie würden ihn wieder martern – EKG, Pulsschall, EEG, Blutsenkung. Urin, Gewebeproben; sein Körper war mit Pflästerchen bedeckt, überall dort, wo sie ihm Haut, Muskelfleisch, Knochen entnommen hatten. Sie beobachteten ihn unablässig, beim Wachen, im Schlaf, beim Lesen, Essen, ja selbst auf der Toilette; sie sammelten seine Fäkalien und durchsuchten sie mit ihren Mikroskopen. Sie waren nicht zufrieden mit ihm, weil er sich anders verhielt als ein Held, und sie suchten den Grund in der Verdauung.

War er ein Held? Das Wort lag außerhalb seines Begreifens. Der Ministerpräsident hatte ihn so genannt, der Oberbefehlshaber der Luftstreitkräfte hatte ihm einen Orden überreicht. Die Niederlage wurde zu einem Sieg umfunktioniert. Kadetten hatten Fahnen geschwenkt, und einer von ihnen hatte einen Absatz aus dem Basaltext vorgelesen:

... Soweit das Leben nur ein bloßer Prozess zwischen Mensch und Natur ist, bleiben seine einfachen Elemente allen gesellschaftlichen Entwicklungsformen gemein. Aber jede bestimmte historische Form dieses Prozesses entwickelt die materiellen Grundlagen und gesellschaftlichen Formen

weiter. Auf einer gewissen Stufe der Reife angelangt, wird die bestimmte historische Form abgestreift und macht einer höheren Platz. Dass der Moment einer solchen Krise gekommen ist, zeigt sich, sobald der Widerspruch und Gegensatz zwischen der materiellen Entwicklung und der gesellschaftlichen Form Breite und Tiefe gewinnt.

Eine Minute lang hatten sie geschwiegen und jener gedacht, die nicht zurückgekehrt waren. Dann hatten sie wieder auf Jubel umgestellt, ihn durch das Glas wie ein seltenes Tier betrachtet, und schließlich waren sie abgezogen. Das Fernsehen war einige Male gekommen, Regisseure, Fotografen, Beleuchter, die Kameras hatten ihn mit starren Augen eingekreist, später hatte man ihm sein Bild auf den Titelseiten gezeigt, wie er am Fenster saß, höflich lächelnd, den Telefonhörer am Ohr. So wurde er der Freien Welt bekannt.

Inzwischen schien ihn die Öffentlichkeit vergessen zu haben. Nur die Offiziere erschienen täglich, die Ärzte, Psychologen, Soziologen, die Biologen und Physiker, die schweigenden Männer vom IKD, stets kamen sie in Rudeln, setzten sich vor den Lautsprecher, klopften auf die Mikrofone, schalteten ihre Geräte ein, und er saß im Schaufenster, mit Elektroden am Schädel, an der Brust und am Rücken, mit Hygrosonden an den Handflächen, sie fragten, er antwortete, und ihre starren Mienen verrieten nicht, ob sie ihm glaubten. Es bestand auch keine Notwendigkeit dafür, ihm zu glauben oder nicht zu glauben; an den Lügendetektoren konnten sie ablesen, ob er die Wahrheit sprach. Ja, noch mehr: ob er befangen war oder nervös, ob er sich ängstigte, ein schlechtes Gewissen hatte oder etwas verschwieg. Und wenn die Befragung vorbei war, eher ein Verhör, dann steckten sie ihre Notizblöcke ein, schoben die Kugelschreiber in die Taschen der Uniformjacken, reckten sich und gingen hinaus. Noch keiner hatte ihn gegrüßt.

Zuerst hatte er es geduldig ertragen, später ließ er eine leichte Gereiztheit erkennen, zu der er sich berechtigt glaubte, doch dann begann er an seinen Rechten zu zweifeln und bekam Angst davor, sie könnten ihn noch länger in seinem Käfig festhalten, und er wurde wieder höflich, hilfsbereit, zuvorkommend, aber sein Verdacht erhärtete sich bis zur Gewissheit: 40 Tage sollte die Quarantäne dauern – jetzt waren es 43 Tage. Er war ein Gefangener.

Sie setzten hart auf, aber nicht härter als sonst, die Federn fingen den Impuls ab, sie schwangen auf und nieder. Der Bremsmechanismus rüttelte sie durch, die Wände klappten hoch ...

Sie sprangen, rannten los, zehn Meter weit, warfen sich zu Boden ... es blieb still. Der Boden, den sie durch die Scheiben ihrer Helme unter sich sahen, bestand aus Grus von glasigen Massen – ähnlich dem Bruch von Sicherheitsglas. Es gab weder Gras noch Bäume, weder Tiere noch Menschen – außer den Angehörigen der Landetrupps. Auch die Geigerzähler schlugen nicht aus. (Das war das Wichtigste, hier lag das große Risiko der Aktion.)

Sie mussten liegen bleiben, bis das Manöver beendet war. Die Fähren setzten dicht nebeneinander auf, und man konnte nicht erwarten, dass alle glatt landeten. Bei den Übungen hatte der Mechanismus gelegentlich versagt, und einzelne Gleiter waren wie Steine zu Boden gefallen. (Nur wenige wussten, dass sie unbemannt gewesen waren; es handelte sich um eine psychologische Maßnahme – die Vorbereitung auf den Ernstfall, bei dem nicht unbedingt alles glatt gehen musste.)

Diesmal ging alles glatt. Der weißblaue Himmel war von schwarzen Punkten übersät, die zuerst schnell, dann langsamer tiefer sanken. Von jenen Fähren, die in der Nähe herabkamen, hörte man das Sausen der beiden Kränze gegenläufiger Flügelräder, die durch den Aufwind bewegt wurden und die gewonnene Energie über ein Düsenaggregat in Auftrieb umsetzten.

Nach fünf Minuten war alles beendet. Sie hatten die Erlaubnis bekommen, aufzustehen – es drohte keine unmittelbare Gefahr –, und nun lungerten sie in ihren unförmigen Kombinationen untätig herum. Nur ein Trupp entwickelte roboterhafte Geschäftigkeit, eine Fernsehkamera wurde aufgestellt, der Boden gelockert, und dann ordneten sich 50 Soldaten in Reih und Glied.

Es knackte im Helmlautsprecher. »Das kann doch nicht wahr sein – der Marinechor in Paradeuniform!«, das war Tibor.

»Ein Strafpunkt für L 10/6. Funkgeräte nur für Dienstgebrauch und in Notfällen.«

Und dann kamen die denkwürdigen zehn Minuten, in denen die Freie Welt von der Aktion erfuhr.

Sondermeldung: Heute, drei Uhr früh, begann das bedeutendste Unternehmen in der Geschichte der Freien Welt. Die vereinigten Verbände haben eine Landeaktion begonnen, die um vier Uhr sechsundzwanzig planmäßig abgeschlossen war. Das Ziel ist die Integration der Zone Null, die Säuberung der verseuchten Landstriche. Ein Team aus Angehörigen der Wissenschaftlichen Akademie, bestehend aus Strahlenmedizinern, Humangenetikern, Virologen, Geologen, Botanikern und Ökologen, hat einen Plan zur Sanierung und späteren Besiedlung ausgearbeitet. Die Bevölkerung, die noch unterdrückt und hermetisch abgeschlossen in den Städten lebt, wird vom Joch der jetzigen Machthaber befreit werden. Die Vorbereitungen für die Umschulung sind getroffen.

Über Rundfunk und Fernsehen wird laufend über das Unternehmen berichtet werden. Wir schalten um zur ersten Übertragung.

CS: Es ist ein stolzer Augenblick für die Menschheit: Bald wird es auf der Erde keinen Zwang mehr geben. Der Preis dafür ist hoch – die Gefahr, der sich unsere Truppen aussetzen. Doch die schwerste Hürde ist genommen, es gibt keine

Gegenwehr. Dort, wo sonst jeder Versuch, die Grenze zu überschreiten, rücksichtslos niedergeschlagen wurde, schweigen heute die Waffen. An mehreren Stellen des Sperrgebiets gleichzeitig gelang die Landung. Der Augenblick rückt näher, da wir den restlichen Teil der Welt, der sich unseren Bemühungen zur Verständigung bisher entzogen hat, in Besitz nehmen werden. Wir schalten um in den Distrikt K 11/U 16. Dort wurde soeben eine Fernsehkamera aufgestellt, die den entscheidenden Akt übermitteln wird. Wir blenden uns in die direkte Verbindung zwischen der Befehlsstelle und dem Landekommando ein:

S: » . . . keine Verluste, eine Bilderbuchlandung.«

HQ: »Radioaktivität?«

S: »Geringfügig – wir messen laufend.«

HQ: »Krankheitskeime? Viren?«

S: »Schwer festzustellen. Bis jetzt nichts Auffälliges. Aber wir behalten die Schutzanzüge an.«

HQ: »In Ordnung. Eben hat sich das öffentliche Funksystem zugeschaltet. Vielleicht schildert ihr einmal, wie man sich fühlt, wenn man als Erster einen neuen Teil der Welt betritt. «

S: »Wir sind stolz! Und ergriffen! Wir alle wissen, was das bedeutet. Die schwerste Arbeit steht freilich noch bevor – es wird lang dauern, bis dieses Land besiedelt ist. Aber wir freuen uns, dass wir einen Beitrag dazu geleistet haben.«

HQ: »Habt ihr keine Bedenken wegen der Verseuchung?«

S: »Alle sind ruhig. Die Radioaktivität ist nicht höher als normal. Die Schutzanzüge sind gut; sie lassen keine Keime durch. Vorderhand atmen wir noch mitgebrachten Sauerstoff, doch wenn die ersten Analysen negativ sind – also nichts Gefährliches festgestellt ist –, schalten wir auf Filter um. Das Licht ist außerordentlich grell, aber das Glas unserer Helme absorbiert alle schädliche Strahlung. Sonst tut sich hier nichts Besonderes. Öd ist es hier und langweilig. Keine Mädchen« (lacht).

HQ: »Jetzt haben wir ein Videobild. Ich glaube, der feierliche Akt beginnt. Der Mann im Vordergrund ist Generalmajor Robin, der Chef der Landetruppen. Er wird einige Worte sprechen.«

Robin: »Hiermit sei dieses Land dem Besitz der Freien Welt überantwortet. Möge diese Stunde der Beginn einer friedlichen und fruchtbaren Entwicklung sein. Es lebe die Einigkeit, das Recht und die Freiheit!«

HQ: Drei Angehörige des Landungsteams ziehen die Fahne der Freien Welt am Flaggenmast hoch, von den Videokameras im Profil gegen den Himmel erfasst. Dazu erklingt die Hymne, vorgetragen vom Chor der Marine – die Stimmen wirken ein wenig gequetscht, denn die Helme müssen geschlossen bleiben. Die Fahne entfaltet sich im Wind. Man hört einzelne Jubelrufe.

Hatten Sie Angst?

Nein.

Es wäre die normale Reaktion gewesen.

Uns war versichert worden ...

Haben Sie darauf vertraut?

Ja.

Aber nicht völlig.

Nein, nicht völlig. So sicher war ich mir nicht. Ich wusste nicht, was geschehen könnte. Fernzündung des Treibstoffs? Störung der Steuerung? Lufttorpedos? Es wäre wahrscheinlich schnell gegangen. Wir hätten vielleicht gar nichts gemerkt. Angst hatte ich nicht.

Sie und Ihre Kollegen waren sorgfältig vorbereitet.

Ja.

Sie hatten sich seit langem mit dem Gedanken an eine Invasion beschäftigt. Hatten Sie nicht irgendeinen Verdacht, als Sie in die Zone Null hineinkamen, und es gab keine Abwehr?

Nein.

Haben Sie sich mit den Angehörigen Ihres Teams darüber unterhalten?

Wir haben kaum gesprochen.

Was empfanden Sie nach der erfolgreichen Landung im Sperrgebiet?

Dasselbe wie alle andern.

Genauer!

Ich freute mich, dass alles glatt gegangen war.

War das alles?

Ich wusste, was die Landung bedeutete. Ich glaube, ich war tief bewegt.

Als Tibor seine Bemerkung über den Marinechor machte, hat jemand gelacht. Wissen Sie, wer es war?

Ich habe gelacht. Wir hatten uns früher einmal über den Chor amüsiert. Es hatte nichts mit den Feierlichkeiten zu tun.

Lieben Sie Musik?

Ja.

Was für Musik?

Nun, ... nicht gerade Chorgesang.

Hatten Sie damals irgendwelche Zweifel am Gelingen der Besetzung?

Nein.

Wir haben eine Bemerkung von Ihnen registriert ... es war, warten Sie ...

Ich weiß, was Sie meinen ... Ich wusste, dass noch wichtige Aufgaben bevorstanden. Unsere Situation – ich meine, die unseres Teams – war von jener aller übrigen verschieden. Wir waren länger auf den Einsatz vorbereitet worden. Alles ging vor sich, wie wir es unzählige Male geübt hatten, es war nichts Überraschendes mehr dabei. Und außerdem ... die Aufgabe der anderen war beendet, unsere fing erst an.

Dan – Kybernetiker, Homöostase bei komplexen und sehr komplexen Systemen, Organisationskybernetik, Spieltheorie, allgemeine Formalismen für strategische Konzepte.

Pavel – Soziologe, Verhaltenslehre des Menschen, Informationswege in Soziostrukturen, politische Konzepte; Theoretiker der Umschulung.

Greg – Linguist, Übersetzungsautomaten, alte Sprachen, Geschichte; Spezialist für das Brechen von Codes.

Josef – Schwachstromtechniker, Funker, Erfahrung mit Hör- und Sehfunkübertragungen; Verwalter der Vorräte.

Tibor – Elektrotechniker, Feinmechaniker, Waffentechniker, Pilot.

Sonja – Sprecherin, Fernsehansagerin, Dolmetscherin; mit 18 Jahren Jahresbeste im Zehnkampf.

Sie lehnten in den harten Kissen des Ballonwagens. Sie trugen ihre Schutzanzüge und schwitzten unter der ungewohnt stechenden Sonne. Tibor hockte hinter dem Steuerrad und fluchte.

Vor ihnen fuhren sechs der Transporter und, allen weit voran, der Rover, der automatische Analysewagen. Seine besondere Aufgabe: Kontrolle der Radioaktivität. Erst zweimal hatte er Alarm gegeben, sie hatten strahlende Inseln umfahren, aber es war eher eine Vorsichtsmaßnahme gewesen, sie hätten die Strahlung ohne Weiteres, auch längere Zeit hindurch, vertragen. Übertriebene Sicherheit – so würden sie wohl weiterhin verfahren müssen, wenn sie Erfolg haben wollten. Aber Sicherheit schränkt den Freiheitsgrad ein, dachte Dan. Doch er sagte nichts.

Wieder war es Tibor, der aussprach, was alle dachten. »Warum lassen sie uns nicht die verdammten Masken abnehmen? Man kann sich ja nicht einmal den Schweiß abwischen. Die Sichtscheibe läuft an – wie soll ich da steuern?«

»Hättest Scheibenwischer einbauen müssen.«

Die Radioaktivität lässt sich kontrollieren. Das Problem waren die Krankheitserreger. Hatte hier jemand entkeimt? Niemand wusste es. Sporen und Viren altern nicht, bleiben virulent. Eine genaue Analyse dauert Tage ... Mikroskop, Stereoscan, Immuntest. Doch selbst das sind nur Stichproben.

»Seid still«, bat Josef.

»Tut sich was im Äther?«

»Eine Menge!«

»Lass uns mithören!«

Er ließ den Schalter nach rechts klicken, und alle horchten. Es knackste, heulte, summte.

»Sind unsere Geräte entstört?«

»Ja. Es kommt von draußen.«

Josef wies nach vorn. Noch war nichts zu sehen als Grus – eine Wüste, ohne Abwechslung, ohne Anhaltspunkte, künstlich eingeebnet, trostlos.

»Sonst nichts? Morsezeichen? Sprache? Geh auf andere Wellenlängen!«

»Tu ich die ganze Zeit. Nichts. Nur diese Geräusche. Es ist aber kein leeres Rauschen ... Horcht!«

Es sang, hoch, tief, hoch, tief.

Sie hörten es den ganzen Tag – es änderte sich nicht, doch es wurde lauter.

Am Abend wurde das Zeichen zum Halten gegeben. Der Rover schlug einen Kreis, durchschnüffelte die umrundete Fläche. Kein Zeigerausschlag.

»Freigegeben!«

Der Tross rückte nach – fünfzehn Fahrzeuge, zehn Mannschaftswagen, fünf Transporter. Die Soldaten stiegen aus, plump in ihren Anzügen, aber bald standen die Zelte, waren die Luftschleusen bereit.

Die sterilisierende Flüssigkeit überrieselte sie. Das Aerosol hing in der Luft wie Nebel, und sie warteten auf den Niederschlag. Die automatische Uhr beseitigte die Sperre, sie stießen den Deckel auf, stiegen hinein, schälten sich aus ihren Rüstungen.

»Das tut gut!«

»Jetzt eine kalte Dusche!«

»Wir haben zwölf Liter Wasser pro Tag; also seid sparsam!«

»Regnet es hier nie?«

»Vielleicht kontrollieren sie das Wetter.«

Sie blickten durch die Fensterschlitze in der welligen Kunststofffolie, in Augenhöhe rings um das Zelt angeordnet.

»Warum lassen sie sich nicht sehen?«

»Wissen sie nicht, dass wir kommen?«

»Sie verlassen ihre Städte nie.«

»Und die automatische Verteidigung?«

»Ist außer Funktion – sonst wären wir nicht so weit gekommen. «

»Vielleicht sind sie wehrlos, haben Angst.«

»Vielleicht leben sie nicht mehr.«

»Und die Funksignale?«

»Erinnere Josef nicht an die Signale, sonst setzt er sich sofort wieder an seinen Kasten. Er soll lieber ein paar Konserven herausrücken.«

»Und ein paar Dosen Bier!«

Auf zwei Luftmatratzen saßen sie beisammen und fühlten sich wohl. Sie hatten gelernt zu essen, wenn Essen auf dem Programm stand, und zu schlafen, wenn Schlafen auf dem Programm stand, sie waren drei Jahre lang ausgebildet worden, nicht immer in dieser Besetzung, doch so hatte sich die Mannschaft schließlich ergeben – als die stabilste Kombination, die möglich war. Sie waren einander sympathisch, vertrugen sich, ohne sich anzuöden; sie wussten genau, dass Pavel ausgewählt worden war, weil er Ruhe ausstrahlte und Differenzen zu schlichten verstand. Tibor hatte gegensätzliche Charaktereigenschaften; er war lebhaft und erregte sich oft über Kleinigkeiten. So kam es nie zu jener lähmenden Erstarrung, wobei jeder nur vor sich hinbrütet. Aber niemand zweifelte daran, dass Tibor, wenn es hart auf hart ging, einer der Zähesten war. Und Sonja? Wahrscheinlich hatte man aus ähnlichen Gründen eine Frau eingeschaltet; so gab es immer Spannung – eine unterdrückte Spannung allerdings, denn die dunkelblonde Sonja strahlte Kälte aus wie Eis.

Sie sahen sich überraschend ähnlich, wie sie so dasaßen in ihren lehmbraunen Anzügen aus schmiegsamem Stoff, der im Innern der Schutzkombination weder knüllte noch rieb. Sie sahen aus wie Geschwister, obwohl sich Geschwister selten so ähnlich sehen, und sie waren sich einig wie die Angehörigen einer Sekte.

Pünktlich um 20 Uhr, wie vorgesehen, kam über Funk ein Lagebericht aus dem Hauptquartier, der nicht viel mehr besagte, als dass es keine Zwischenfälle gegeben habe. Danach gab der Offizier vom Dienst die Tagesinstruktionen durch – Ausgabe von Treibstoff und Proviant für morgen, Einteilung der Wachen.

Danach kam der Befehlshaber der Abteilung zu einem kurzen Besuch in ihr Zelt. Eigentlich war er ihr Vorgesetzter, aber er gab sich freundschaftlich. Er setzte sich auf die Gummimatratze – neben Sonja, worüber sie alle verstohlen lächelten.

»Kaffee oder Bier?«

»Habt ihr noch Mineralwasser?«

Er hatte den Rang eines Obersten, doch seine Machtbefugnisse reichten weit darüber hinaus. Es war ein offenes Geheimnis, dass er im IKD eine führende Rolle spielte. Seine Scherze waren plump, doch er schien es nicht zu merken, und so wirkten sie nie peinlich; seine Versuche, mit Sonja zu flirten, brachten ihm nur gelassene Antworten ein. Wieder registrierten sie es mit Genugtuung; keiner hatte bei Sonja Erfolg gehabt – jeder hatte es versucht –, und nun gaben sie sich damit zufrieden und empfanden es als eine Art Treue, dass sie den Offizier abblitzen ließ.

»Ihr habt einen Sonderauftrag«, sagte der Oberst, »und ihr seid sorgfältig darauf vorbereitet worden. Die Schwierigkeit liegt darin, dass niemand genau weiß, was ihr tun sollt. Wir wissen zu wenig über die Bewohner der Städte. Was wir wissen, ist Jahrhunderte alt, überholt. Das habt ihr alles gelernt: die gesellschaftliche Ordnung, die Verhaltensweisen, die ethischen Werte, die Sprache ... Ich fürchte nur, dass das meiste sinnlos ist, dass ihr damit nichts anfangen könnt. Wahrscheinlich hat sich alles verändert, ist die Entwicklung weitergegangen – auch bei uns hat sich einiges getan.

Aber in welcher Richtung ging die Entwicklung? Hat ihre Technik weiterhin so große Fortschritte gemacht? Wie sieht ihr politisches System heute aus? Wie läuft ihr Leben ab? Woran arbeiten sie? Welche Ziele haben sie? Wir wissen nicht einmal, wie sie aussehen. Sind sie durch Mutationen verändert? Sind sie degeneriert?«

»Vielleicht leben sie nicht mehr.«

»Aber es gibt doch Anzeichen – die Funksignale ...«

»Automaten, die ihre Schöpfer überlebten?«

»Niemand kann sagen, ob die Signale Bedeutung haben.«

»Seit der Isolation gab es keine Nachricht mehr von drüben.«

»Wir waren es selbst, die abgeriegelt haben.«

»Ja, weil wir erkannt haben, dass die größte Gefahr für die Störung eines Systems in der Infiltration von fremdem Gedankengut liegt.«

»Fremdes Gedankengut ist nicht unbedingt schlecht.«

»Es ist destruktiv – für das eigene System, das nach anderen Prinzipien funktioniert.«

»Ob es richtig war oder falsch, was damals geschah ... jetzt sind wir in die nächste Phase der Geschichte eingetreten.«

»Warum gerade jetzt?«

Der Oberst beachtete diese Frage nicht. Er veränderte seine Stellung auf der Luftmatratze und versuchte sich bequemer zu setzen.

»Was ich jetzt sagen werde, ist streng geheim. Es betrifft die Vorgeschichte und darf auf keinen Fall an die Öffentlichkeit dringen. Es könnte Unruhe stiften. Das ist auch der Grund dafür, dass es euch erst jetzt mitgeteilt wird.«

Tibor räusperte sich, aber er sagte nichts.

»Die Versuche, die Sperre zu durchbrechen, begannen schon sehr früh, eigentlich schon kurz nach der Isolation. Selbstverständlich wurde der Funkverkehr abgehört, aber wir sind sicher, dass die abgefangenen Zeichen ohne semantischen Inhalt waren. Die Analyse deutete eher auf Steuersignale für Kontrollgeräte, und wir wissen ja, dass diese aktiv waren.

Wir haben das systematisch überprüft – zuerst mit Versuchstieren, später mit Automaten. Die Sperre war lückenlos. Ob am Boden, in der Luft oder unter der Erde, unsere Objekte wurden abgefangen. Sie wurden geortet – und sie wurden zerstört. Nicht immer auf die gleiche Art, aber stets wirkungsvoll. Manchmal waren es ferngesteuerte Flugkörper, manchmal Energiefelder, Licht, Schall oder Elektrizität, manchmal konnten wir nicht feststellen, was sie vernichtet hatte.«

»Und ein direkter Angriff? Wurden auch schnelle Raketen abgefangen?«

»Das ist ein weiteres Kapitel unserer Erfahrungen mit diesem Land. Wir bereiteten uns natürlich auf einen Angriff vor – aus vorsorglichen Gründen selbstverständlich. Plötzlich kam eine Warnung; es ist bis heute ungeklärt geblieben, wie sie von unseren Plänen Wind bekamen.«

»Vielleicht dachten sie nur logisch?«

»Unvermittelt kündigten sie eine Demonstration ihrer Stärke an. Ihr wisst, dass der Mond Sperrgebiet ist, aber ihr wisst nicht, warum. Sie benützen ihn als Zielscheibe. Jedes Jahr erfolgt auf der Hinterseite, von der Erde aus unsichtbar, aber durch die Seismografen genau zu orten, eine Explosion. Offenbar handelt es sich um eine Kernwaffe unbekannter

Art. Sie haben bereits ein richtiges Muster in den Mondboden gepflügt ... witzigerweise ein Sechseckmuster – man weiß nie, wo der nächste Einschlag erfolgt, aber er liegt stets präzise in einem Rasterpunkt.«

»Eine wirksame Abschreckung!«

»Und jetzt?«

»Das Bombardement hat aufgehört.«

»Wann?«

»Vor fünf Jahren.«

»Eine Finte?«

»Wozu?«

»Was steckt dahinter?«

»Vielleicht ist ihr System zusammengebrochen.«

»Vielleicht fühlen sie sich stark genug, um auf eine solche Abschreckung verzichten zu können.«

»Eine Geste der Versöhnung?«

Der Oberst hob die Schultern, rutschte auf seinem Sitz hin und her, wobei er näher an Sonja rückte.

»Vielleicht ein Zeichen der Resignation. Sie müssen bemerkt haben, dass sich unser technischer Stand dem ihren nähert – wir holen auf, besonders auf dem wichtigsten Gebiet, dem der Kybernetik. Vor zwanzig Jahren haben wir unsere groben Probeobjekte durch miniaturisierte Automaten ersetzt. Einige waren nicht größer als Spielwürfel. Einige haben wir als Gesteinsbrocken oder Holzsplitter getarnt, einige in Tiere eingebaut, in Vögel oder Fluginsekten. Sie wurden trotzdem abgefangen, aber immerhin – sie konnten ein gehöriges Stück weit eindringen.«

»Wie steht es jetzt? Ist das Abwehrsystem noch in Betrieb?«

»Soweit wir festgestellt haben, nein. Seit fünf Jahren kommen wir mit unseren Automaten bis an den Rand ihrer Städte. Unsere jetzige Aktion ist die Konsequenz daraus.«

»Aber niemand kann sicher sein ...«

»Niemand. Natürlich nicht. Wir tragen ein Risiko. Aber

der negative Fall interessiert uns im Moment nicht. Wir stellen uns auf den positiven Fall ein. Morgen werden wir die Stadtgrenze erreichen. Wir haben den Befehl, einzudringen. Und dann beginnt eure Aufgabe. Wir werden euch beschützen.«

Dan lag auf dem Rücken und starrte zur Decke. Das Lager war weich, der Ventilator trieb einen schwachen Luftzug über ihn hinweg. Die Luft kam aus der Umwälzanlage, aus den Filtern, und nicht von außen. Es gab keine Verbindung mit der Außenwelt. Die Tür war abgeschlossen und ließ sich nur mit einem Spezialschlüssel öffnen, die Fenster waren keine Öffnungen, sondern durchsichtige Stellen in der Kunststoffwand.

Er richtete sich auf, schwenkte die Beine über die Kante, setzte die bloßen Füße auf die gewärmten Fliesen. Leise, um seine beiden Mitbewohner nicht zu wecken, stand er auf und trat ans Fenster. Ein plattes Gesicht starrte ihm entgegen, sein Spiegelbild? Plötzlich verschwamm es, ein paar Schritte, hohl und laut, draußen der Posten, nun wieder weiter entfernt ... er hielt seine Maschinenpistole umkrampft, zog sich Schritt für Schritt zurück ...

Schon jetzt war Dan kein Mensch mehr. Er war ein Monster, das man heimlich im Schlaf beobachtet, das einen das Gruseln lehrt, selbst wenn es im Käfig sitzt, dem man zutraut, dass es andere anspringt, zerfleischt, auffrisst, das auf unbegreifliche Art Einfluss ausüben kann, verzaubert, behext, entseelt, Scheusal, Gott, Golem, Missgeburt, Ungetüm ... man sollte ihrem Willen entsprechen, sollte ihnen geben, was sie erwarteten, sollte ihnen die Panik in die Knochen jagen, das Grauen ins Gehirn ...

Dan brach in Gelächter aus, als der Posten weglief, sich an die finsterste Ecke zurückzog. Dann erst merkte er den Grund: Er ertappte sich dabei, dass er das Gesicht an die

Scheibe presste und Grimassen schnitt, die Lippen verzog, die Zunge herausstreckte, die Augen rollen ließ, die Wangen aufblies ...

Er taumelte zum Lager zurück und versank in ein dumpfes Brüten.

Schlafen, traumlos schlafen ...

Doch sobald er die Augen schloss, wurden die Erinnerungen lebendig. Irgendetwas rief den Speicherinhalt seiner Gehirnzellen an, ohne dass er sich dagegen wehren konnte. Es strömte, verwirrend, chaotisch, überflutete ihn, ertränkte ihn ...

Nachwirkungen der Pharmaka?

Folge der Verhöre?

Vielleicht kam es nur vom Nichtstun, von der Leere seines Daseins. Müdigkeit, Überdruss, Langeweile ... Vielleicht war es die Hoffnungslosigkeit. Er hatte keine Zukunft – was sollte er erwarten? Er hatte keine Aufgabe mehr und sah kein Ziel.

Er hatte diese Leere schon einige Male kennen gelernt – es war nicht sein erster Einsatz gewesen. Wenn alles vorbei war, die Besetzung, die Analyse, die Übernahme der Kontrollen, die Umschulung, die Eingliederung, dann hatte er sie gefühlt. Ein Ziel zu erreichen ist immer ein Verlust. Man muss ihn hinnehmen, versuchen, sich wiederzufinden, sich einzugliedern in neues funktionelles Geschehen, ohne dass man nackt und hilflos ist.

Er hatte sie gefühlt, aber nur für kurze Zeit. Es gab weitere Aufgaben, ja eigentlich war alles nur Vorbereitung auf die eine große Aufgabe.

Sie begannen immer wieder von vorn. Unterricht, Training, Berechnungen, Simulationen, Prüfungen, Diskussionen, Programme. Die Isolierung. Der Countdown. Besetzung, Analyse, Übernahme der Kontrollen, die Umschulung, die Eingliederung. Rückkehr, die Pause, in der die Langeweile wächst und die Ungeduld. Eine neue Aufgabe ...

Sie hatten Erfolg gehabt.

Stets geht alles glatt.
Alles ist erprobt.
Durch Simulationen geprüft.
In Planspielen vorbereitet.
Die Programme sind fehlerlos.
Enthalten alle Möglichkeiten.
Sind auf Unwahrscheinlichkeiten eingestellt.
Beziehen selbst das Unvorhersehbare ein.
Die Entscheidungen sind zwingend
die Urteile begründet
die Risiken kalkuliert
die Rechnungen korrekt
die Systeme transparent
die Funktionen überschaubar
die Methoden effektiv
die Resultate vorhersehbar
Störungen werden beseitigt
Widerstände gebrochen
Misserfolg ist ausgeschlossen
Das schwächste Glied der Kette ist der Mensch.
Das schwächste Glied der Kette ist der Mensch.

Doch der Mensch ist flexibel
anpassungsfähig
fähig zu lernen
kann sich entwickeln
Unzulänglichkeiten ablegen
Widerstand aufgeben
Emotionen unterdrücken
Reflexe beherrschen
Impulse drosseln
sich in den Griff bekommen

Wir führen Sie – zur Perfektion
Wir schulen Sie

Wir beseitigen Ihre Schwächen
Wir schalten Ihre Instinkte aus
Wir legen eine Basis nutzvoller Motivationen an
Wir lehren Sie Objektivität
Wir lehren Sie Sachlichkeit
Wir lehren Sie das kühle Denken
Wir befreien Sie von überalterten Denkgewohnheiten
Wir befreien Sie von anarchischen Trieben
Wir befreien Sie von menschlichen Bindungen
Wir stellen Ihnen eine Aufgabe
Wir setzen Ihnen ein Ziel
Wir geben Ihrem Dasein Sinn ...

Dan zuckte zusammen, horchte auf. Die Augen waren ihm zugefallen, er war eingenickt. Sein Körper brauchte Erholung, aber seine Gedanken kamen nicht zur Ruhe, quälten ihn, verwirrten ihn. Er versuchte die Bilder zu ordnen, durchforschte sich selbst – sachlich, wie er es gelernt hatte, kühl, kritisch, auch im Stress ... er und die Mitglieder des Teams, sie waren perfekt geschult, beherrschten die Routinen, hatten sich in der Gewalt, kannten ihre Fähigkeiten, wussten ihr Instrumentarium zu gebrauchen, hatten stets einen Katalog heuristischer Methoden zur Hand, wenn die Bestimmungsstücke zur Lösung der auftretenden Probleme fehlten.

Konnte es Probleme geben, vor denen sie versagten? Fragen, die nicht ins Schema passten? Aufgaben, die sie überforderten?

War Perfektion relativ?

Gab es noch unbekannte Denkbereiche?

War ihr Wissen unzureichend?

Hatten sie sich getäuscht?

Wieder ertappte sich Dan bei unsachlichen Gedankensprüngen, beim Abirren in einen Dschungel abstruser Vorstellungen, bei unkontrollierten Emotionen.

Was war es, das ihn so hoffnungslos verwirrte?

Er sammelte sich, konzentrierte sich auf einen Punkt.

Was war es, das da in ihm Raum gewann, ihm die Herrschaft über sich selbst streitig machte?

Zweifel, ein schlechtes Gewissen ...?

Es dauerte lange, bis er es einsah, denn er hatte das Zweifeln verlernt. Die Ausbildung, die Lehrprogramme, die Politgespräche, die Psychostabilisation, das autogene Training – alles das hatte den Zweck gehabt, Sicherheit zu geben, Zweifel zu beseitigen. Und nun war das Gerüst, an dem er stets Halt gefunden hatte, unversehens zusammengebrochen, und er suchte in den Trümmern nach Anhaltspunkten.

Das war es: *Er zweifelte.*

Als er das einsah, öffneten sich Abgründe, und die Sprünge liefen bis in die fernsten Winkel des Gebäudes seiner Überzeugungen.

Waren die Besetzungen begründet gewesen?

Hatten sie den Einwohnern Gutes gebracht?

War ihre Aufgabe sinnvoll?

War die Freie Welt wirklich frei?

Waren ihre Ideale richtig?

Und wenn das nicht so war – was blieb?

Sie saßen wieder in ihren Fahrzeugen, steckten in den schweren Anzügen, schwitzten, schaukelten mit dem trägen Fahrzeug auf den Kissen der Ballonreifen. Die Kolonne fuhr vor ihnen und zog eine Staubfahne hinter sich her. Die Funksignale sangen ihre eintönige Melodie, einschläfernd, aber nicht beruhigend.

Plötzlich Pavel: »Halt an!«

Josef zögerte, doch Pavel bat: »Seht – was ist das? – dort drüben!«

»Wir sollten nicht zurückbleiben!«

»Nur einen Augenblick – das möchte ich mir ansehen!«

Pavel öffnete die Tür und ließ sich hinuntergleiten. Schwerfällig tappte er durch den Sand.

Es war so etwas wie ein schwarzer Stab, der dort im Grus steckte, an seinem oberen Ende eine Bewegung, ein gedämpftes Blinken.

»Schalt den Geigerzähler ein!«

»Schon geschehen.«

Erst lief Pavel zielbewusst auf die Stelle zu, eine flache Erhebung in etwa dreißig Meter Entfernung, dann plötzlich zögerte er, blieb stehen, alle sahen es: Der Stab war nicht mehr da.

»Habt ihr das gesehen?«

»Er ist im Boden versunken.«

»Unsinn! Er wurde durchsichtig und schließlich unsichtbar.«

»Hier dürfte es gewesen sein.« Pavel kniete nieder und wühlte Erde auf. »Es muss doch eine Spur zu finden sein!«

»Komm zurück! Sie rufen uns – wir müssen aufschließen.«

Inzwischen waren die zwei letzten Fahrzeuge, die die Nachhut bildeten, herangekommen und hatten gehalten. Von vorn forderte man sie dringend auf, so schnell wie möglich nachzukommen.

Pavel kam an den Wagen zurück und stieg missmutig auf. Die Fahrzeuge setzten sich in Bewegung. Josef versuchte das verlorene Terrain wieder wettzumachen, und der Wagen schwankte so stark, dass sie sich festhalten mussten. Zwanzig Minuten später kam die Stadt in Sicht.

»Sie nähern sich dem verbotenen Distrikt. Sie haben noch zehn Meter bis zur Grenze.

Acht Meter.

Sechs Meter.

Sie tragen selbst die Verantwortung für die Folgen.«

Vor ihnen lag eine Linie, von fern besser sichtbar als von

nah, jetzt schon fast verwischt, die Andeutung einer Bodenwelle, zu regelmäßig, um natürlichen Ursprungs zu sein, das Terrain dahinter ein wenig anders, ein veränderter Farbton, abweichende Textur.

»Noch vier Meter.

Noch zwei Meter.

Sie überschreiten die Grenze.

Sie befinden sich im verbotenen Distrikt...«

»Halt den Mund, Tibor! Spar dir die Scherze! Wir haben auf anderes zu achten!«

»So – und worauf? Wenn du eine Erleuchtung hast, dann heraus damit!«

Die Stadt lag noch fern, doch jetzt tauchte sie merklich über den Horizont. Was sie sahen, hatte noch nie ein Mensch gesehen: einen matt blinkenden Strich am Horizont, hängende Netze ohne sichtbare Verspannung. Wabentürme aus silbernem Gitterwerk. Und je näher sie kamen, umso deutlicher war zu erkennen, dass der Himmel darüber nicht normal durchsichtig war, sondern das Licht auf seltsame Weise brach oder krümmte. Es sah aus, als ginge von dem riesigen Bauwerk eine blauschwarze Flamme aus.

»Rätselhaftes Ding.«

»Was kann man von hier aus schon erkennen?«

»Diese Netze – vielleicht Absorber für Sonnenenergie.«

»Sicher ist die dunkle Flamme der Grund dafür, dass die Satellitenbeobachtung keine vernünftigen Bilder ergab. Sie wirkt wahrscheinlich als Verzerrungslinse. Außerdem steht sie nicht ruhig – sie oszilliert. Darum führten unsere Rekonstruktionsversuche zu so schlechten Ergebnissen.«

»Bald wissen wir mehr!«

»Hoffen wir es!«

Ohne Zwischenfall hatten sie die Stadtgrenze erreicht. Die Kolonne war in einem breiten Bogen ausgeschwärmt. Noch geschah nichts.

Vor ihnen, schwach nach außen gekrümmt, erstreckte sich

eine spiegelnde Wand – ohne Öffnung, ohne Stützen, gleichförmig, fehlerlos. Nirgends gab es einen Blick ins Innere; die einzige erkennbare Bewegung rührte von ihrem eigenen Spiegelbild. Je länger sie die Wand anstarrten, umso deutlicher sahen sie sich selbst, etwas verwischt, etwas verzerrt. Da und dort blinkte die Linse eines Fernglases, drehte sich eine Antenne.

Weiter oben bog die Wand leicht nach außen, bildete einen Überhang. Sie waren nicht so dicht herangefahren, dass sie darunter standen, aber das Hindernis unterband die Sicht. Noch nie waren sie so nahe ans Ziel herangekommen – und sahen jetzt nichts als sich selbst.

»Radioaktivität null.«

»Soweit erkennbar: keine Krankheitskeime.«

»Keine Funksignale.«

Josef drehte hastig an den Knöpfen – nichts. Auch das singende Auf und Ab des Dauersignals war verstummt.

»Empfang sehr schwach! Bitte, lauter.«

»Wir haben bereits auf höchste Sendeleistung geschaltet!«

»Keine Verbindung zur Befehlsstelle – Blackout!«

»Was bedeutet das, Josef?«

»Es bedeutet, dass wir uns in einem Medium befinden, das die elektromagnetischen Wellen reflektiert oder absorbiert.«

Tibor zog zwei Elektroden aus einem Kästchen und drehte ein Potentiometer über mehrere Teilstriche. »Josef hat Recht, die Luft ist stark ionisiert.«

Sie brüllten in die Mikrofone, konnten sich aber kaum verständigen.

»Es bedeutet, dass wir keine Anweisungen von außen mehr erhalten!«

»Kolonne kehrt! Tausend Meter zurücksetzen. Dort ein Lager errichten! Vorwärts!« Der Oberst schrie es in ein Megafon.

Dreißig Minuten später hatten sie die Zelte aufgestellt. Der Funkverkehr war wieder normal.

Wie war Ihre Reaktion auf die Beeinträchtigung des Funkverkehrs?

Ich habe ihn zur Kenntnis genommen.

Waren Sie beunruhigt?

Nein. Die Erscheinung war physikalisch erklärbar.

Die Verbindung zur Befehlsstelle war unterbrochen. Sie waren von der übrigen Welt abgeschnitten. Und das sollte Sie überhaupt nicht berührt haben?

Ich hatte das Bewusstsein, dass wir nun auf uns allein gestellt waren. Aber darauf waren wir ja vorbereitet. Mir war so, als hätte die Aktion erst jetzt begonnen.

Wie haben die übrigen Mannschaften reagiert?

Wir steckten in dicken Anzügen, in denen wir uns kaum bewegen konnten. Private Äußerungen über Funk waren verboten. Es gab keine Gelegenheit, sich über die Gefühle anderer ein Bild zu machen.

Gab es Unruhe? Litt die Disziplin?

Nichts dergleichen.

Haben Sie den Rückzug als eine Niederlage empfunden?

Nein, als taktisches Manöver.

Spielen Sie Dame oder Schach?

Ja. Aber nicht besonders gut.

Ärgern Sie sich, wenn Sie verlieren?

Nur wenn ich Fehler gemacht habe.

Wie war das Verhältnis der Angehörigen des Spezialistenteams untereinander?

Wie immer. Gut.

Haben Sie sich über die Situation unterhalten?

Ja.

Befanden sich alle körperlich wohl?

Ja.

Wie war die Laune?

Gut.

Hatte jemand Vorahnungen oder dergleichen?

Nein.

Riet jemand zur Umkehr?

Nein.

Es muss Ihnen doch klar gewesen sein, dass Sie im Begriff waren, sich mit einer unbekannten Macht auseinander zu setzen. Es muss doch gewisse Bedenken darüber gegeben haben, ob sich Ihre Aufgabe überhaupt erfüllen ließ?

Wir rechneten mit Schwierigkeiten, doch wir hatten keine Bedenken.

Vielleicht war das der Grund: weil man ihn ausgeschlossen hatte. Die Männer, die ihn mit Fragen quälten, gehörten derselben Abteilung an wie er. Die meisten aber waren ihm unbekannt, es waren junge Kräfte, Nachwuchs; aber auch jene, mit denen er früher zu tun gehabt hatte, ließen nicht merken, dass sie sich daran erinnerten. Dabei bestand kein Unterschied zwischen ihnen und ihm: Wäre irgendein beliebiger von ihnen an seiner Stelle, so hätte er nicht anders handeln können. Und säße er, Dan, mit jenen andern draußen, so hätte er versucht, genauso emotionslos zu konstatieren und abzuwägen wie sie jetzt.

Was wollten sie wissen? Was erwarteten sie? Eine unvorhersehbare Reaktion? Das Zeichen einer Veränderung? einer Abweichung? Sie mussten doch wissen, dass er – wie jeder andere von ihnen – hundertfach geprüft worden war, unter schwersten Bedingungen, im echten Einsatz.

Seine Stabilität war erwiesen.

Wie würde er reagieren, einer Person gegenübergestellt, in deren Leben es einen verborgenen Bereich gab, dessen Vergangenheit sich der Aufklärung entzog? Die Menschen, die ihm bisher gegenübergestanden waren, gaben keine Probleme auf, oder es wurden keine gestellt. Lehrer, Betreuer, Ärzte, Kollegen ... Die Einzigen, mit denen eine Auseinandersetzung nötig schien, waren die Bewohner der besetzten Länder – als sie noch nicht eingegliedert waren. Stellten sie Probleme?

Auf den Formularen waren ihre Verhaltensweisen katalogisiert. Die Zuordnung von Gestimmtheiten, Intentionen und Handlungen zu den Auslösern bestand zwar nur in einer Wahrscheinlichkeitsfunktion, aber gerade die grundlegenden Reaktionsweisen waren durch scharfe Peaks erkennbar. Nur Unwesentliches deutete sich in den flachen Bäuchen der typischen Gaussverteilung an. Aus einer Analyse ihrer Sprache ergaben sich ihre Gewohnheiten und Werteinschätzungen, Sympathien und Antipathien, Statussymbole und Tabus –

angezapfte Telefonleitungen
abgehörter Funkverkehr
automatische Sprache-Schrift-Umsetzung
Wort- und Silbenzahlen
Satzschachtelung
Statistik der Zusammenhänge
Information zweiter Ordnung
Textpartituren
Netze von Bedeutungsklassen
Katalog der Assoziationen und Innovation
Sprache als Ausdruck des Denkens
Sprache als Modellfall kreativen Verhaltens
Sprache als Handlung

Der Computer lieferte die Worthäufigkeit, Synonyme, Homonyme, die Grammatik, die semantischen Zusammenhänge, das Schema der Sprachlogik, die Pragmatik. Daraus formte sich das psychische Verhalten eines repräsentativen Querschnitts. Abweichungen, abzulesen an Streubreiten und Differenzfaktoren. Durchschnitt. Untere und obere Spitze. Varianz. Integrale Kennzahlen, horizontal und vertikal aufgeschlüsselt.

Wo bleibt der Raum für Überraschungen? Das System lässt keine Überraschung zu. Überraschung ist Ausdruck partieller Unkenntnis. Überraschung weist auf Mangel von Wissen hin, deutet Leerstellen an. Bisher hatten sie keine Leerstellen festgestellt.

Ein Wirkungsgefüge – kompliziert, aber glasklar. Ein probabilistisches System, aber stochastisch beschreibbar. Der Schein eines freien Willens, in Wirklichkeit determiniert. Zehntausend Möglichkeiten des Eingriffs. Reize, Auslöser, Fallen, Suggestion, Überredung, Logik, Rhetorik, Sophistik. Freiwillige Unterwerfung. Freiheitsverlust für Freiheitsgewinn. Lange Schrittfolgen, aber effektiv. Markoffketten.

Es gab auch rasch wirkende Methoden
direkte Eingaben von Signalen
Veränderungen des Nervennetzes
Mikrochirurgie
Viren und RNS
Hypnotika
Stimulantia
Analgetika
Neuroleptika
Tranquilizer
Antidepressiva
Psycholytika

Mittel zur Beeinflussung von Schlaf, Schmerz und Antrieb, zur Beseitigung oder Erzeugung von depressiven Verstimmungen und schizophrenen Psychosen. Mittel mit motorisch aufputschenden oder dämpfenden Wirkkomponenten. Mittel zur Auslösung von Erregung und Beruhigung. Mittel, um Unruhe und Angst zu unterdrücken oder hervorzurufen. Mittel zur Erzeugung von Sinnestäuschungen und Wahnideen. Eingriffe ins limbische System. Wirkungen auf die subkortikale Regulation. Synthetische neurasthenisch-hypochondrisch-depressive Syndrome.

Subkutan oder intravenös injizieren
oral oder anal eingeben
im Leitungswasser aufschlämmen
als Aerosol versprühen
Kontaktgifte im Textilgewebe
Unruhe aus der Kleidung

Angst aus Konserven
Panik aus Flaschenmilch

Selten bedarf es direkter Maßnahmen – bei rastlosen Unruhestiftern, kreativen Führungskräften, Psychopathen, Künstlern, Querulanten, Ärzten, in aller Vorsicht, sanft regulierend, verantwortungsbewusst, zielstrebig, wohlgesinnt. Normalerweise genügt es schon, Worte anders auszusprechen, die Stimme zu erheben, Bilder zu veröffentlichen, Musik zu unterlegen, durch Sperrdruck hervorzuheben, sympathisch zu wirken, eine neue Sicht zu zeigen, Beispiele treffend zu wählen, Bedeutungen geringfügig zu verschieben, Leitbilder zu ändern, anzudeuten, zu betonen, zu loben, zuzustimmen, zu bekräftigen, und dabei streng bei der Wahrheit zu bleiben – soweit sich Wahrheit als passend erweist –, Wort zu halten – besonders bei Nebensächlichkeiten –, Ordnung zu wahren – insofern es nützliche Ordnung ist.

Das Schwerste ist der Übergang. Das Ankämpfen gegen zementierte Sitten und Gebräuche, gegen den Starrsinn der Alten, gegen die Unbeweglichkeit, gegen die Gewohnheiten. Größere Chancen bei den Jungen, formbares Material, ungebahnte Leitungen, der Hang zum Neuen, Risikofreudigkeit, Spieltrieb, Begeisterungsfähigkeit, lenkbare Emotionen. Elastizität. Kompromisslosigkeit. Entscheidungsbereitschaft. Drang zur Verantwortung. Gemeinschaftssinn. Druck auf Außenseiter. Selten bricht einer aus. Problemlos die ganz Jungen, die Ungeborenen. Unruhe im Keim ersticken. Störenfriede haben keine Chance. Ideale werden geprägt. Reaktionen anerzogen, Denkmodelle aufgebaut, Wege vorgezeichnet. Unmerklich die lenkende Hand. Die freiwillige Unterordnung.

Selbstregulierung
niemals zögern

Subordination, Adaption. Der Gesellschaft dienen.

Keine Zweifel haben. Nützliche Glieder der Gemeinschaft. Freier Wille auf festen Bahnen. Kein Zwischenbereich. Kein Weg ins Niemandsland. Die Sicherheit, stets richtig zu handeln, richtig zu denken, richtig zu entscheiden.

Das Produkt eines funktionierenden Systems
einbezogen
keine Reibungsflächen
Entropie null

Der Integrationsprozess ist beendet. Keine individuellen Unterschiede mehr. Einwohner der Freien Welt. Garantie für ein erfülltes Leben!

Dreißig Jahre lang dauert der Prozess der Integration. Die neue Generation wächst ohne Zweifel auf. Glückliche Jugend!

Auch Dan wuchs ohne Zweifel auf. Worin lag der Unterschied zwischen ihnen und ihm?

Es gab keinen Unterschied.

Es war Nacht, durch die Fensterschlitze sah man die Stadt. Das Mauerwerk spiegelte nicht mehr, sondern strahlte diffuses Licht aus. Dahinter verschwommene Flecken. Das flammenförmige Gebilde wirkte schwarz wie ein Abgrund; es verschluckte die Sterne. Ein hellerer Rand begrenzte es gegen den übrigen Himmel, ein schmaler Streifen, auf dem Reflexe auf- und abliefen.

Der Oberst saß bei ihnen im Zelt. Sonja war ruhig sitzen geblieben, aber sie hielt sich starr aufrecht und lachte spöttisch. Der Offizier tat, als bemerke er es nicht.

»Ich komme eben von einer Rekognoszierung. Zehn Kilometer fuhren wir die Wand entlang, ohne ein Tor oder eine Öffnung zu finden. Wir haben das Material untersucht – es handelt sich um ein Mittelding zwischen Glas und Keramik. Das Zeug ist hart, aber nicht unzerstörbar. Zugfest, aber elastisch. Eine feste Flüssigkeit. Die Dicke – 18 Zentimeter – mit Schalllotung festgestellt. Freilich ist nicht ausgeschlossen, dass dahinter noch eine innere Wand liegt.«

»Wollen Sie durchbrechen? Sollte man nicht erst prüfen, ob es vielleicht doch irgendwo einen Eingang gibt?«

»Das Bauwerk erstreckt sich über eine Fläche von rund zehntausend Quadratkilometern. Sein Umfang beträgt ungefähr fünfhundert Kilometer. Wir würden Wochen brauchen.«

»Was haben Sie vor?«

»Heute Nacht sende ich ein Ultimatum. Ich verlange, dass man uns öffnet.«

»Die Signale werden nicht durch die ionisierte Zone dringen.«

»Das täte mir Leid. Dann bliebe uns nichts anderes übrig, als Gewalt anzuwenden. Aber ich will alles versuchen, um eine friedliche Verständigung zu erreichen. Andernfalls sprengen wir. Auf alle Fälle – morgen sind wir in der Stadt.«

Wieder standen die Fahrzeuge in einem Halbkreis vor der Mauer, zweihundert Meter Abstand, alle einem Punkt zugewandt, an dem nun ein grauer Gegenstand zu erkennen war, ein Pappkarton oder ein Stück Schaumstoff. Eine Schnur, ein umsponnener Draht, schlängelte sich von der Bombe bis zum Wagen des Obersten. Dieser schloss den Kontakt, und dann zeichnete sich ein Spinnennetz von Sprüngen in der Wand ab, eine braune Wolke stieg auf und verbarg die gähnende Öffnung, die für Bruchteile von Sekunden sichtbar geworden war.

Auf ein Zeichen des Obersten hin setzte sich die Reihe in Bewegung, die Transporter für die Mannschaften, die nun Maschinenpistolen und Gewehre trugen, die Lastfahrzeuge, deren Dächer aufgeklappt waren, die Mündungen der MGs und Werfer auf die Bresche gerichtet, um die sich jetzt alles zusammenzog.

Die Wolke verflog, ein halbrundes Loch stand offen, die Keramikmasse war geplatzt, die Ränder angesengt, verkohlt, ausgezahnt, nach innen gebogen.

Die Reihe der Fahrzeuge hielt 20 Meter vor der Öffnung. Der Rover löste sich heraus, auf seinen unförmigen Ballonreifen näherte er sich schnell der zerstörten Wand und verschwand im Innern.

»Luft atembar, Temperatur 24 Grad Celsius, keine Radioaktivität.«

Die Meldung kam über Funk und war leise, aber gut zu verstehen. Der Empfang war besser als am Vortag.

Zuerst starteten die Lafettenfahrzeuge, drangen ein, schwenkten ab und postierten sich im Innern, links und rechts hinter der Öffnung. Dann fuhr der Wagen des Obersten los, und die anderen folgten durch die Bresche.

»Wir fuhren etwa zwanzig Meter einwärts, hielten auf einer ebenen Fläche von mattem Metallglanz. Hier hatte die Sprengung so gut wie keine Zerstörung mehr hervorgerufen, nur einige Bruchstücke der zerstörten Außenwand lagen uns im Weg.

Wir befanden uns auf einer Art Rampe, die gegen das Terrain der Stadt um etwa drei Meter überhöht war. Weiter unten zog sich ein Geländestreifen entlang, den wir als Spiel- oder Sportplatz ansahen. Wir sahen Laufbahnen, Turngeräte, Spielfelder, Schwimmbecken, großzügig angelegt, gegen das Zentrum allmählich absinkend. Etwa fünfhundert Meter dahinter das eigentliche Massiv der Stadt – eine Reihe pyramidenförmiger Gebäude in Silber und Grau, oben flach, ohne Dächer. Dahinter noch höhere Bauten, glatte, weißblinkende Quader, kantige Türme, darüber, abgehoben, tellerförmige Plattformen.

Alles machte den Eindruck kompromissloser Ordnung, nirgends moderne Architektur, kühne Straßenschleifen, gewagte Brücken, nichts von all dem, was wir erwartet hatten, und dennoch war der Eindruck überwältigend – die Großzügigkeit, die Endgültigkeit, die Logik.

Das Licht kam von einigen Punkten hoch oben, einem Kranz von Leuchtkörpern, rings um die Stadt verteilt. Es war ein freundliches, mildes, weißes Licht, hell, wenn auch nicht so hell wie das der Sonne, klarer als bei uns, aber das lag wohl an der Reinheit der Luft; sie war frei von Dunst und Staub.«

»Haben Sie diesen Vergleich schon damals gezogen?«

»Ich verstehe nicht ...«

»Sie sagten: das Licht war klarer, die Luft sauberer als bei uns.«

»Nein. Ich versuche nur, es Ihnen zu beschreiben.«

»Und die Einwohner der Stadt?«

»Wir sahen kein lebendes Wesen.«

Der Funkverkehr verlief wieder normal. Josef, dessen Empfänger sämtliche Wellenlängen aufnahm, registrierte die verschiedenen Sendungen – musikartige Tonkombinationen, Laute, Geräusche, an Sprache erinnernd, regelmäßige Signalfolgen. Zunächst hatte er aber keine Zeit, sich damit zu beschäftigen. Es galt, die nächsten Schritte zu beratschlagen.

Da es nirgends eine Gelegenheit zur Abfahrt von der erhöhten Rampe gab, hatte der Oberst befohlen, die Stufe an einer Stelle abzuflachen. Einige Sprengschüsse, dann bewegte sich die Kolonne in einer Schlangenlinie hinab, etwa fünfzig Meter weiter. Eine Art Bühne, mit rostbraunem Sand bedeckt, gegen die Stadt hin offen, sollte als Lagerplatz dienen. Die Geschütze wurden vorgezogen, blieben an den Flanken, um im Notfall den Rückzug zu sichern.

Wenig später standen die Zelte in einer Doppelreihe, ausgerichtet wie auf dem Exerzierplatz. Einige Posten beobachteten die Umgebung, die Anlagen, die Gebäude. Nirgends zeigte sich Leben. Eine Radarantenne kreiste und warf das Abtastbild auf einen Schirm. Das Fleckenmuster blieb unbewegt. Der Trichter eines Schallreflektors war wie ein großes Ohr gegen das Zentrum gerichtet. Er fing nur ein gleichmäßiges Beben, eine allgemeine Unruhe auf – wie von Luftbewegungen, aber es gab keinen Wind, vielleicht von Schritten, von Stimmen, von Fahrzeugen, von Maschinen, aber sie mussten hinter den Mauern verborgen sein, im Innern oder in der Tiefe.

Der Messtrupp war eifrig am Werk, und von Zeit zu Zeit liefen die Meldungen ein.

»Keine Pflanzen, auch keine Mikroorganismen.«

»Keine Bodenbakterien.«

»Luft völlig staubfrei.«

»Temperatur konstant 24 Grad Celsius.«

»Luft frei von Ladungen.«

»Die oberste Bodenschicht besteht aus synthetischem Material.«

»Das Licht entspricht dem Sonnenspektrum.«

Diese Informationen hatten wenig Bedeutung, man hätte sie auch ohne Messung erhalten können, es sah aus, als müssten die Menschen mit Routinearbeiten beschäftigt werden, als gäbe es nichts zu tun in einer neuen Welt, in einer ungewohnten Umgebung, in der fremden Stadt, die noch keins ihrer Geheimnisse preisgegeben hatte. Es war, als widmete man sich der gewohnten Betätigung nur, um sich nicht um das Ungewöhnliche kümmern zu müssen. Die Besonderheiten dieses Ortes waren nicht seine Temperatur, seine Feuchtigkeit oder seine Luftzusammensetzung, sondern seine Geschichte und seine Funktion. Darüber wussten sie nichts. Sie mussten bei null beginnen.

»Von hier aus ist wenig zu machen«, meinte Pavel.

»Vielleicht findet Josef etwas heraus«

»Bis jetzt nur ein paar Geräusche. Es könnte eine Sprache sein, aber die Übertragungsart ist ungewöhnlich ... vielleicht liegt es an der Modulation ...«

Sie standen vor ihrem Zelt, die Funkgeräte waren auf dem Fahrzeug aufgebaut. Wenn sie peilen wollten, mussten die Antennen beweglich sein.

Der Oberst trat zu ihnen. »Ich habe mitgehört – keine verständlichen Funksignale. Was sagt ihr Wissenschaftler zur Situation?«

»Es gibt wenig zu sagen. Die Stadt ist ein Wunderwerk der Technik.«

»Alles sieht friedlich aus.«

»Ob sie das Ultimatum gehört haben? Reagiert haben sie nicht.«

»Hier haben wir keine Chance. Wir müssen ins Zentrum.«

»Nicht so eilig!« Der Offizier wies unbestimmt in die Ferne. »Wir müssen auf Sicherheit bedacht sein. Vorerst bleiben wir hier. Niemand geht über die Postenlinie hinaus.«

»Wir können nicht dauernd auf einem Fleck sitzen.«

»Ich glaube, es ist am besten, wir bleiben heute noch hier und warten ab. Wenn uns jemand vertreiben will, hat er keinen Grund zu warten. Wir dürfen uns nicht täuschen lassen – ein Angriff kann jeden Augenblick erfolgen, auf jede denkbare Weise.«

»Es sieht so aus, als ob uns niemand bemerkt hätte.«

Greg hob die Hand. »Vielleicht befindet sich kein lebendes Wesen mehr hier. Das ist meine Hypothese. Die Sprengung ging nicht lautlos vor sich. Wenn die Stadt noch Bewohner hat, so kann es diesen nicht gleichgültig sein, ob jemand ihre Mauer aufsprengt und mit Panzern eindringt, auf dem Sportplatz lagert und die Geschütze gegen die Gebäude richtet.«

»Die Konsequenzen?«

»Sie sind ausgestorben. Vielleicht eine Seuche. Vielleicht degeneriert.«

»Und die Funksignale?«

»Automaten. Wer weiß, ob nicht auch das Abwehrsystem automatisch gesteuert war und seine Aufgabe erfüllt hat, obwohl die Menschen, die es schützen sollte, nicht mehr lebten.«

»Das ist möglich. Es würde unsere Aktion erleichtern.«

»Es wäre ein wenig zu einfach!«

»Es wäre traurig«, sagte Sonja, »wenn die Konstrukteure dieser Anlage tot wären. Sie haben viel geleistet!«

»Welchen Wert hatten ihre Leistungen in einer abgeschlossenen Welt?«

»Es war ihre eigene Welt.«

»Vielleicht werden wir doch beobachtet«, sagte Dan. Er zeigte an den Rand des Lagerplatzes, wo ein flacher Hügel aufgeschüttet war. An seiner höchsten Stelle ragte ein schwarzer Stab empor.

»Was meinen Sie?«, fragte der Oberst. »Den Stab? Was bedeutet er?«

»Er war vorher noch nicht da. Es wäre mir aufgefallen.« Dan erzählte von dem Vorfall des Vortags.

»Sehen wir nach!«, schlug der Oberst vor.

Sie gingen hinüber, näherten sich dem Stab auf zehn Meter, sahen eine blinkende Kugel am oberen Ende ... plötzlich versank das Gebilde im Boden. An seinem Platz fanden sie nichts als eine winzige Mulde, und auch als sie den Sand beiseite scharrten, war keine Spur des Stabs zu finden.

Der Oberst befahl zwei Soldaten, einen Graben auszuheben. In fünfzig Zentimeter Tiefe wurde der Boden merklich härter, sie stießen auf eine Schicht von zusammengebackenem Material, zwischen den Blöcken gab es mit Sand gefüllte Löcher; das war aber auch alles.

»Was meint ihr?«, fragte der Major. »Ein Mikrofon? Eine Fernsehkamera?«

»Möglich. Es könnte eine Kugellinse sein, die das Gesamtbild der Umgebung auffängt.«

»... und weiterleitet.«

»Wohin weiterleitet?«

»Wer weiß?«

»Also hat man von uns Kenntnis genommen«, stellte der Oberst fest. Er sagte es völlig ruhig, aber er hatte sich ein wenig geduckt, und seine Hand lag an der Waffe.

»Dieses Ding verrät uns nichts darüber, ob noch Menschen hier sind«, sagte Greg. Sie schlenderten zu den Zelten zurück. »Es könnte zu den automatischen Anlagen gehören.«

»Da!«

»Er ist wieder da!«

»Er beobachtet uns!«

Der Oberst drehte sich um, zog die MP, stellte sie auf Korpuskularstrahlung ein, zielte kurz und schnitt den Stab knapp über dem Boden ab.

»Das hätten Sie nicht tun sollen«, sagte Dan.

Sie liefen hin und sahen, wie der Stumpf im Sand verschwand. Pavel hob den Rest des Stabes auf und gab ihn dem Oberst. Dieser betrachtete ihn und reichte ihn an Josef weiter.

»Untersuchen!«

Unmittelbar danach wurde erste Alarmstufe gegeben. Auf allen Anhöhen ringsum waren schwarze Stäbe erschienen.

Die Stunden flossen zäh dahin. Die Mannschaften hatten nichts zu tun, und der Oberst befahl, um sie abzulenken, die Fahrzeuge zu reinigen. Das war mit den schweren, bleigefüllten Anzügen, mit den heruntergeklappten Visieren eine schwierige Aufgabe, und überdies, wie alle wussten, auch eine unnötige Aufgabe. Sie gehorchten, aber sie gehorchten ungern, und sie waren irritiert durch die schlanken Stäbe, die sie offenbar beobachteten – Stielaugen von Polypen.

Am späten Nachmittag versanken die stummen Wächter plötzlich, und die Stimmung wurde besser.

Josef und Greg bastelten an ihren Funkgeräten herum. Um 18 Uhr gelang es ihnen, über einen Umsetzer Musik zu empfangen. Es war ein Klingen, wie es Stimmgabeln hervorbringen, kurze Glockentöne, kein durchgehender Takt, doch rhythmische Sequenzen, scheinbar willkürlich gereiht.

»Ich weiß nicht, ob das Klangbild stimmt – ich habe möglichst reine Sinustöne zugrunde gelegt.«

»Müsste sich dann nicht auch die Sprache verstehen lassen?«

»Horcht!«

Alle sechs hatten sich eingeschaltet, und jetzt hörten sie Laute, die sicher menschlich waren, obgleich sie verzerrt klangen. Josef änderte die Modulation, und mit einemmal fiel der quäkende Tonfall weg – sie vernahmen jene Sprache, die sie gelernt hatten, von den Büchern her kannten, von den alten Tonbändern, und von der sie kaum geglaubt hatten, dass sich ihrer noch jemand bediente.

»... 17, 29, 31 gewonnen; 2, 10, 33 pari, 11, 13, 20 verdoppelt; 9, 19, 31 Depot; 12, 18, 23 verloren; 14, 26, 35 ...«

Es war eine freundliche weibliche Stimme, so präzis, dass sie nicht unbedingt von einem Menschen stammen musste, und was sie sagte, war nicht besonders inhaltsreich, doch im Moment bewegte es sie, dass sie überhaupt etwas verstehen konnten, und sie lauschten aufmerksam, gewöhnten sich zunehmend an die Aussprache, die nicht ganz mit jener übereinstimmte, die sie geübt hatten, versuchten nachzusprechen ...

Als Josef abschaltete, protestierten sie, aber es gab technische Probleme zu lösen – Empfang in anderen Wellenbereichen, vielleicht sogar Video.

»Ist das ein Beweis für Leben?« Alle stellten sich diese Frage.

»Ein Spielmechanismus kann auch weiterlaufen, wenn niemand mehr mitspielt.«

»Wünscht ihr eigentlich, dass wir Menschen finden? Oder wäre es euch lieber, sie lebten nicht mehr?«

»Dann fiele alles ohne Schwierigkeiten in unsere Hände.«

»Es gäbe keinen Widerstand und keine Auseinandersetzung.«

»Und doch – es wäre wunderbar, Menschen zu finden. Dazu sind wir doch schließlich hier!«

Um 20 Uhr hatte Josef seine Apparatur so weit, dass er mehrere Stationen empfangen konnte. Die meisten sendeten Zeichenreihen, die unverständlich waren. Greg saß am Computer und suchte nach einem Schlüssel. Er hätte eine größere und schnellere Maschine gebraucht, als sie ihm hier zur Verfügung stand. Doch Funkkontakt mit außen gab es nicht – nach wie vor waren sie auf sich allein angewiesen.

Es wurde 21 Uhr, die Helligkeit der Beleuchtungskörper änderte sich nicht; offenbar gab es hier keinen Wechsel von Tag und Nacht. Sie waren müde, doch als der Befehl zur Nachtruhe kam, konnten die wenigsten einschlafen. Sie lagen in ihren Zelten auf ihren Luftmatratzen und wälzten sich unruhig hin und her.

»Lass uns doch noch ein wenig Musik hören, Josef!«

Die weichen, dahinspielenden Klänge waren seltsam unwirklich. Sie kamen aus dem Unbestimmten, und sie hörten sich auch so an. Aber sie wirkten beruhigend. Sie erzeugten einen Dämmerzustand, eine entspannte Ruhe.

Und dann wurde die Musik leiser, und eine sanfte Stimme fing zu sprechen an.

... lösen Sie sich von den Dingen
die Signale sind leer
Zeichen bedeuten nichts
alle Zweifel sind vorbei
es war ein schöner Tag
kommen Sie mit uns
die Erde ist fern
wir sind außerhalb des Raums
wir sind außerhalb der Zeit
Gedanken sind grenzenlos
wir fühlen nichts
wir denken nichts
wir wünschen nichts
löschen Sie Ihr Gedächtnis
machen Sie sich schwerelos
das Sternenlicht verblasst
es ist Zeit, um auszuruhen
es ist alles getan, was zu tun war

wer hofft, fürchtet auch
wer sich freut, leidet auch
der Morgen dämmert
es ist alles geschehen, was geschehen konnte
es ist alles gedacht, was Sinn hatte
es ist alles entstanden, was sich fügen lässt
es gibt keine Tatsachen mehr
die Wirklichkeit liegt jenseits eines Abgrunds
nur ein Schritt führt zum Sirius
nur ein Hauch löscht die Sonne
kommen Sie mit uns
lassen Sie Ihre Augen zurück
Sie werden das Unsichtbare sehen
Sie werden die Unendlichkeit fühlen
Sie werden keine Stunden mehr zählen
keine Maße mehr messen
es gibt nichts zu erwägen
es gibt nichts zu entscheiden
es gibt nichts mehr zu tun
es war ein schöner Tag heute
es war ein Leben voller Wunder
werden Sie wie wir
bleiben Sie bei uns
Sie gehören zu uns
Sie gehören zu uns …

Sie wurden schläfrig und zufrieden und schlummerten lächelnd ein.

Als am frühen Morgen Alarm gegeben wurde, lag ein Ausdruck des Glücks auf ihren Gesichtern, als hätten sie einen wunderbaren Traum gehabt.

Der Sender schwieg, leise summte das Mikrofon. Josef schaltete es ab.

Strategie der Integration

Integration (lat.)
a) allg.: Zusammenschluss, Bildung übergeordneter Ganzheiten
b) math.: Aufsummierung differenzieller Elemente
c) soz.: funktionale Eingliederung eines soziologischen Teilsystems in das Gesamtsystem

Phasen der Integration (soz.)

0. propagandistische Präparation
0,1 Funk
0,2 Agenten
0,21 materielle Störaktionen, Sabotage
0,22 psychologische Verunsicherung

1. militärische Aktion, Brechung des Widerstandes
1,0 Psychopharmaka (per Trinkwasser, Nahrungsmittelversorgung, Klimaanlagen)
1,1 Bakterien, Viren
1,2 chemische Kampfstoffe
1,3 konventionelle Waffen
1,4 A-Waffen (nur im Falle eines Rückzugs)

2. Invasion
2,1 Kommunikationssystem
2,2 medizinisch-psychologische Zentren
2,3 Trinkwasserspeicher
2,4 Nahrungsmittelversorgung
2,5 Verkehrswesen
2,6 Wissenschaft, Forschung
2,7 Regierungsstellen
2,8 Wohnbezirke

3. Abschluss
3,1 Analyse der praktizierten Steuerungsmechanismen, Übernahme
3,11 Aufrechterhaltung des Gleichgewichts
3,12 Transposition – Umstellung auf erweiterte Arbeitsebene
3,13 Angleichung an die vorgegebene Zielvorstellung
3,2 Analyse der soz. Modalitäten und Werteskalen
3,21 Transformation der Soziostruktur
3,22 Abbau traditioneller Widerstände
3,23 Umschulung – verbindliche politische Leitideen
3,24 Heranziehung einer linientreuen Elite
3,25 Besetzung von Schlüsselstellungen durch Einheimische (siehe 3,24) ...

Ihre Aufgabe erschien leicht, wie alles leicht erscheint, wenn es erst einmal objektiviert worden ist.

Die Analyse.

Kommunikationsnetze. Vermaschte Systeme. Rückkopplungsmechanismen. Negatives Feedback.

einfach zu entschlüsseln
Störgrößen
Regelgrößen
Stellgrößen
Führungsgrößen

Staaten sind adaptive Systeme. Zur Analyse ihres Verhaltens stellt die Regelungstheorie ein Instrumentarium mathematisch-formaler quantitativer Verfahren zur Verfügung, die besonders die Übergangsfunktionen, charakterisiert durch die Beziehungen zwischen der Eingangsgröße und der Ausgangsgröße eines Regelkreisgliedes, im Zeitablauf zu erfassen gestatten. Sind diese Relationen bekannt, so lässt sich das Stabilitätsverhalten eines Systems durch ein System von Differentialgleichungen beschreiben.

Die Unabhängigkeit des Reglers von der Ursache der Störung ermöglicht es in vielen Fällen, mit einem relativ einfachen Regelsystem von geringer Varietät eine große Vielfalt von Störungen zu bewältigen. Diese Tatsache beruht darauf, dass die Ursache-Wirkungs-Relationen in einem System oft nicht ein-eindeutig, sondern mehr-eindeutig sind: Eine große Anzahl von Störungen bewirkt vielfach die gleiche Abweichung von einem bestimmten Sollwert. Der Regler, dessen Aufgabe es ist, diese Abweichungen zu kompensieren, erhält nur auf dem Umweg über den Ausgang des Systems Informationen darüber, dass irgendeine Störung eingewirkt hat, die eine Veränderung des Ausganges zur Folge hatte. Seine Varietät braucht daher nicht größer zu sein als die der Abweichung des Ergebnisses vom Sollwert. Ein rückkopplungsgesteuerter Regler wirkt darüber hinaus auch Störungen entgegen, deren Ursache unbekannt ist. Dadurch wird es einer Organisation möglich, mit Problemen fertig zu werden, die sie selbst nicht kennt. Aufgrund dieser Eigenschaft können auch äußerst komplexe Systeme durch rückkopplungsgesteuerte Regler beherrscht werden. Ein gutes Beispiel hierfür ist ein Staat: Ein Staat besteht aus Menschen und Sachmitteln. Er verfolgt sein Ziel in einer Umgebung, deren Veränderungen durch andere Staaten oder sonstige menschliche Aktivitäten weitgehend bestimmt werden. Der Mensch selbst ist ein äußerst komplexes probabilistisches System: Seine Handlungen sind nicht determiniert, seine Motive nicht durchschaubar. Weiterhin verfügen Menschen über unterschiedliche Eigenschaften, die keine einheitliche Beschreibung zulassen. Staat und Mensch funktionieren als gegengekoppelte Systeme. Weder die Transformationen der Umwelt noch die der Staaten selbst sind mit Sicherheit vorauszusehen. Dennoch ist es möglich, eine solche Organisation mithilfe eines komplizierten Systems von Rückkopplungskreisen zu kontrollieren.

Kein System entzieht sich der schematisierten Erfassung.

Kein System kann sich der Quantifizierung widersetzen.

Kein System bricht aus dem generellen Schema aus.
Signifikante Fragen zur Intendierung von Lösungen.
Kriterien für die funktionalen Typstrukturen.
Welche kommunikativ gekennzeichneten Gruppierungen sind abhebbar?
Wie viel Freiheit ist an Teilorganisationen delegiert?
Welche relevanten Handlungsalternativen sind eingeräumt?
Welche positiven Anreize für eine Identifizierung der individuellen Ziele mit den Organisationszielen sind vorgesehen?
Wurde eine konfliktfreie Zielhierarchie entwickelt?
simple Ja-Nein-Antworten
statistische Gewichtungen
funktionale Relationen
algorithmische Formulierung
Plangleichungen
Flussdiagramme
Vektorfelder
Grafennetze
Motivationsräume
stochastische Zuordnung
Reiz-Reaktions-Ketten
Programme
Was folgt, ist Routine. Jeder an seinem Platz. Anzapfen von Leitungen. Aufbrechen von Codes. Einschaltung. Sukzessive Abwandlung der Signalreihen. Fiktivsituationen. Modulation der Akzente. Transposition der Werteskala –
audiovisuelle Information
unterbewusste Reize
kybernetische Pädagogik
ästhetische Programme
psychologische Verstärker
Ablenkung auf Sekundärebenen
psychogene Unterdrückung
Angebot irrelevanter Freiheitsgrade

Jeder Schritt erfolgt unter Kontrolle. Auswirkungen werden festgestellt, Resultate gehen als Parameter in die folgenden Aktionen ein. Die Redundanz ist hoch. Störungen werden bewältigt. Unsicherheiten ausgeschaltet. Die Strategie ist erprobt. Die Funktion zuverlässig. Die Umschulung bereitet keine Schwierigkeiten, die Umstellung erfolgt freudig, der Eifer zur Beseitigung alter Strukturen ist beträchtlich – das sind die Erfahrungen früherer Aktionen, es kann sein, dass die adaptive Phase da etwas länger, dort etwas kürzer ist, dass Anpassungsschwierigkeiten auftreten, Instabilitäten, unvorhergesehene Varietäten, aber all das beeinflusst den Ablauf der Schritte kaum, beeinträchtigt den Effekt wenig, verhindert nicht, dass die Eingliederung zügig und endgültig vollzogen wird, und somit ist festzustellen, dass die Chancen künftiger Aktionen noch höher liegen als die aller bisherigen. Praktisch liegen sie bei 100 Prozent.

Am nächsten Morgen weckte sie die Alarmsirene.

Als sie aus dem Zelt liefen, standen einige Männer auf der Anhöhe hinter dem Lager und hatten etwas entdeckt.

Es war ihnen als eine Art Schienenstrang erschienen, was dort in Windungen, Achten, Überhangkurven und Todeskehren eine Kalligrafie in den Streifen schrieb. Jetzt schoss etwas diese Bahn entlang, ein rotes lanzettförmiges Fahrzeug, auf vier Rädern, mit einer Art Heckanker ausgerüstet, der an einer Mittelschiene hing. Bei scharfen Kehren ging von dort ein Funkenregen aus. Der Wagen lag schief in der Bahn, schlitterte, nur vom Anker gehalten ... fing sich, raste weiter. Die Luft war von einem metallischen Kreischen erfüllt.

Ein zweiter Wagen erschien, giftgrün, pfeilte über die Gerade, warf sich in die Kehre, verlangsamte schlagartig, beschleunigte, verschwand in einem Tunnel, schoss einen Berg hinauf ...

»Der Alarm war überflüssig«, sagte Tibor. »Das gilt nicht uns!«

»Scheint so. Die kümmern sich gar nicht um uns. Sieht fast so aus, als stünden wir recht blöde da – wie Zaungäste.«

»Zu wenig Respekt vor uns Eroberern, nicht wahr?«

Es knackte, und die Stimme des Obersten erklang. »L 10/4: Gehen Sie mit Ihren Bemerkungen nicht über die allgemeine Frequenz, wenn Sie sie schon nicht unterdrücken können.«

Fast alle Soldaten hatten sich am Rande der Böschung angesammelt und blickten hinunter. Die Geschütze hatte man herumgeschwenkt und ihre Rohre hinunter auf die Rennstraße gerichtet. Die Automobile hatten sich aus dem Blickfeld entfernt, es war still geworden. Schon sah es aus, als wäre der Spuk beendet, plötzlich heulte es ohrenbetäubend auf, und ein ganzer Pulk von Fahrzeugen warf sich in die Schlängelbahn. Offenbar konnten sie die Fahrbahnen wechseln, denn wie man sah, ging es zunächst darum, möglichst lang in den Innenkurven zu fahren. Das Feld zog sich allmählich auseinander, nur an der Spitze blieben einige Wagen eng beisammen.

»Was meinen Sie? Ist das wirklich so harmlos, wie es aussieht?«, fragte der Oberst.

»Es scheint so. Aber eine sichere Antwort gibt es nicht.«

»Vielleicht ein Ablenkungsmanöver?«

»Unwahrscheinlich – aber möglich!«

Einige Posten hatten ihre Plätze verlassen und sahen dem Schauspiel zu. Der Major verteilte Strafpunkte und wies sie an ihre Plätze zurück. Sie gingen widerwillig.

Das Rennen war erregend. Es war dazu angetan, die Situation vergessen zu lassen. Einige Fahrzeuge wurden aus den Kurven getragen und gerieten auf den Seitenstreifen. Ein Aufschrei aus vielen Kehlen klang durch die Helmlautsprecher (so gefährlich es aber auch aussah – keines der Fahrzeuge kippte um, sie glitten nur beiseite und fuhren dann selbsttätig wieder auf die Bahn, um das Rennen fortzusetzen), und danach wurden Anfeuerungen laut, Bemerkungen,

Rufe, und die Unteroffiziere mussten durchgreifen, auf Ordnung dringen, aber ohne den gewünschten Erfolg.

»Schaut! Der Oberst!« Diesmal hatte Josef die Wellenlänge eingeschaltet, auf der sie sich ungestört unterhalten konnten (eine Maßnahme, die kein Privileg war, sondern ihrer späteren Aufgabe dienen sollte).

Der Oberst hatte das Visier des Helms hinaufgeschoben und hob ein Fernglas an die Augen.

»Wenn er schon selbst demonstriert, dass er von den Schutzmaßnahmen nichts hält, dann wird er sie nicht mehr lange durchsetzen können!«

Der Offizier meldete sich wieder. »Ich glaube, wir sollten uns die Sache aus der Nähe ansehen. Vielleicht gibt es Gelegenheit, einen der Einwohner festzunehmen. Dan, Pavel und Josef, kommen Sie! Die anderen bleiben hier!«

Sie zogen los. Etwa zehn Mann, die der Oberst bestimmt hatte, schlossen sich an. Sie überquerten Spielfelder, kletterten über Dämme, stapften durch Flächen, die kniehoch mit weichem Sand bedeckt waren, und näherten sich der nächstgelegenen Bahnkurve.

»Da sind sie wieder, die schwarzen Stäbe!«, rief Josef.

Er hatte recht, direkt in der Kurve standen einige nahe beisammen, einige reichten hoch hinauf, andere ragten nur ein wenig aus dem Sand heraus, und auch längs der Bahngeraden waren einige zu sehen.

»Eine Übertragungsanlage«, meinte Josef. »Fernsehen. Sie verfolgen das Rennen. Wahrscheinlich ist es ein großes Ereignis.«

»Ein großes Rennen ohne Publikum?«

»Auch bei uns gehen die Besucherzahlen zurück«, sagte Dan. »Es ist eine logische Folge guter Übertragungen. Niemand setzt sich noch ans Spielfeld.«

Aus dem allgemeinen Kanal drangen Rufe:

»Der Grüne liegt vorn!«

»Hat eine tolle Fahrt drauf!«

»Der Violette überholt ihn noch – was wetten wir!«

»Ich setz auf den Grünen!«

»Der Rote wird Letzter«, sagte der Oberst. »Er liegt weit zurück!«

»Interessieren Sie sich für Autorennen?«, fragte Sonja.

»Nein«, antwortete der Oberst. »Aber den Letzten holen wir uns! Er kommt hier vorbei. Geht in Deckung!«

Er hatte Recht. Die Kurve war nicht weit von der Zielgeraden entfernt. Die ersten Renner, die noch eng beisammenlagen und sich gegenseitig überholten, jagten jetzt heran.

Sie lagen hinter der Böschung, hörten das Heulen der wilden Jagd, ein Funkenregen sank auf sie nieder.

»Sie sehen uns trotzdem«, bemerkte Dan und deutete auf die schwarzen Stäbe.

»Keine Sorge«, antwortete der Oberst und gab seiner Mannschaft einige Anweisungen. Als sich die letzten Automobile näherten, zogen die Männer die Pistolen und mähten die Fernsehaugen um. Als der Vorletzte vorbei war, sprangen zwei auf die Fahrbahn und legten an der Mittelschiene der Innenbahn eine Tellermine. Als der letzte Wagen die Stelle erreichte, gab es einen Feuerschlag, das Fahrzeug wurde hochgeschleudert und aus der Kurve getragen. Es prallte gegen die Böschung, überschlug sich mehrmals und blieb liegen – es hatte ein Rad verloren, die rechte Wand war aufgerissen, die Vorderfront eingebeult. Doch es brannte nicht.

Die Soldaten rannten mit gezogenen Pistolen los, umzingelten das Fahrzeug. Sie näherten sich nun langsam, zwei sprangen vor und hoben das eingedrückte Dach ab. Es gab keinen Fahrersitz und kein Lenkrad – an dessen Stelle saß ein metallener Kasten, aus dem eine Drahtleitung lief. Sie führte zu einer Antenne, die jetzt völlig verbogen war. Sonst war der Wagen leer.

Ist Ihnen in diesen ersten Stunden im Innern der Stadt etwas aufgefallen – etwas Ungewöhnliches, irgendein Einfluss auf die Mannschaften oder auf Sie selbst?

Nichts Besonderes.

Wie war die Stimmung?

Gut.

Bei allen?

Ich denke, ja.

Hatte das ungewohnte Milieu nicht gewisse Auswirkungen?

Niemand hatte den Eindruck einer unmittelbaren Gefahr.

Aber es gab doch einige ungewöhnliche Ereignisse – zum Beispiel das Auftauchen der schwarzen Stäbe.

Ich glaube, dass alle Angehörigen der Vorhut sorgfältig ausgesucht und geschult waren. Sie hätten mit viel schlimmeren Dingen fertig werden können.

Wie erklären Sie sich dann die Disziplinlosigkeiten?

Vielleicht lag es daran, dass nichts geschah. Alle brannten vor Ungeduld, am liebsten wären sie in die Stadt einmarschiert. Aber es gab nur Langeweile, tatenloses Warten.

Als Dreizehnjähriger, während Ihrer Kadettenzeit, sind Sie einmal für drei Tage aus einem Ferienlager entwichen. Wissen Sie noch, warum?

Ich erinnere mich nur noch dunkel – ich glaube, ich hatte romantische Ideen, wollte ein ungebundenes Leben führen.

Die Angehörigen des Teams für Sonderaufgaben haben sich eines Verstoßes gegen die Dienstordnung schuldig gemacht. Sie benutzten den allgemeinen Kanal, um sich über Dinge zu unterhalten, die nicht für die Mannschaften bestimmt waren.

Es ist nur einmal geschehen – ein Versehen.

Wirklich nur einmal? Könnte nicht vielleicht auch die Rundfunksendung, die Sie des Nachts abhörten, in die anderen Zelte übertragen worden sein?

Nein.

Auch nicht aus Versehen?

Nein ... kaum ... niemand hat etwas darüber gesagt. Auch nicht der Oberst.

Der Oberst hat an diesem Abend fest geschlafen.

»Fertigmachen für eine Erkundungsfahrt in die Stadt. Es nehmen teil: Transporter 1 und 3, ein Lafettenwagen und die Sonderabteilung. Alle anderen halten den Lagerplatz besetzt. Den Befehl hat der OvD.«

Die Fahrzeuge kamen gut voran. Nur selten mussten sie Hindernissen ausweichen, einmal einem Wasserbecken, einmal den Aufbauten eines Schießstandes. Das Gelände, so vorbildlich es angelegt war, machte einen toten Eindruck. Es gab keinen Baum und keinen Strauch, keine Grünfläche, man sah keinen Vogel und kein Insekt. Und nirgends ließ sich ein Mensch blicken.

Die Mauern der Gebäude rückten näher. Es zeigte sich, dass die Zwischenräume zwischen den einzelnen Blocks viel größer waren, als es von ferne den Anschein gehabt hatte – keine Schluchten, sondern steile Täler, terrassenförmig untergliedert. Während die Wandfläche selbst silbergrau schimmerte, hatten die Balustraden einen anthrazitfarbenen Ton. Es war nicht zu erkennen, wie man die höheren Stockwerke erreichen sollte, doch gab es am Fuße der Bauwerke quadratische Öffnungen, die ins Innere führten.

Die Kolonne blieb am Grund des Tals, in der Mitte der Straße. Die Ränder waren von Schienen gesäumt, auf denen in Abständen von etwa zwanzig Metern flache, elliptische Fahrzeuge standen, oben und vorne offen, mit zwei Sitzen nebeneinander.

Die Soldaten folgten der eingeschlagenen Richtung noch zehn Minuten, dann erreichten sie eine Querstraße. Sie fuhren geradeaus weiter bis zur nächsten Querverbindung und wieder zur nächsten. Sie bogen nach links, umrundeten den

Block, erreichten die schon benutzte Straße wieder – es hätte irgendeine andere sein können, sie unterschied sich durch nichts von den übrigen.

Josef arbeitete am Peilgerät, er fing vielerlei Signale auf, Stimmen, die sangen, rezitierten, flüsterten, forderten, Musik, schläfriges Klingen, aber auch aufpeitschendes Trommeln, dazwischen immer wieder eine dunkle Männerstimme, die Anweisungen gab:

... Erheben Sie sich vom Boden
strecken Sie die Flügel aus
atmen Sie tief im Wind
lassen Sie sich treiben
Sie brauchen kein Ziel
lassen Sie zurück, was Sie belastet
eine Wolke nimmt Sie auf
eine Schale aus Wärme
eine Hand voll Sympathie
ein Hauch Vergessenheit
es gibt keine Vergangenheit
und keine Zukunft ...

»Kannst du den Sender anpeilen?«, fragte Sonja.

»Es nützt uns nichts – es dürfte viele Sendeantennen geben; wenn ich mich nicht irre, in jedem Block eine. Das sagt nichts darüber aus, wo die Zentrale ist.«

»Wie sollen wir weiterkommen?«

»Wenn es keine Menschen gibt, haben wir nicht viel zu tun. Wir brauchen keine Nachrichten auszugeben und niemanden aufzufordern, sich unserer Ordnung anzupassen.«

»Wozu bin ich dann hier?«, fragte Sonja.

»Wozu sind wir hierhergekommen?«

»Es ist nicht gesagt, dass es keine Menschen gibt. Wir waren noch nicht in den Gebäuden.«

»Warum sehen wir nicht nach?«

»Der Oberst ist vorsichtig, und ich glaube fast, er hat

Recht. Ist niemand hier, so haben wir keine Eile. Gibt es aber doch Menschen hier, so müssen wir auf alles gefasst sein.«

»Es ist schwer, Geduld zu haben, wenn man das Unbekannte schon berührt.«

»Wir werden noch lange genug zu tun haben – länger als uns lieb ist. Ganz gleich, ob sie leben oder nicht: Wir werden ihre Technik erforschen, ihre Erfindungen kennen lernen, das System ihrer Steuerung, ihre Art zu leben – abgeschlossen von der Welt, in einem künstlichen Gehäuse. Woher beziehen sie ihre Energie, ihre Rohstoffe, ihre Nahrungsmittel? Wie haben sie sich entwickelt, körperlich, geistig?«

»Sollen wir hier Wissenschaft betreiben?«

»Wenn sich herausstellt, dass wir keine anderen Aufgaben haben, werden wir Wissenschaft betreiben.«

»Dann werden andere kommen, die das besorgen.«

»Wir sind darauf trainiert, die Situation schnell zu erfassen. Wir sind schneller als die anderen. Wäre das eine normale Stadt, so hätten wir innerhalb von Stunden wissen müssen, wie sie verwaltet wird, wo die mechanischen Schlüsselstellen liegen, wie wir die Bevölkerung auf unsere Seite ziehen können. Vielleicht brauchen wir nun nichts mehr zu unternehmen, trotzdem gibt es genug Probleme zu lösen.«

»Nur Sonja hat dann nichts zu tun.«

»Soll ich nach Hause gehen?«

»Nein, Sonja, du gehörst zu uns!«

Sie kehrten am Abend ins Lager zurück. Sie hatten nichts gesehen als leere Straßen, Wände ohne Fenster, einen Streifen künstlichen Himmels.

Die Mannschaften standen untätig umher, einige lungerten in der Umgebung herum. Viele hatten die Helme geöffnet. Der Oberst überwand seine Bedenken und gestattete offiziell, dass die Schutzanzüge abgelegt werden durften. Die

Analysatoren hatten keine Spur von Keimen festgestellt, und niemand glaubte noch an geheimnisvolle Viren.

Als um 21 Uhr der Befehl zur Nachtruhe kam, waren die Mannschaften nicht müde, denn sie hatten wenig getan, und sie waren verdrossen, weil ihnen das Wenige, das man ihnen befohlen hatte, als Schikane erschienen war.

Josef hatte die Empfangsgeräte wieder ins Zelt genommen und hörte einige Wellenbereiche ab.

»Wie soll es weitergehen?«

»Wir brauchen volle Bewegungsfreiheit, sonst kommen wir nicht weiter.«

»Morgen sehen wir uns die Häuser an, ob es dem Obersten recht ist oder nicht.«

Sie aßen, machten sich Notizen, überprüften einige Geräte. Dann gab es nichts mehr zu tun. Draußen war es hell, das Licht drang durch die Sichtschlitze ein.

»Haben wir nichts zum Verdunkeln – bei dieser verfluchten Festbeleuchtung kann ja niemand schlafen.«

Sie hefteten Silberfolien von den Frischhaltepackungen über die Luken. Es wurde finster, aber es kam keine Abendstimmung auf. Verdrossen legten sie sich auf ihre Gummimatratzen, zogen die Decken über.

»Mach Musik, Josef!«

Der Singsang der lang gezogenen, auf- und abschwellenden Laute erfüllte die Enge, und allmählich versank die Wirklichkeit und gab einer wohligen Mattigkeit Raum.

Dann drang wieder eine Stimme durch die Musik, diesmal eine weiche Frauenstimme, dunkel, vibrierend:

... das ist die Stunde der Zärtlichkeit
die Stunde der uralten Spiele
seid gut zueinander
macht eure Wärme zum Geschenk
lasst eure Hände wandern
geht auf die Suche mit den Lippen
glättet das feuchte Haar

kühlt die heiße Haut
horcht in das Dunkel hinein
hüllt euch in den Mantel des Vergessens
die Süße liegt im Verborgenen
sucht sie, sucht sie ...

Dan drehte den Kopf und sah zu Sonja hinüber. Sie blickte ihn mit großen Augen an. Er streckte den Arm aus, und sie kam ihm entgegen. Seine Lippen berührten ihre Stirn, ihre Augen, die Wangen, den Mund. Unter seiner Hand fühlte er ihre Schulter. Er streichelte sie, fuhr die glatte Haut entlang. Es war still, bis auf verhaltene Atemzüge, bis auf die leise Musik, die Stimme aus dem Lautsprecher.

Dan zögerte noch. Einen Augenblick lang beobachtete er alles gleichsam von außen, wie alle Grundsätze zerfielen, alle Bedenken zerflossen. Er wurde seltsam leicht, er schwebte. Die Welt war dunkel, er sah nichts, alle seine Sinne konzentrierten sich auf das Gefühl. Ein Strudel erfasste ihn, und er ließ sich treiben.

Sonja küsste ihn, und er küsste sie. Sie verhielten sich lautlos und bewegten sich nicht, lange Zeit. Aus dem Hintergrund, durch einen Vorhang von Schatten, flüsterte die Stimme auf sie ein. Als sie am nächsten Morgen erwachten, lagen sie nebeneinander, und doch waren sie meilenweit voneinander entfernt. Sie verstanden nicht, was geschehen war, vielleicht war es ein Traum gewesen, und vielleicht hatten alle dasselbe geträumt.

Kurz darauf meldete sich der Oberst über Funk. Es gäbe etwas zu sehen.

Sie stiegen den Hang hinauf, erreichten den Weg, den sie zwei Tage zuvor gekommen waren, überwanden den Steilhang zur Rampe. Von hier aus konnten sie die oberste Einebnung überblicken, den untersten Streifen der Kunststoffwand ... Von der Öffnung, die sie gesprengt hatten, war nichts mehr zu sehen.

Die Wand war glatt, nebelhaft durchsichtig wie zuvor, draußen dehnte sich die endlose Ebene.

»Wir sind eingeschlossen.«

»Seit wann? Haben die Posten nichts bemerkt?«

»Nein. Es muss heute Nacht geschehen sein. Gestern noch waren einige Männer hier oben; sie versichern, dass die Öffnung noch bestand.«

»Was werden Sie tun?«

»Behalten Sie es vorerst für sich. Es könnte Unruhe verursachen. Ich nehme die Sache nicht tragisch. Wir können jederzeit wieder sprengen. Wenn es sein muss, sprenge ich die ganze Kuppel in die Luft.«

Er spürte noch den Druck der Elektroden auf der Haut seiner kahl rasierten Schläfen, die Striemen des Pulsschalldetektors am Handgelenk.

Zuerst war er zufrieden gewesen, dann gereizt, dann beunruhigt ... es schien sich nicht um eine einfache Verzögerung zu handeln, um eine Verschiebung im Zeitplan – jetzt war er sicher, dass sie irgendetwas vermuteten, einen Verdacht hatten. Die Fragen nach Stimmung, Disziplin, Allgemeinbefinden legten es nahe. Suchten sie nach einem Schuldigen? Wollten sie ihn bestrafen? Dachten sie an eine Meuterei? Hielten sie ihn für den Rädelsführer? Sollte er etwas zugeben, eingestehen, nur um endlich herauszukommen? Aber was?

Er verschwieg nichts, wusste nicht, was er hätte verschweigen sollen. In den ersten Tagen hatte er versucht, Privates für sich zu behalten. Jetzt besaß er längst nichts Privates mehr. Sie merkten es sofort, wenn er etwas verschwieg, und der Arzt hatte ihm einige Male Injektionen gegeben.

Er schüttelte sich. Nicht, dass einem übel wurde, das Völlegefühl im Magen war zu ertragen. Das Unerträgliche war dieser Zwang zu reden. Er hörte sich selbst zu, erstaunt, verwirrt, beschämt, was sich da in ihm formulierte, Dinge, die er von sich selbst nicht wusste, sich nicht eingestand. Es war, als hätte etwas in ihm eine teuflische Freude daran, die intimsten Gefühle zu offenbaren, sie auszuarbeiten, darin zu wühlen. Dabei war er nicht einmal sicher, ob alles stimmte, was er da von sich gab. Könnte es nicht sein, dass dieses willenlose, willfährige Ich in ihm Geschehnisse erfand, nur um die Zuhörer zufrieden zu stellen?

Er hätte sein Erlebnis mit Sonja gern für sich behalten. Es hatte nichts mit den weiteren Geschehnissen zu tun, betraf nur sie beide. Sie hatten nie davon gesprochen, waren mit keiner Andeutung, keiner Geste darauf zurückgekommen.

Er hatte versucht, zu schweigen, aber als der Arzt mit der Spritze kam, hatte er geredet. Vielleicht hatte er Angst, zu viel zu sagen, mehr, als wirklich gewesen war. Er hatte von Sonja gesprochen, und zwanzig Sachverständige hatten zugehört, Notizen gemacht, Tonbandaufzeichnungen. Der Arzt hatte weggesehen, das blonde Mädchen gelacht. Wo war sie jetzt? Beobachtete sie ihn durch ein Loch in der Wand?

Er hatte alles erzählt, als ob es wirklich geschehen wäre, und war sich doch nicht sicher.

Und selbst wenn es stimmte, so bedeutete es nichts. Er war überzeugt, dass sie ihn nicht geliebt hatte, sie hatte keinen von ihnen geliebt. Es war eine Geste des Vertrauens, der Zusammengehörigkeit gewesen, vielleicht aus einem Gefühl der Einsamkeit heraus, und dazu die schmeichelnde Musik, die fordernde Stimme ...

Doch das alles konnte doch nicht der Grund dafür sein, dass man ihn hier festhielt – es war keine Verletzung der Dienstordnung, um derentwillen man zwanzig Offiziere bemüht.

Was war es? Wusste es die blonde Krankenschwester? Er stand auf und trat an die Tür ihres Zimmers.

Wenn sie es mir nicht verraten will, so prügle ich es aus ihr heraus, nahm er sich vor.

»Ich gebe Ihnen einen Wagen und zehn Mann als Begleitschutz«, sagte der Oberst. »Den Befehl hat Leutnant Roszanue. Er steht Ihnen zur Verfügung. Sie können sich frei im Gelände bewegen, ich erlege Ihnen keinerlei Beschränkungen auf. Ich bitte Sie nur um Vorsicht. Wir bleiben in Funkverbindung. Halten Sie mich auf dem Laufenden. Viel Glück!«

Eine halbe Stunde später befanden sie sich an der Gebäudefront, auf der Suche nach einem Eingang. Es sah so aus, als ob es im Parterre keine Eingänge gäbe, und sie stiegen vom Wagen, um sich zu Fuß umzusehen. Die Soldaten blieben bei den Fahrzeugen.

Um an das Gebäude heranzukommen, mussten sie den Weg überqueren, in dessen Mitte die Führungsschiene für die kleinen zweisitzigen Wägelchen lag. Als sie sich näherten, setzten sich die Fahrzeuge in Bewegung. Auf der einen Seite des Mittelstreifens ging es nach links, auf der anderen nach rechts, in flottem Tempo, lautlos, ein Wagen hinter dem anderen.

»Wollen wir fahren?«, fragte Tibor.

»Wo ist die Haltestelle?«

»Vielleicht hier?« Josef berührte einen Metallpfahl, einen von vielen, die die Schienenbahn in regelmäßigen Abständen säumten. Zuerst war keine Reaktion zu sehen, doch dann beschleunigte eine herankommende Sitzgondel ihr Tempo, rückte an die vordere auf, hielt dann vor der Rufsäule, blieb stehen, bis der nächste Wagen herankam, setzte sich in Bewegung, beschleunigte und nahm weiter vorn den Mittelplatz zwischen ihren Nachbarn wieder ein.

»Du hättest Zeit genug zum Einsteigen gehabt!«

»Wollen wir es versuchen?«

»Haben wir nichts Besseres zu tun?«

»Es ist gleichgültig, wo wir ansetzen; warum nicht hier? Ich wette, wir lernen eine Menge.«

Josef hatte die Kontaktscheibe wieder niedergedrückt. Das Schauspiel von vorher wiederholte sich. Josef stieg ein, setzte sich, Greg folgte ihm. Schon fuhren sie ab.

»Kommt ihr mit? Oder bleibt ihr da?«

»Wir sollten uns nicht trennen!«

Zehn Minuten später beherrschten sie ihr neues Fortbewegungsmittel. Es gab eine Kontaktscheibe an der Seitenwand, einen Schalter, der die Gondeln zum Halten brachte. An den Kreuzungsstellen ging es normalerweise geradeaus, doch konnte man auf eine Querschiene einschwenken, wenn man einen Hebel nach rechts oder nach links stellte. Von dieser Querschiene wechselte dann ein Wagen auf die Schiene der ursprünglichen Richtung, so dass die Fahrtordnung beibehalten blieb. Verließ man die Bahn und auch den daran anschließenden Wegstreifen, so hielt die Kette der Fahrzeuge an.

»Das System ist idiotensicher«, sagte Pavel. »Ich wette, der Zugang zu den oberen Etagen ist ähnlich leicht.«

Sie waren einige Male um den Block gefahren, an den Soldaten vorbei, die ihnen zweifelnd nachsahen. Dann hatten sie eine Erkundungsfahrt gegen das Zentrum gemacht, ohne etwas entscheidend Neues zu finden.

»Versuchen wir es! Ich glaube nicht, dass wir uns in Gefahr begeben.«

Sie hatten keinen Leiter, sie waren ein Team ohne Befehlshierarchie, gerade von der richtigen Größe, um funktionsfähig zu sein. Jeder konnte das Kommando übernehmen, wenn es um Fragen seiner Spezialfächer ging, aber selbst dann erteilte niemand Befehle. Normalerweise gab es nur Vorschläge, denen alle folgten oder, wenn es einen triftigen Einwand gab, auch nicht.

Jetzt gingen sie die Gebäudefront entlang, und es war nicht schwer, einen ähnlichen Kontaktschalter zu finden wie jenen für die Gondelbahn. Er befand sich in einer Vertiefung an der Mauer, um ihn herum im Boden eine leichte Rille, die im Rechteck herumlief.

»Stellt euch hier herein!« Josef drückte den Schalter nieder – aus der Rille erhob sich eine Glaswand, schloss sie ein, der Boden hob sich, und sie fuhren in einer durchsichtigen Kabine schräg aufwärts. Die Straße fiel unter ihnen zurück, die gegenüberliegende Mauerfront entfernte sich. Plötzlich hielten sie sanft, die Glaswand versank im Boden, sie standen auf einer Terrasse, vielleicht 100 Meter hoch, ein hüfthohes Geländer schirmte sie ab.

»Hast du uns gestoppt?«

»Ja, ich habe den Mechanismus ausprobiert. Er ist ganz einfach: Unter diesem Plättchen erscheinen Leuchtziffern – man drückt darauf, und der Aufzug hält. Wollt ihr noch höher?«

»Nein! Sehen wir uns um!«

Es war eine einfache Eingangsöffnung ohne Tor oder sonstige Sperre. Sie führte in einen langen Korridor, der geradeaus ins Innere lief, von einem Lumineszenzstreifen an der Decke diffus beleuchtet – nicht sehr hell, aber ausreichend. Er war völlig leer, auch Türen waren nicht zu bemerken. Sie folgten ihm mehrere Minuten, das Tageslicht versiegte hinter ihnen, bis nur noch ein helles Quadrat zu sehen war. Da endete die gerade Strecke, ein Quergang führte nach links und rechts.

»Gehen wir weiter?«

»Was sonst?«

»Werden wir zurückfinden?«

»Kein Problem.«

»Besser, wir markieren den Weg.«

Greg zog einen Filzstift aus der Jackentasche und zeichnete einen Pfeil auf den makellos sauberen Boden.

Sie wandten sich nach links.

Ein leichter, warmer Luftzug war zu verspüren, der aus dem Inneren kam.

»Eine Ventilation.«

»Dieses Riesengebäude muss eine Klimaanlage besitzen.«

»Hört ihr nichts?«

Sie lauschten.

»Es kommt von hinten!«

»Nein, von vorn.«

Plötzlich ein lauteres Geräusch, ein Kratzen und Winseln. Tibor spurtete los, bis zu einer Gangkreuzung. »Da war ein Mensch!«

Die anderen rannten ihm nach. Der Gang war leer.

»Wo ist er?«

»Dort vorn verschwunden!«

»Hast du dich nicht getäuscht?«

»Sicher nicht!«

»Sehen wir nach!«

Wieder zeichnete Greg einen Pfeil auf den Boden.

»Seht, ich habe Recht gehabt!«

Wieder eine Gangmündung, diesmal schmaler, niedriger.

»Hier muss er untergetaucht sein.«

»Hat er dich gesehen?«

»Ich weiß es nicht, sah ihn nur von hinten.«

Wieder ein kaum vernehmbares Wischen.

»Das kam bestimmt von hinten!« Sonja lief zurück. Dan folgte ihr. Die anderen blieben unschlüssig stehen.

Die beiden standen wieder an der Kreuzung. Nichts zu sehen. Leere Gänge in drei Richtungen.

»Da! Der Pfeil ist verschwunden!«

»Kommt her!«

»Da muss es gewesen sein!«

»Greg, weißt du noch genau, wo du den Pfeil hingezeichnet hast?«

»Hier.« Er kniete am Boden, suchte nach einer Spur. Nichts.

»War jemand hier?«

»Wieder ein Automat? Eine Art Reinigungsdienst vielleicht – Boden und Wände nicht beschmutzen! Das wird es sein!«

Sonja gab einen flüsternden Laut von sich, packte Pavel, der neben ihr stand, am Arm. Jetzt sahen auch die anderen:

Auf einem Rollstuhl näherte sich eine Gestalt, glitt vorbei, unwillkürlich wichen sie zurück. Das Gefährt mit seiner Last verschwand hinter einer Ecke.

Greg fasste sich zuerst, rannte hinterdrein, prallte zurück vor ihm war eine Wand heruntergegangen.

Es stand also fest, dass es noch Menschen in der Stadt gab.

Ja.

Warum haben Sie den Mann mit dem Rollstuhl nicht aufgehalten?

Er fuhr nicht besonders schnell. Wir hätten ihn leicht eingeholt. Wir wollten wissen, wohin er fuhr.

War das wirklich Ihre Überlegung gewesen? War es nicht vielmehr die Überraschung? Oder wollten Sie ihn schonen?

Wir waren überrascht. Es kam unerwartet. Wir hatten keinen Grund, ihn zu schonen, aber auch keinen, ihn zu verletzen.

Hat jemand eine Waffe gezogen? Es hätte sich um einen Angriff handeln können.

Ich kann mich nicht erinnern ... ich glaube nicht ... doch: Sonja hielt eine Pistole in der Hand.

Sie schoss nicht.

Nein.

Hat sie jemand daran gehindert?

Nein. Es gab keinen Grund zum Schießen.

Was haben Sie nach der Begegnung unternommen?

Wir haben die Sperre, die heruntergelassene Wand, untersucht.

Das Ergebnis?

Massiver Kunststoff.

Zu massiv, um ihn aufzusprengen?

Kaum.

Warum haben Sie nicht gesprengt?

Wir konnten es später immer noch tun.

Können Sie Lärm gut vertragen? Erschrecken Sie bei einem plötzlichen Geräusch?

Lärm macht mir nichts aus, auch kein überraschender Schuss.

Was geschah dann?

Wir sind schnellstens zum Lager zurückgekehrt.

Eine Flucht?

Die Konsequenz logischer Überlegungen. Wir mussten die Nachricht weitergeben.

Warum nicht per Funk?

Die Verbindung war unterbrochen. Nein, wir mussten zurück. Die Kameraden waren ahnungslos ...

... und benahmen sich leichtsinnig.

Alles sah unbedenklich aus.

Zwei Tage ohne Feindberührung berechtigen nicht zum Leichtsinn. Die Männer haben sich ohne Erlaubnis vom Lager entfernt, sie haben die Sportanlagen benützt. Einige sind bis zur Gondelbahn vorgedrungen und haben Vergnügungsfahrten unternommen.

Darauf hatten wir keinen Einfluss.

Die Soldaten haben – trotz Verbots – stadteigene Sender abgehört.

Möglich.

Wie wurden ihnen die Wellenlängen bekannt?

Es waren die üblichen Wellenlängenbereiche, die auch wir benützten. Man brauchte nur an den Knöpfen zu drehen.

Und die Modulation?

Sie hatten einen Sender gefunden, der unsere Art der Modulation benützte.

Sie waren ihm nicht freundschaftlich gesinnt, das stand fest, sie sahen keinen Helden in ihm, sie versuchten, ihn zu überführen ... Verrat, Sabotage, fehlerhaftes Verhalten ...

Doch er hatte keinen Fehler gemacht – keiner des Teams

hatte sich falsch verhalten. Sie alle waren dem Plan gefolgt, hatten so gehandelt, wie sie es gelernt hatten, waren nicht abgewichen, hatten sich keine eigenen Gedanken erlaubt, kein Ausbrechen aus dem Schema der bedingten Befehle … und doch – sie hatten ihr Ziel nicht erreicht. Ihr Wissen, ihre sorgfältig übertragenen Kenntnisse, Zehntausende von Daten, Verfahren, Lösungswege hatten nichts genützt. Nicht, dass sie sie falsch angewandt hatten – sie waren gar nicht dazu gekommen, sie anzuwenden. Sie hatten so gehandelt, wie man es ihnen eingedrillt hatte, und gerade deshalb falsch gehandelt. Lag der Fehler in der Wissenschaft oder in der Technik? Musste er alles durchforschen, was er gelernt hatte, um ihn zu entdecken? Stimmte die Mathematik nicht, die Logik, die Kybernetik? Lag es an falschen Daten, an Approximationen, an Fehlergrenzen, an unerlaubten Verallgemeinerungen? Lag es an einem Irrtum, an einer Gedächtnislücke, an einem Übertragungsfehler, an einem mangelhaften Code? Lag es am Prinzip – an der Anwendbarkeit, an der Übertragbarkeit, an der Deutung? Lag es am Menschen oder an der Maschine?

Sie hatten sich mehrfach gesichert.

Theorie.

Experiment.

Zahllose Berechnungen, zahllose Versuche.

Das Durchspielen im mathematischen Modell. Die Simulation. Der Test. Vortäuschung der Wirklichkeit. Übung am realen Objekt.

Entscheidungssimulationen machen die strategische Grundproblematik deutlich. Umgekehrt dienen sie der gruppendynamischen Untersuchung des ausgewählten Teams.

Während der Simulation wird das Verhalten der Teammitglieder untereinander, ihre Einstellungen, Spannungen, Bedürfnisse und Kommunikationen, untersucht. Das Ergebnis bildet die Grundlage für die Aufstellung eines Persönlichkeitsmodells. An diesem werden weitere, durch Tests nicht erfassbare Situationen und Konstellationen durchgespielt.

Jede Gruppe erarbeitet ihre Kriterien selbstständig, bestimmt ihre Ziele und Präferenzordnungen. Im Laufe des Versuchs revidiert sie ihre Kriterien nach partiellen Optimierungen und sequentiellen Lernprozessen –

Mathematik
Logistik
Semiotik
Informationstheorie
Codierungstheorie
Boolesche Algebra
Automatentheorie
Theorie adaptiver Systeme
Regelungstheorie
Spieltheorie
Systemkomplextheorie
Organisationskybernetik
kybernetische Pädagogik
Theorie der Beeinflussung
Regierungstheorie –

geschlossene Denkmodelle, logische Abhängigkeiten, kausale Erklärungen, Wechselbeziehungen und Kreisrelationen, das Weltbild hat sich geschlossen, die Übersicht ist lückenlos, die Wissenschaft ist unteilbar, ihre Aussagen sind unwidersprüchlich formulierbar, allumfassend praktikabel ...

Wo lag der Fehler?

Nicht in den Praktiken, Routinen, Denkweisen, nicht in den wissenschaftlichen Methoden. Energetische und informationelle Größen. Physikalische, biologische, soziologische Systeme. Die Modelle sind allgemein gültig, die Theorie operiert auf höchster abstrakter Ebene, die Schemata sind beliebig einkleidbar, die Schlüsse zwingend, die Resultate übertragbar. Es gibt keine verborgenen Parameter, keine Unschärfen, keine singulären Stellen, der Anwendungsbereich ist unendlich – die Gültigkeit universell. Das Unbekannte ist vorweggenommen –

das leere Schema mit Daten füllen
ins Konkrete gehen
Konstanten bestimmen
Messwerte einlesen
Realität als Variationsproblem
optimieren
maximieren
Wendepunkte bestimmen
numerische Lösungen suchen
Zeichenreihen
Listen
Zuordnungen
die Wirklichkeit als Spezialfall des Denkbaren

Vielleicht lag hier der wunde Punkt? Das Spektrum der Möglichkeiten, das realisierte Weltmodell, der Zusammenhang nicht ein-eindeutig, das Einzelne liegt dem Unendlichen eingebettet, das Unendliche lässt stets noch Varianten zu. Der Schluss vom Allgemeinen aufs Spezielle? Irrtum der Philosophie?

Ihr System war eine stabile Lösung des Problems, aber es war nicht die einzige, es gab andere. Dann aber taugte das Argument der Stimmigkeit nicht mehr, oder es galt ebenso für jede andere Lösung, aber nur eine konnte die beste sein, aber welche Kriterien zur Wertung heranziehen, der Katalog der Kriterien war erschöpft, gab es andere, aber in welchen Bereichen, dann verlor ihre Lösung den Rang einer Zielvorstellung, dann waren andere Realisationen gleichwertig, und die Sicherheit, die bisher den vieldimensionalen Raum der gesellschaftlichen Fragen als Koordinatennetz durchzogen hatte, erwies sich als leeres Schema.

Ideologie ist wissenschaftlich nicht begründbar.

Dan bewegte sich nicht, als sich dieser ketzerische Gedanke in ihm festkeilte, aber er war sich der Bedeutung bewusst. Er erschrak, als er erkannte, dass ihm unter den Schlussfolgerungen, die seine Einsicht erbrachte, zuerst jene auffielen, die ihn ganz persönlich betrafen. Plötzlich sah er sich in den Zustand des Privaten zurückgeworfen. Hatte er bisher noch annehmen dürfen, dass jeder seines Teams, dessen Teil er war, in ähnlichen Situationen ähnlich gedacht hätte, so war er nun aus ihrer Vorstellungswelt ausgebrochen, war geflohen, hatte sich der Verantwortung entzogen, hatte versagt. Er bewegte sich in Regionen, in die ihm niemand folgen konnte, und wäre ihm ein anderer vorangegangen, so hätte selbst er ihn verachtet. Jetzt war er endgültig allein, und er schämte sich, weil es ihm wie Verrat vorkam.

Der nächste Schritt war genau geplant. Der Oberst hatte darauf bestanden, dass sie nichts ohne den Begleitschutz einiger Soldaten unternahmen. Sie sollten sich nicht zu weit ins Stadtinnere vorwagen, sondern möglichst im Randgebiet in ein Gebäude eindringen und versuchen, mit den Bewohnern Kontakt herzustellen.

Sie benützten den Lift, fuhren zur ersten Etage. Zunächst trachteten sie, einen Überblick zu gewinnen. Ein Messtrupp legte einen Plan an, was mühsam war, weil der Kompass ausfiel. (Die Magnetnadel wich in irregulärer Weise von der Nord-Süd-Richtung ab. Sie nahmen die Frontlinie als Bezugskoordinate und behalfen sich mit Bogenmaß und Entfernungsmesser.) Eine Art Hauptgang lief in einem Sechseck um das Gebäude herum, nach außen und innen zweigten Nebengänge ab, die blind endeten. Von diesen wieder führten kurze Gangabschnitte zur Seite, in denen es Einschnitte gab, hinter denen man Türen vermuten durfte.

Nun zögerten sie nicht mehr, sondern nahmen sich die erste vor. Rechts und links postierten sich die Soldaten mit erhobenen Waffen. Tibor untersuchte die Tür, fand aber weder Klinke noch Schlüsselloch.

»Sollen wir mit Gewalt eindringen?«

»Warum nicht klingeln?«

»Hältst du das für eine Klingel?« Greg deutete auf einen Milchglasstreifen neben dem Türrahmen.

»Was soll es sonst sein?«

»Wir werden sehen!« Dan drückte leicht darauf. Prompt erschienen darunter rot leuchtende Schriftzeichen.

»Was bedeutet das?«

Greg antwortete. »Es scheint mir eine Abkürzung zu sein, und ich wage sie zu deuten. Es heißt, bitte nicht stören!«

»Sollen wir darauf Rücksicht nehmen?« Sie versuchten es bei einer Tür nach der anderen. Erst im nächsten Gangabschnitt kam eine andere Reaktion. Ein grüner Schriftzug erschien, und zugleich glitt die Tür beiseite. Zwei Soldaten sprangen mit erhobenen Waffen vor, doch der erste Blick ins Innere ließ sie mitten im Sprung innehalten; sie blieben wie angewurzelt stehen. Die anderen schreckten verblüfft zurück: Vor ihnen lag ein Abgrund, tief unten glitzerndes Wasser, ringsherum blauer Himmel, am Horizont violett gesäumt, darüber etwas dunkler, am Zenit samtig schwarz, vor diesem dunklen Hintergrund frei schwebend, ein Spiel leuchtender Kugeln, grün, gelb, orange, dann wieder rosa, purpur, braun, von silbernem Gespinst überzogen, das unruhig über die bunten Flächen lief, dabei zerriss, dunkelklare Farbovale freigab, sich an anderen Stellen wieder zusammenzog und schloss, sich wabenartig raffte, feine Netze bildete, erneut zerriss.

Der Schritt durch die Tür führte unmittelbar in den leeren Raum – leer bis auf eine schwebende Plattform, auf der ein dick gepolsterter Liegesessel stand, darauf ruhte ein Mensch, ein Mann; hohe Stirn, weißes Haar, braunes, junges Gesicht. Er blickte nach oben, offenbar in die Betrachtung des Spiels der bunten Blasen versunken.

Dann schien er zu merken, dass etwas Ungewöhnliches vor sich ging. Er richtete sich auf, wobei die Lehne an seinem Rücken blieb, streckte die Hand zu einem Schaltkästchen aus, das sich ihm automatisch entgegenbewegte, und ließ seine

Finger kurz über einige Tasten spielen. Mit einem Schlag verblassten die Farben der Kugeln, das Blau des Himmels, das Grün des Meeres, und aus der Zeichnung der Konturen, die zuletzt noch übrig blieb, traten graue, geperlte Wände, leicht gekrümmt, statt Kanten Rundungen, die Decke eine flache, ebenfalls grau geperlte Kuppel, der Boden dunkelgrau gefasert.

Der Mann blickte sie irritiert an.

»Was hat das zu bedeuten? Wo ist Gilbert?«

Sie traten zögernd ein, Greg voran, dann Pavel, dazwischen schoben sich die Soldaten, die andern drängten nach.

»Verlasst den Raum! Wer seid ihr?«

»Verzeihen Sie«, sagte Greg. »Wir haben nichts Böses im Sinn. Nur einige Fragen!«

»Kommen Sie von der Regeneration? Es ist noch zu früh.«

»Beruhigen Sie sich«, bat Greg. »Wir ...«

»Das ist eine Ungeheuerlichkeit. Verlasst den Raum – unverzüglich!«

Seine Hand bewegte sich auf dem Manual. Den Männern wurde schwarz vor den Augen.

Als sie erwachten, lagen sie draußen auf der Terrasse, einer neben dem andern. Es war ihnen nichts geschehen. Sie wurden unvermittelt hellwach, hatten keine Kopfschmerzen, verspürten keine Müdigkeit.

»Wir sind zu plump vorgegangen«, sagte Pavel. »Wir haben ihn erschreckt.«

»Jeder hätte Angst bekommen. Für ihn sind wir Fremde.«

»Er hatte keine Angst.«

»Was dann?«

Pavel hob die Schultern. »Ärger, würde ich sagen. Empörung. Es war keine Schreckreaktion. Er fühlte sich nicht bedroht – bis auf einen Moment – als er von der Regeneration sprach, da war ein Anflug von Angst in seiner Stimme.«

»Er hat offenbar jemand anderen erwartet.«

»Ja, darum ließ sich die Tür öffnen.«

»Und die bunten Kugeln?«

»Vielleicht ein Experiment?«

»Ein Spiel.«

»Das eher.«

»Projektion – oder Fernsehen.«

»Hohe Qualität. Völlige Vortäuschung der Wirklichkeit.«

»Ich habe im ersten Moment auch geglaubt, wir befänden uns in luftiger Höhe.«

»Es gab keine Möglichkeit, die Täuschung festzustellen.«

»Mit etwas Logik ...«

»Ins Zimmer treten ...«

»Um keinen Preis wäre ich eingetreten.«

»Was nun?«

»Behutsamer vorgehen.«

»Nicht gleich mit einer ganzen Mannschaft.«

»Am besten einer allein.«

»Das Risiko ...«

»Offenbar hat man nichts Böses mit uns vor, sonst hätte man uns nicht unverletzt hierher gebracht.«

»Wir können es riskieren: einer allein.«

»In Ordnung. Wer geht?«

Sie waren alle aus demselben Holz geschnitzt, hatten die gleiche Erziehung, waren zusammen geschult worden, waren aufeinander eingespielt, waren vertraut miteinander, verstanden sich ohne Worte, sprachen Zweifel freimütig aus, hatten keine Geheimnisse voreinander, waren ein Team, gehörten der Elite an, waren intelligent, reagierten rasch, hatten eine gute Auffassungsgabe, waren ein wenig schwerfällig, waren kaum aus der Ruhe zu bringen, wirkten langweilig, waren es auch, wirkten beherrscht, waren schlechte Unterhalter, sahen nicht aus wie Helden, taten selten etwas Überraschendes, hatten sich unter Kontrolle, waren aneinander gewöhnt, spotteten über ihre eigenen Schwächen, hatten einander wenig zu sagen, ergänzten sich, waren gesund, waren ohne Illusionen, waren normalsichtig, benahmen sich unauffällig, hatten niedrigen Blutdruck, waren ehrgeizig, waren nicht älter als 40, hielten zusammen wie ein Mann, hatten keine besonderen Kennzeichen, waren Nichtraucher, waren psychologisch getestet, übten verschiedene Sportarten aus, arbeiteten ausdauernd, hatten denken gelernt, waren anpassungsfähig, waren nicht vorbestraft, waren das Produkt jahrelanger Planung, waren der Stolz der Akademie, waren bereit zum Gehorsam, unterschieden sich kaum voneinander, konnten sich aufeinander verlassen, hatten ähnliche Werturteile, waren farblose Übermenschen, fühlten wie andere auch, waren gelegentlich schlecht gelaunt, hatten gepflegte Zähne, waren Experten auf Spezialgebieten – aber einander so ähnlich, dass es gleichgültig war, ob der eine mit dieser, der andere mit jener Aufgabe betraut wurde (vorausgesetzt, es handelte sich um eine allgemeine Aufgabe und nicht um eine spezielle, für die jeder Einzelne besonders vorbereitet worden war), in solchen Fällen also dachten sie ähnlich, verhielten sich ähnlich, handelten ähnlich, und niemand hätte sie allein aufgrund dessen, was sie dachten, wie sie sich verhielten, wie sie reagierten, unterscheiden können.

Sie waren austauschbare Größen.

Wir setzten mehrmals dazu an, in die Wohnräume der Stadtbewohner einzudringen. Meist leuchtete die rote Schrift auf, und wir versuchten es bei der nächsten Tür. War man ausdauernd genug, hatte man bestimmt früher oder später Glück. Stets ging nur einer hinein, die andern warteten draußen – das hatten wir uns zur Regel gemacht.

Wir sammelten eine Fülle von Informationen, und doch enthüllten sie, geordnet und in Zusammenhang gebracht, nur einen Teil des Bildes, gewissermaßen den vordergründigen. Aber dieser Teil ist sicherlich wesentlich, er bestimmt den Sollwert des Regelkreises, der sich hier eingespielt hatte.

Natürlich besprachen wir die Ergebnisse eingehend. Wir legten möglichst präzise Gedächtnisprotokolle an, diskutierten ungewöhnliche Geschehnisse, versuchten Widersprüche aufzuklären. Viele Beobachtungen wiederholten sich, andere waren einmalig und nicht reproduzierbar.

Ich berichte – als Beispiel für viele – von einem eigenen Versuch, der gute Resultate erbrachte.

Ich fand eine Tür, die sich öffnen ließ. Nur ein Teil der Projektionswände war erleuchtet, etwa ein Drittel des Umfanges, der andere Teil halb verdunkelt. Oben, im Zentrum der Kuppel, schwebte ein Beleuchtungskörper, eine Lichtspindel, die einen weichen, gelblichen, fein gebündelten Strahl abgab. Später merkte ich, dass es nur eine Projektion war.

Das Bild auf der Sichtfläche zeigte ein kompliziertes Diagramm, farbige Linien, Pfeile, Kreise mit eingeschriebenen Ziffern, die mitunter wechselten. In einer Ecke eine Zeitanzeige, die offenbar im Zeitraffer lief.

Als ich eintrat, sah der Mann im Liegesitz kurz auf. Zur Bildfläche gewandt sagte er »Pause«. Die Zeitanzeige blieb stehen. Das Diagramm verblasste, man sah in einen dämmrig erleuchteten Raum, es war wie ein Spiegelbild, derselbe Liegestuhl, ein Mann; zuerst meinte ich, in das Nachbarappartement zu sehen, aber es war eine Projektion, wer weiß, über welche Entfernung.

Der eine Mann sagte zum andern: »Fünf Minuten, wenn es dir recht ist?«

»In Ordnung.«

Das Bild verschwand, es wurde heller, ohne dass ich hätte sagen können, wodurch.

»Bist du einer der Fremden?«

»Ja.«

»Du hast Glück. Ich interessiere mich für Geschichte.« Er drückte eine Taste, und neben mich schob sich eine Liege.

»Bitte setz dich. Du holst dir noch einen Muskeltremor. Ein Stärkungsbad?«

»Nein, danke.«

»Ich brauche einige historische Angaben. Die Schlacht bei Waterloo – ein Begriff?«

»Ja.«

»69052 Mann hatte Napoleon, 272 Kanonen, Blücher 74860, doch mir fehlen die Angaben über Wellington – 90000? oder 64000? Und wie viel Kanonen? 272 hatte Napoleon. Und Wellington? Kannst du die Daten besorgen?«

»Ich kann es versuchen.«

»Man hätte Wellington und Blücher den Weg abschneiden sollen. Die Geschütze auf der Hügelkette postieren. Dann wären die Verluste geringer gewesen. Ich habe es durchgerechnet. Napoleon hätte die Schlacht bei Waterloo gewinnen können. Was meinst du?«

»Ich weiß nicht recht.«

»Glaubst du mir nicht? Wollen wir wetten?«

»Nein. Ich hätte eigentlich einige Fragen ...«

»Später. Zuerst ich, dann du. Schließlich bist du reingekommen – ohne zu fragen.«

»Die Tür war nicht verschlossen.«

»Wem fällt es schon ein, in fremde Appartements zu kommen, noch dazu zu Fuß.«

»Verlasst ihr nie den Rollstuhl?«

»Ich frage zuerst: Wie viel Mann hatte Wellington?«

»Das weiß ich nicht.«

»Aber ihr habt doch sicher Aufzeichnungen darüber. Könntest du sie nicht abrufen?«

»Ich will es gern tun, aber es geht nicht so schnell.«

»Wirst du es tun?«

»Ja. Wenn du mir meine Fragen beantwortest.«

»Jetzt?«

»Ja.«

»Dann bitte schnell. Ganz kurz.«

»Wie viele Einwohner hat die Stadt?«

»Aber das ist doch albern. Frag doch selbst ab.«

»Bei wem?«

»Bei der Zentrale selbstverständlich.«

»Ich habe kein Ein- und Ausgabegerät.«

»Es stehen genügend Appartements frei.«

»Wo?«

»Wie soll ich das wissen, ich hab meins.«

»Kannst du nicht nachfragen?«

»Jetzt nicht – keine Zeit!«

»Dann besorge ich dir die Daten nicht.«

»Na schön.«

Er drückte einige Tasten auf dem Manual. Auf der Projektionswand erschien ein Plan, offenbar ein Plan der Stadt. Einige Bereiche oszillierten rot.

»Zufrieden?«

»Wie ist die Orientierung?«

»Jetzt wird mir die Sache aber wirklich zu blöd. Ich muss zurück.«

Ein Griff an die Schalttafel, und die Projektionswände leuchteten auf, Klirren und Tosen erfüllte den Raum, Schreie, französisch, deutsch, englisch, flämisch. Funken stoben, Dampf stieg auf; man roch es, gedämpft, aber durchaus echt – es roch nach Pulver, nach Schweiß, nach Tierleibern. Bärenmützen, Tschakos, Reiter klammerten sich an hochgehende Pferde, Menschen in bunten Uniformen rannten gegen einen Hagel von niederprasselnden Geschossen, ein hölzerner Wagen brannte. Degenspitzen, Bajonette, Fontänen von Schlamm. Die Zeitansage lief wieder, die Ziffern schwebten frei im Raum.

»Siehst du, es geht weiter! Diesmal finde ich die richtige Strategie. Wir müssen von links angreifen, das ist die Lösung.«

Er saß wie ein Feldherr inmitten der Schlacht. Ein Knopfdruck, und das Diagramm erschien. Finger huschten über die Tasten, einige Pfeile änderten ihre Richtung. In einem blendend weißen Feld erschienen Zahlen:

7624	(+ 316)
	(– 28)
7624	(+ 288)

»Hab' ich's nicht gesagt – sie haben größere Verluste! Heute besiege ich Blücher. Geh jetzt, bring mir die Daten, aber geh rasch, rasch ...«

Ich stand auf und ging hinaus.

Sie waren hoch gewachsen, verließen ihre Räume selten, hockten vor den Projektionsschirmen, waren mit großem Ernst bei ihren Spielen, interessierten sich für alles Mögliche und für nichts, fanden ihr Dasein selbstverständlich, waren nicht dumm, hatten einen guten Kern, konnten sich wirklich begeistern, ließen sich nichts entgehen, merkten nicht, dass die Zeit verstrich, vermieden jede Anstrengung, führten ein hygienisches Leben, waren manchmal unzufrieden, wollten nicht gestört werden, nützten ihre Möglichkeiten nicht aus, ergriffen selten die Gelegenheit, lebten ihr Leben, vermieden Entscheidungen, ließen sich von Robotern bedienen, wurden von UV-Strahlern gebräunt, schämten sich nie, waren Egoisten, sahen nicht über ihren Horizont hinaus, wussten nichts von Ackerbau und Viehzucht, hatten eine Leidenschaft für Sport, entwickelten sich nicht weiter, tauchten ihre Hände in destilliertes Wasser, entfalteten sich nicht, hatten eine gute Verdauung, hatten Sinn für das Schöne, waren am Ziel angelangt, lebten in einer Scheinwelt, reizten ihre Sinne mit elektrischem Strom, waren längst abgeschrieben, waren an Überwachung gewöhnt, vertrauten den Maschinen, hörten gern Musik, ließen ihre Muskeln verkümmern, hatten nie ein Stück Himmel gesehen, waren unschuldig, konnten sich nichts anderes vorstellen, waren in eingefahrene Bahnen geraten, fühlten sich ganz wohl dabei – und wenn jemand angeregt hätte, sie sollten ihre Situation überdenken, sich kritisch auseinander setzen, von den vorgezeichneten Wegen abweichen, so hätten sie ihn nicht verstanden, wären schockiert gewesen oder belustigt, nicht mehr bewegt als über eine Störung im Spiel, hätten sich im Recht gefühlt, und anders konnte es auch nicht sein, denn sie hatten nicht gelernt, Fragen zu stellen über Dinge, die selbstverständlich schienen, und so sahen sie nicht mehr als das, was offen vor ihnen lag, und nicht einmal das, ersparten sich Konflikte, mieden Entscheidungen und nahmen das Leben so, wie es war.

Sie waren frei von Schuld, und das war ihre einzige Freiheit.

Die folgende Nacht war die letzte, die Sie im Lager verbrachten?

Wir kehrten zurück – um zu berichten und zu einer Ruhepause. Von Tag und Nacht konnte man nicht sprechen. Es war stets gleich hell, es gab keinen Wechsel der Temperaturen, keinen Wind, keine Bewegung am Himmel.

Hielten Sie den normalen Tagesrhythmus nicht ein?

Dazu bestand keine Veranlassung. Unsere Untersuchungen hielten uns mitunter länger auf, und es schien vernünftig, sie nicht zu unterbrechen.

Wie hielten es die übrigen Mannschaften?

Die feste Zeitordnung schien sich aufzulösen.

Warum achtete der Oberst nicht darauf?

Er versuchte es, aber die Leute taten nicht mit.

Er hätte Strafen verhängen können.

Strafpunkte verteilen – niemand kümmerte sich darum.

Energische Maßnahmen, Arrest ...

In fremdem Territorium ... nein, das konnte er nicht. Er durfte es nicht auf eine Kraftprobe ankommen lassen.

Wie erklären Sie sich den Verfall der Disziplin?

Bei Besetzungen geht es stets freier zu als in der Kaserne. Das bedeutet noch längst keine Meuterei.

Diese Aktion unterschied sich von den anderen Besetzungen.

Ja, sonst gab es Widerstand. Das stärkt den Zusammenhalt.

Sehen Sie einen Zusammenhang mit den Stimmen aus dem Radio?

Wenn Sie an eine geheimnisvolle Suggestivwirkung denken – nein.

Einige Soldaten hatten sich von der Truppe entfernt.

Ja.

Waren den Leuten die Ergebnisse Ihrer Untersuchungen bekannt? Wussten sie von den frei stehenden Appartements, von den Möglichkeiten der Projektionsspiele?

Es ist möglich. Wir haben diese Dinge nicht geheim gehalten.

Dan hatte den Plan nur kurz gesehen, aber es hatte genügt, um zu erkennen, dass die unbesetzten Räume im Zentrum der Stadt lagen. Sie mussten viele Stunden fahren und nahmen ihre Ausrüstung mit, um unabhängig zu sein. Da es kein freies Gelände gab, lagerten sie mitten auf der Straße. Ein Wagen stand etwas weiter vorn, einer zurückgezogen, dazwischen stellten sie ein Zelt auf. (Eigentlich war das überflüssig, denn sie brauchten keinen Schutz gegen Regen oder Kälte, Radioaktivität oder Krankheitskeime. Längst hatten sie die schweren Schutzanzüge abgelegt und trugen die leichten, olivgrünen Kombinationen mit den aufgesteppten Taschen, die knapp geschnittenen Laufschuhe mit den Schaumgummisohlen, die Schirmkappen. Auch die Luftmatratzen lagen auf dem Boden; wer Dunkelheit zum Schlafen brauchte, zog die Decke über den Kopf. Im Zelt hatten sie einen Teil der Vorräte aufbewahrt, die Wasserkanister, die Gefrierpackungen mit Fertigmahlzeiten, die Trockenfrüchte, die Konserven, die Kraftrationen, die Konzentrate und Notvorräte, dort hatten sie auch einige Geräte bereitgestellt, und sie bewachten sie, aber niemand rechnete ernstlich damit, sie verteidigen zu müssen.)

Um die unbesetzten Räume zu finden, mussten sie sich von ihrem Standplatz entfernen, einige Soldaten kamen mit, andere blieben zurück, gelangweilt, träge oder gereizt, sie lungerten umher, saßen am Rand der Fahrbahn, lagen auf den Matratzen und starrten hinauf in die blendende Helle der schwebenden Lichter.

Das Expertenteam brauchte nicht lange zu suchen. Die Gebäude unterschieden sich nicht von den andern, ihr Bauplan war derselbe, das Labyrinth der Gänge nahm denselben Verlauf. Sie fanden die kurzen, blinden Gangabschnitte mit den geschlossenen Türen. Wenn man die Leuchtscheiben berührte, leuchteten keine Schriftzeichen auf. Die Appartements dahinter waren leer.

Bis zur Stunde hatten wir uns außerhalb des Systems befunden, wir hätten genauso gut draußen in der Wüste bleiben können. Was wir von der Stadt gesehen hatten, war ihre Oberfläche. Ihre Funktion, ihre Wirklichkeit lag in ihrem Kommunikationssystem. Was sich in ihr begab, sich veränderte, sich entfaltete, geschah durch Signale, lief durch Drähte, durch Halbleiterelemente, durch monomolekulare Schichten, durch ionisierte Gase, durch den leeren Raum; wurde ausgegeben, aufgefangen, entschlüsselt, verglichen, neu kombiniert, wieder ausgegeben, gespeichert, abgerufen, analysiert, geordnet, zusammengefasst, gelöscht. Das alles begab sich lautlos und ohne Bewegung, in einer unhörbaren Sprache, in unsichtbaren räumlichen Ordnungen. Es entstanden Muster aus Ladungen, Impulsen, Wellen, einem Geschehen zugeordnet, oder dieses Geschehen selbst, Muster mit Bedeutung, Zeichen, Begriffe, bestimmt durch ein Zuordnungsschema, einen logischen Operator, einen Ähnlichkeitsschluss ... Die Richtung der Magnetisierung, die Faltung einer Proteinkette, die Orientierung des Spins, ein Sprung in der Kennlinie, die Besetzung eines Quantenzustands, der Wechsel des Energieniveaus – Ereignisse auf verschiedenen Ebenen, Funktion von Zeichenträgern, Codes für komplexe Situationen.

Das System war dabei – aber das wussten wir damals noch nicht –, die Entwicklung auf eine informationelle Ebene zu heben. Die Stadt war die Nahtstelle zwischen den beiden Ebenen.

Hochrechnungen, Simulationen, Modelle ... von einem bestimmten Moment an ersetzen sie Wirklichkeit und Zukunft. Nichts zwingt mehr dazu, die Ereignisse abzuwarten, die Reaktion erfolgt im Vorgriff, setzt Fakten, die man prüft, bewertet, in Rechnung stellt, über die man entscheidet, die Konsequenzen zieht ... Das reale Objekt wird überflüssig, das elektronische Schema bildet es ab, die Rasterung ist beliebig fein, die Identität erreichbar.

Am Abend saßen sie beisammen und berieten. Ein wenig abseits hatten es sich die Soldaten bequem gemacht, sie spielten Karten, hörten die betörende Musik aus den Radioapparaten, schliefen – es sah aus, als hätte sich ihre Zahl vermindert.

Pavel, Dan und die anderen Mitglieder des Expertenteams hatten wieder mehrere Rekognoszierungen vorgenommen und ihre Erfahrungen ausgetauscht. Im Grunde waren die Ergebnisse alle gleich: Menschen, die intensiv damit beschäftigt waren, sich allen möglichen Arten von Vergnügungen hinzugeben.

»Solange wir uns mit ihnen beschäftigen, können wir

nicht auf das System kommen, das in dieser Stadt wirksam wird.«

»Wir tappen noch an der Oberfläche herum.«

»Es muss einen Weg geben, tiefer einzudringen, zum Eigentlichen vorzustoßen.«

»Man müsste hinter die Wände schauen können, sehen, wohin die Leitungen führen. Es muss so etwas wie ein Gehirn geben, das alles überwacht.«

»Ich habe versucht«, berichtete Josef, »eine Wandplatte zu lösen. Kaum hatte ich die Kreissäge angesetzt, da hörte ich das Zischen von Gas – die übliche Art, uns an unseren Nachforschungen zu hindern. Doch diesmal hatte ich mir eine Gasmaske aufgesetzt. Viel hat sie mir nicht genützt. Vielleicht sollten wir es einmal mit den Schutzanzügen und den Sauerstoffbehältern versuchen. Das Gas ging durch die Filter durch, aber es wirkte doch ein wenig langsamer, als wenn man völlig ungeschützt ist.«

»Was hast du erlebt?«

»Erzähle!«

»Lacht mich nicht aus!« Josef zögerte noch ein wenig. »Vielleicht hatte ich Halluzinationen. Ich sank zusammen, konnte mich nicht bewegen, aber durch die Gasmaske hindurch sah ich jemand auf mich zukommen …«

»Na, weiter!«

»Zwei – Wesen. Sie sahen aus … wie Affen. Affen in Kleidern – dunklen Overalls. Einer zog mir die Maske herunter. Sie hoben mich auf … dann weiß ich nichts mehr.«

»Vielleicht hast du wirklich geträumt – ich hätte eher perfekte Roboter erwartet.«

»Ich habe den Eindruck, dass wir in Gefahr schweben … vielleicht haben wir bisher nur Glück gehabt und sind uns dessen nicht bewusst.«

»Es muss irgendeine Intelligenz dahinterstecken. Diese müssen wir aufspüren.«

»Aber wie?«

»Auch ich habe etwas Merkwürdiges erlebt – vielleicht gibt uns das einen Hinweis«, sagte Dan. »Bisher haben wir mit allen möglichen Tricks versucht, Informationen über die Steuerung des Systems, die Lebensweise der Einwohner, die Geschichte und den Zustand der Stadt zu bekommen. Heute habe ich einen direkten Weg eingeschlagen. Durch Zufall kam ich auf einen Speicher, der Antworten auf beliebige Fragen ausgibt – eine Art Fragekasten. Ich habe die Fragen gestellt. Zuerst nach der Geschichte der Stadt.«

»Und du bekamst Antwort?«

»Nicht gleich. Es erschien mir zuerst als eine Ausflucht. Statt einer Antwort kam eine Gegenfrage: ›Die Beantwortung dieser Frage nimmt etwas mehr Zeit in Anspruch. Dürfen wir inzwischen eine andere Frage beantworten?‹ Ich fragte nach der Herkunft der Einwohner – denn hier gibt es keine Familien, keine Kinder, keine Schulen. Ich bekam wieder keine Antwort – und wieder sollte ich eine weitere Frage stellen. Ich fragte nach der steuernden Instanz.«

»Und weiter?« Spannung lag auf den Gesichtern der anderen.

»Plötzlich erschien auf dem Bildschirm ein Gesicht – es war ein Schock für mich, denn der, der mir von der Wand lebensecht entgegensah, ... der war – ich selbst.«

»Eine Spiegelung?«

»Nein. Der andere sagte, und ich möchte schwören, mit meiner Stimme!, ›Sie haben das Recht, auf alle Fragen, die Sie stellen, Antwort zu erhalten. Ihre Fragen sind allerdings so schwierig, dass sie sich nicht mit einigen Sätzen beantworten lassen. Die mögliche Antwort nimmt Bezug auf eine Ebene von Zusammenhängen, über die Sie nicht informiert sind. Auch der Zugang zu diesen Informationen steht Ihnen selbstverständlich frei, und wir sind bereit, sie Ihnen zu vermitteln. Dazu ist Zeit nötig; es würde auch bedeuten, dass wir Sie Ihrem jetzigen Milieu entziehen müssten. Wollen Sie auf die Antwort verzichten oder bestehen Sie darauf?‹«

»Was hast du geantwortet?«

»Ich habe Bedenkzeit erbeten.«

»Das war richtig.«

»Hört sich fantastisch an.«

»Das könnte uns der Lösung näher bringen!«

»Man scheint nicht oft solche Fragen zu stellen.«

»Was meinst du. Dan? Willst du es tun?«

Sie diskutierten längere Zeit. Dann beschlossen sie, das Risiko auf sich zu nehmen. Da damit zu rechnen war, dass Dan an einen anderen Ort gebracht würde, gaben sie ihm ein taschenlampengroßes Sende- und Empfangsgerät mit Peilantenne mit. Sie vereinbarten Rufnummern für ihre persönlichen Funkgeräte und einen Notruf. 24 Stunden würden sie warten, dann sollten sie – falls er noch nicht zurückgekommen war – den Funkkontakt herstellen.

Am nächsten Morgen begleiteten sie Dan vor die Tür des Appartements.

»So schlimm wird es schon nicht werden«, sagte er, als er die besorgten Gesichter sah. »Auf Wiedersehen!«

Er winkte ihnen zu und ging durch die Tür, die sich hinter ihm schloss.

Nur am Wechsel der Farben war zu merken, dass die Kugel in die Tiefe sank: gelbgrün, smaragd, blauoliv. Das Wasser schien unbewegt, Daniel musste nah an die gewölbte Sichtscheibe heranrücken, um das Wirbeln winziger Luftbläschen, das Aufströmen von Phytoplankton zu sehen. Ein Knistern lief durch die Kugel – der Außendruck nahm zu.

Das Prinzip des Antriebs war einfach: freier Fall gegen die Reibung, faltbare Schwimmer, für den Aufstieg mit Pressluft gefüllt, für den Abstieg leer gepumpt. Elektronische Kontrolle der Transversalaberration. Schwenkflügel zur Gegensteuerung. Kein Fahrgeräusch. Vergeblich spähte Daniel nach Fischen; dieser Teil des Meeres war ungenutzt, die Farmen lagen weitab. Tummelplatz von Planktonfischern, das Meereswild längst ausgerottet. Daniel lehnte sich in die glatten Kissen der kreisrunden Bank zurück. Er war etwas benommen, seine Glieder waren schwer.

Reflexe an der Decke – tief unten schimmerndes Licht. Im selben Maß, wie es an Helligkeit gewann, wurde der diffuse Schein von oben blasser, und schließlich, als sich im Nebel ein triangulares Netz von Lumineszenzröhren abzeichnete, erschien das Wasser oben schwarz – ein schwarzer Himmel ohne Sterne. Das Bauwerk lag im Bereich der ewigen Nacht.

Das Bewusstsein, dass sich die Fahrt dem Ende näherte, wirkte belebend auf Daniel. Er überzeugte sich, dass seine Tasche geschlossen war, blickte unter die Sitzbank, um sich zu vergewissern, dass er nichts verloren hatte, griff nach seiner Kennmarke und stand auf, jetzt nicht mehr schläfrig, sondern unruhig und erwartungsvoll.

Von hier war jetzt auch die Zellenstruktur des Bauwerks zu erkennen, ein Wabenmuster, dem Prinzip des Sechsecks folgend. Das Dach durchsichtig, flach gewölbte Kuppeln, Linsen aus Kunstglas, die verzerrte Einsicht in die Räume des oberen Geschosses gewährten. Schon vorbei ... sie durchstießen die Ebene der Oberfront und bewegten sich in eine trichterförmige Öffnung. Die weiße Helle drang nun von allen Seiten ins Innere der Kugel, es gab einige sanfte Stöße, einen Ruck.

Ein Knacken im Lautsprecher. Die freundliche Stimme der Automatik.

»17 Uhr 25
wir sind am Ziel
Tiefe: 245 Meter
Wassertemperatur 22 Grad
bitte, nehmen Sie Platz
die Schleuse wird geöffnet.«

Daniel setzte sich. Unter ihm zischte es ... der Boden samt der Bank fuhr einige Meter abwärts, glitt aus der Kugel heraus, setzte in einer Vertiefung auf.

»Wir hoffen, Sie hatten eine gute Reise
wir wünschen Ihnen einen schönen Tag
bitte, steigen Sie jetzt aus.«

Daniel nahm seine Tasche auf und trat durch die schmale Lücke, die in der Sitzbank ausgespart war. Als er den festen Boden betreten hatte, hob sich die scheibenförmige Plattform, von einer Säule getragen, zurück zur Schleuse. Wieder zischte es, die Säule senkte sich, verschwand im Boden, die Verbindung zur Außenwelt war verschlossen.

Der Raum war von sechs Wänden umgrenzt, einige durchsichtig; er sah in andere Räume hinein, die selbst wieder durchsichtige Wände hatten, ein verwirrender Eindruck, vergleichbar dem Bild einer vielfachen Spiegelung, in unzählige Schichten gegliedert, mit endloser, vorgetäuschter Tiefe. Innerhalb dieser Ebenen sah er Geräte, blassblaue und graue Kästen, Tastaturen, Bildschirme, Rollsessel, dazwischen, da und dort, einen Menschen, meist unbewegt, über ein Pult gebeugt, mit irgendetwas beschäftigt.

In jeder der Wände eine Tür, darüber Buchstaben, N, A, B, S, C, D, N und S lagen einander gegenüber – Nord und Süd. A, B, C, D – vier weitere Himmelsrichtungen? Daniel sah sich um. An der Tür »S« leuchtete eine Schrift auf: ANMELDUNG. Er wollte sich schon in Bewegung setzen, um auf diese Tür zuzugehen, als er Schritte hörte. Ein schmächtiger junger Mann, in schwarzes Leinen gekleidet, einfache Jacke, Hose, Sandalen, Haftschalen, dunkles Kraushaar, eine Schirmkappe darübergestülpt, lief auf ihn zu, ergriff seinen Arm, hielt ihn fest.

»Zur Anmeldung? Kein Grund zur Eile. Geben Sie mir die Tasche, kommen Sie!« Er versuchte, Daniel die Tasche zu entwinden, aber dieser hielt sie fest und war bestrebt, sich der offenbar gut gemeinten Hilfsbereitschaft zu entziehen.

»Ruhen Sie sich aus, stärken Sie sich! Ärgerlich, diese Formalitäten! Doch man nimmt es hier nicht so genau – es kommt nicht auf ein paar Stunden an. Trinken wir zusammen ein Bier oder eine Tasse Kaffee, drüben ist eine Ruheterrasse.« Er ging einige Schritte vor, sah sich um, ob Daniel ihm folgte.

Daniel war nicht abgeneigt. Zwar hatte er keinen Durst, doch hätte er gern Näheres über die Zentrale erfahren, und dieser Mann schien geschwätzig genug, um ihm einige Fragen zu beantworten. Zögernd folgte er ihm. Sie durchschritten die Tür mit der Aufschrift D, kamen in einen lang gestreckten Raum, der eine ganze Reihe von Sechseckparzellen umfasste, ein Magazin oder eine Bibliothek – an den Wänden endlose Schränke mit Aufschriften, Zahlen und Buchstabengruppen, jeder hatte einen Anschluss an ein Druckluftfördersystem, große Rohre, quer durch den Raum gezogen, da und dort ein Videotisch mit Abrufpanel.

Der schwarz Gekleidete sprach ununterbrochen, sagte aber nichts, was Daniel aufschlussreich erschienen wäre, und ließ ihn nicht zu Wort kommen. Mit hüpfenden Schritten ging er neben ihm her, ungeduldig, nervös, erklärte, deutete, gestikulierte.

»Selten, dass noch jemand kommt. Was haben Sie bisher gemacht? Sind Sie Logiker? Mathematiker? Biologe? Genetiker? Woher? Welcher Distrikt?«

Daniel bereute längst, dass er mitgekommen war. Es ging um mehrere Ecken herum, durch Konferenzräume, Hallen mit blau verkleideten Schaltungen, Projektionswänden. »Ist es noch weit?«, fragte er. Er wollte dem andern nicht verraten, dass er nicht wusste, woher er kam. Zwar brauchte er sich dessen nicht zu schämen, aber es ging Fremde nichts an.

»Warten Sie hier!«, befahl der Mann plötzlich. Er trat in eine Art Zelle, drückte auf die Knöpfe einer Schalttafel, eine Schiebetür glitt aus der Wand, und ehe sie sich schloss, griff der Unbekannte nach Daniels Tasche, riss sie ihm mit einem heftigen Ruck aus der Hand. Sekunden später stand Daniel vor der leeren Zelle – der Mann war mit einer Art Kabine verschwunden, die Tasche triumphierend an sich gepresst.

Nicht dass ihn der Verlust der Tasche geschmerzt hätte, er vermisste nichts ... was nimmt man schon auf eine Reise mit? ... aber ein solches Erlebnis ist ärgerlich, verleidet einem den Tag, macht misstrauisch, lenkt ab, beschämt. Daniel beschloss, sich nun unverzüglich anzumelden. Er drehte sich um, suchte den Weg zurück ... Vorher waren die Türen offen gewesen oder hatten sich vor ihnen automatisch geöffnet, jetzt öffnete sich keine Tür mehr, und er hätte geschworen, dass nun auch einige der zuvor offenen Türen geschlossen waren. Er versuchte, sie über Umwege durch andere Räume zu umgehen, musste sich aber bald eingestehen, dass er sich verirrt hatte. So peinlich es war, er musste jemanden fragen, doch obwohl er vorher an einigen Leuten vorbeigekommen war, sah er jetzt niemanden und hatte den Eindruck, sich hoffnungslos zu verlaufen. Jetzt erst begann er, systematisch auf die Richtungsbezeichnung N, A, B, S, C, D zu achten, er entdeckte Schildchen mit Zahlenserien, offenbar Koordinaten der Räume ... Die erste Zahl war gleichbleibend 61, und er vermutete, dass es sich um die Kennnummer der Etage handelte ... Die beiden übrigen änderten sich von Raum zu Raum, es konnten Angaben für die Position in der horizontalen Ebene sein.

Endlich stand er wieder vor einer undurchsichtigen Wand, und als er sich der Tür näherte, scholl ihm dumpfes Pochen entgegen. Die Tür öffnete sich, und er trat ein. Vor ihm lag eine lang gestreckte Halle, darin im Kreis angeordnet eine Reihe von Aufbauten, einige durch Vorhänge verdeckt, unter denen Drähte, Kabel, Schläuche hervorkamen ... Im Zentrum stand jene Maschine, von der das Pochen ausging, ein Ungetüm mit vielen Glasgefäßen, in denen trübe Flüssigkeiten sprudelten, Röhren, in denen Flügelräder liefen, Ballons, die sich aufblähten und wieder zusammensackten.

Zwei Männer standen an einem Sichtschirm, über den grüne Schlangenlinien züngelten ... Beide waren weiß gekleidet, Rundmützen, hoch geschlossene Kragen, dünne Gummistiefel. Der eine, glattes rundes Gesicht, violett getönte Haftschalen, wandte sich Daniel zu.

»Müssen Sie uns schon wieder stören? Wie soll man da arbeiten können! Ich halte es einfach nicht für angebracht, dass Sie persönlich kommen. Warum gehen Sie nicht über den Bildschirm?«

»Lass doch, Fenner«, sagte der andere, ein jüngerer Mann mit rotem Gesicht und kleinen, hinter Speckfalten versteckten Augen. »Du weißt: Das Prinzip der Freizügigkeit. Na kommen Sie schon, ich führe Sie!«

»Ich bitte um Verzeihung«, sagte Daniel ... »Ich wollte Sie nicht stören, ich habe mich verlaufen, wollte Sie nach dem Weg fragen ... Ich muss zur Anmeldung.«

Wie auf Kommando lachten beide.

»Lassen Sie doch, kommen Sie nur, kein Grund zu Ausflüchten!« Der jüngere Mann schob Daniel vor sich her, zum nächsten Aufbau, einer Art Aquarium, das auf einem Sockel stand. Er zog den Vorhang beiseite. »Da haben Sie gleich unser Musterstück, eine Kreuzung zwischen einem Delfin und einem Menschen, aus einer künstlichen Hybridzelle aufgezogen. Schwierig, im Wasser nicht lebensfähig, und auch nicht in Luft. Kiemen, aber menschliche Lungen, Sauerstoffversorgung unmittelbar über das Blut, natürlich auch die Ernährung. Der Darmtrakt nicht intakt, die Schlacken führen wir durch einen Schlauch heraus, dort ist der Desintegrator. Die Augen in Ordnung, Gehör sogar ausgezeichnet, Gehirn gut entwickelt, trotzdem schwachsinnig, hatten keine Gelegenheit zu schulen, aber reagiert!«

Er trat an das Wesen heran, halb Fisch, halb Embryo, das in einer Lösung schwamm, Fischleib, Ansatz von Schultern, Arme flügelartig verdickt, keine Finger: Flossen, dicker Hals, menschlicher Schädel mit Schnauze. Fenner ließ eine Taschenleuchte aufblinken, deutete auf einen Oszillografenschirm, auf dem jetzt Wellen in Unruhe gerieten.

»Wenn Sie gestatten, so möchte ich jetzt gehen«, bat

Daniel, doch der weiß Gekleidete trat schon an den nächsten Verschlag und zog den Vorhang herunter. »Eine Mutation, spontan, nicht künstlich, früher wäre so etwas natürlich schon im Keimstadium abgestorben, aber wir können alles am Leben erhalten, tun natürlich unsere Pflicht, nur außergewöhnliche Fälle werden hier behandelt, Routinefälle übernimmt die Automatik. Sehen Sie, einmalig, eine kreisförmige Verwachsung, nur ein Arm, ein Bein, der Leib halbiert, keine Leber, dieser Wulst hier ist die Brust – eine Lunge, versteht sich –, dieser Sack, mit Gedärm gefüllt, der Bauch, voll ausgebildete Geschlechtsorgane, ein Mann, der Kopf gegenüber von Arm und Bein, intelligent, hat sich bisher gegen die Transformation gestemmt, jetzt schläft er, warten Sie, ich wecke ihn, er unterhält sich gern ...«

Daniel kämpfte mit Panik, bemühte sich um Fassung, löste seinen Blick von jenem unförmigen Wesen, das in eine Spezialkonstruktion eingespannt war. Der Mann im weißen Mantel hatte einen Hebel gedrückt, und die Klammern, Ringe, Hebel, Leitungen samt dem Körper, den sie umfingen, bewegten sich, hoben ihn in aufrechte Haltung, der Kopf saß starr in einem Gummikragen, die Augenlider zitterten, hoben sich, und ein unendlich trauriger Blick richtete sich auf Daniel.

»Entschuldigen Sie mich jetzt bitte«, presste dieser heraus und lief zur Tür zurück.

»Aber bleiben Sie doch, er möchte mit Ihnen sprechen!«, rief der weiß gekleidete Mann, doch Daniel hörte ihn kaum noch, sondern eilte durch die nächste offene Tür. Erst als er ein halbes Dutzend weiterer Räume durchquert hatte, blieb er stehen und überlegte. Weiteres Suchen hatte wenig Sinn. Es blieb ihm nichts anderes übrig, als irgendjemand zu fragen; schließlich war es ja kein Problem, ihm den Weg zur Anmeldung zu zeigen.

Er sah sich um – er befand sich in einer Steuerzentrale, eine große Schalttafel mit unzähligen Tasten und Anzeigern nahm vier von den sechs Wänden ein. Schlagartig wurde ein großer Bildschirm hell, und er sah den Kopf eines alten Mannes, mit schmerzlich vergrämter Miene, der ihn von oben herab anzusehen schien. Vielleicht bin ich über eine Fernsprechleitung mit ihm verbunden, mutmaßte Daniel und trat an die Konsole heran. Er fand das Mikrofon der auditiven Eingabe und suchte nach einer Taste, mit der er eventuell die Verbindung herstellen könnte. Es blieb ihm nichts anderes übrig, als es nach Gutdünken zu versuchen, und er berührte zögernd eine Taste nach der andern. Plötzlich kam von der Decke ein hoher, durchdringender Pfeifton, das Bild auf dem Schirm wechselte: ein vierkantiger Schädel, haarlos, dunkle Augen, scharfe Nase, schmale Lippen.

»Müssen Sie denn die ganze Bande auf uns aufmerksam machen? Du lieber Himmel, ich kann Dummheit nicht ertragen. So reden Sie schon! Haben Sie mit Crantz gesprochen?«

Daniel legte schon die Hand an die Taste, um wenigstens den Ton abzuschalten, als er eine Regung an der Klarsichtscheibe der Wand bemerkte. Drüben stand ein Mädchen und bedeutete ihm etwas ... offenbar sollte er das Schaltpult nicht berühren, den Raum verlassen. Er warf einen Blick auf den Bildschirm. Der Mann sprach noch immer und schien allmählich wütend zu werden.

Daniel gehorchte dem Mädchen. Es trug einen gelben Kittel und eine halblange gelbe Hose, ähnlich einem Karatekostüm, an den Füßen schwarze Pantoffeln. Es hatte breite Schultern, war geradezu unförmig dick, hatte ein plattes, rundes Gesicht, braunes Haar, glatt, in Nackenhöhe gerade abgeschnitten.

»Kommen Sie, sonst haben wir Unannehmlichkeiten«, flüsterte das Mädchen, nahm ihn an der Hand und zog ihn fort.

»Weshalb sollten Sie Unannehmlichkeiten haben?«, fragte Daniel.

»Ich hätte aufpassen sollen.« Der Weg führte durch mehrere menschenleere Räume. »Ich hätte nicht weggehen dürfen.« Das Mädchen lief überraschend schnell, Daniel konnte kaum Schritt halten.

»Hier hinein!« Sie hielten vor einer Zelle, die Daniel noch in unliebsamer Erinnerung hatte. »Fahren Sie los, beeilen Sie sich!«

»Ich kenne mich hier nicht aus, bin erst seit kurzem hier!«

Das Mädchen schob ihn in die enge Kabine, drängte sich zu ihm hinein, wobei sie einige Tasten an der Schalttafel hinunterdrückte. Die Schiebetür schloß sich, sie fuhren ein kurzes Stück abwärts, hielten an, dann setzte sich die Fahrt in horizontaler Richtung fort. Durch die gläsernen Scheiben der Kabine sah man Leuchtziffern vorübergleiten.

»Hat man Ihnen keinen Wohnraum zugewiesen? Wie sind Ihre Koordinaten?«

»Ich bin eben erst angekommen, wollte mich eben anmelden ... ein Missgeschick ...«

»Oh, Sie sind neu hier? Darum habe ich Sie noch nie gesehen. Ich heiße Pamela. Und Sie?« Bisher hatte Daniel das Gefühl gehabt, sie wolle ihn möglichst schnell abschieben, doch jetzt zeigte sie plötzlich Interesse.

Daniel nannte seinen Namen und berichtete von den Erlebnissen der letzten halben Stunde.

»Warten Sie, wir fahren einmal rundherum. Hier beobachtet uns niemand. Wir werden überlegen, was man für Sie tun kann.« Sie kam nahe an ihn heran, näher, als es die Enge der Kabine erforderte, er sah ihr Gesicht unmittelbar an seinem, die frischen, vorgewölbten Lippen, die etwas zu kurz geratene Nase, die großen braunen Augen, er spürte ihren Atem, roch ihr Haar, ihr Körper drückte sich an den seinen, und da er nicht unhöflich sein wollte, rückte er nur verstohlen von ihr ab, was keine Wirkung hatte, denn sie drängte sofort nach und presste ihre Brüste an seinen Körper. Sie war jung, nicht unappetitlich, und es gab eigentlich keinen Grund, sie abzuweisen. Er merkte, dass ihre Nähe keineswegs unangenehm war, und obwohl er, hätte er sie unter anderen Umständen kennen gelernt, kaum den Wunsch gehabt hätte, mit ihr in engeren Kontakt zu kommen, so wurde er jetzt ganz von selbst auf diese Frage gelenkt, und er gestand sich ein, dass er durchaus bereit war, mit ihr zu schlafen, wenn es sich ergab.

Obwohl sie nun eng aneinander gepresst dastanden, sprach sie ganz sachlich weiter. »Selbstverständlich müssen Sie sich sofort anmelden, Sie brauchen ein Appartement und Bons für Rechenzeit. Außerdem wird es Sie ja interessieren, womit man Sie beschäftigen will. Haben Sie sich freiwillig gemeldet?«

Daniel hatte Mühe, ebenso ruhig zu antworten, denn ihre Fülle war nicht formlos, sondern wies alle Vorzüge der Fraulichkeit auf, ihr Körper war muskulös, die Schenkel fest, die Bauchdecke hart, die Brüste prall, doch da ihm die Situation unangenehm war, beherrschte er sich, er wollte nicht noch mehr blamable Abenteuer bestehen, er hatte Angst, in dieser Situation ertappt zu werden.

»Könnten Sie mich nicht zur Anmeldestelle zurückbringen? Ich werde Ihnen alles erzählen, doch im Moment würde das zu lang dauern. Vielleicht können wir uns später irgendwo treffen?«

»Fein«, sagte Pamela. »Rufen Sie mich an! 3 N 17 D 5. Am Abend bin ich dort. Ich werde warten!« Sie drückte wieder die Knöpfe der Tastatur. »Wenn wir halten, steigen Sie sofort aus. Ich fahre weiter. Am besten, Sie erwähnen mich nicht.«

An der Deckenschleuse erkannte Daniel den Raum seiner Ankunft – sonst unterschied er sich kaum von anderen, die er kennen gelernt hatte. Fest entschlossen, sich durch nichts mehr stören zu lassen, ging er auf die Tür mit der Leuchttafel ANMELDUNG zu. Sie öffnete sich von selbst, und er trat ein. Er stand in einer Kammer, sechseckig wie alle anderen, nur viel kleiner, gedämpft beleuchtet, leer. Ein Projektionsschirm zeigte Bilder: ein Mann, der einen Schuttberg zu erklettern versucht, nackte Kinder in einem Bad, ein medizinisches Labor, ein magerer Körper auf dem Behandlungstisch. Die Sequenzen waren nur kurz, wechselten rasch; es sah aus, als wäre jemand auf der Suche nach dem richtigen Programm. Manchmal kippten die Bilder weg, kamen wieder, oft waren die Farben falsch. Gewimmel von Ratten im Käfig, ein Förderband ... Dazwischen Szenen, die er nicht entschlüsseln konnte, Mikroaufnahmen, Teil eines bunten Mosaiks, das Auge eines Tieres, weit geöffnet, hin und her zuckend.

Dann ein dämmriges Zimmer, ein Mann von schräg oben gesehen, verschattet, unbewegt ... Daniel wandte sich ab, um sich weiter umzusehen, da bemerkte er eine Bewegung an der Projektion und stellte fest, dass sie nun ein Abbild seiner selbst zeigte. Das Bild wurde langsam deutlicher, der Ausschnitt eingeengt: Brust und Kopf, Gesicht. Einen Moment blickte er sich selbst an wie einen Fremden, dann wurde es dunkel. Jetzt ließ sich die freundliche Stimme der Automatik hören.

»Ein schöner Tag heute!

Willkommen in der Zentrale.

Bitte folgen Sie den Anweisungen!

Es handelt sich um einige unumgängliche Formalitäten.

Bitte gehen Sie weiter, in den nächsten Raum!«

Wieder eine kleine Kammer, an einer Wand ein Kasten mit zwei Öffnungen in Hüfthöhe.

»Stecken Sie die Hände in die Öffnungen!«

Daniel tat es. Die Löcher waren mit schwarzem, nachgiebigem Material ausgekleidet, er fand mit den Fingern in Hohlräume – als hätte er Handschuhe anzuprobieren, die etwas zu groß waren. Er hielt einige Augenblicke still, nichts regte sich, dann die Stimme:

»In Ordnung. Bitte gehen Sie in den nächsten Raum!«

Daniel tat so, als verwechselte er die Richtung, und trat auf die Tür zu, durch die er gekommen war. Sie öffnete sich nicht. Er wandte sich um, ging in den nächsten Raum und dort gleich weiter zur nächsten Tür. Auch sie blieb geschlossen. Obwohl er seine Anweisungen im Ton höflicher Bitten bekam, waren es Befehle; es blieb ihm nichts übrig, als zu gehorchen.

Er musste sich zwischen zwei mannshohe Wände stellen, in der nächsten Station bis zwanzig zählen, in der nächsten Station in ein Linsensystem blicken, in der nächsten unter eine Haube treten. Es waren langweilige Prozeduren, deren er bald überdrüssig wurde; umso überraschender kam der blitzartig einsetzende Schmerz, als er sich ohne Bedenken in einen Lehnstuhl mit Kopfstütze gesetzt hatte. Eine sengende Flamme schoss durch sein Gehirn, ein Feuerball füllte sein Bewusstsein, Hunderte von Filamenten züngelten durch das Nervennetz in die motorischen Zentren und zogen sämtliche Muskelfibern zusammen. Er bäumte sich im Krampf auf, verlor das Bewusstsein, fiel zu Boden.

Als er erwachte, waren zwei leere Gesichter über ihm, zwei Primis, bemüht, ihn aufzuwecken, daneben ein Mann mit einer Uhr: »Um Gottes willen, beeilen Sie sich doch, wir haben schrecklich viel Zeit versäumt.« Von oben blickte jemand auf ihn herab, längliche Kopfform, schwarzes Haar, hoch ansetzend, gelbe Haftschalen, Nasenplastik.

Der eine Primi massierte seinen Nacken, der andere hielt einen Kardiografen an seine Brust – das Hemd hatten sie aufgeknöpft – und las von der Sichtscheibe des faustgroßen Instruments die Form der Herzrhythmen ab.

»Es ist so weit«, meldete er. »Er ist zu sich gekommen.«

Der Schwarzhaarige trat vor. »Im Namen aller Mitarbeiter darf ich Sie willkommen heißen. Ich bin der Konsulent, Figueira ist mein Name, und das ist Miriam, Ihre Sekretärin.«

Aus dem Hintergrund schob sich eine Gestalt in Daniels

Blickfeld, ein blondes Mädchen, hellgrüne Haftschalen, weiß geschminkter Mund, weiße Haare – Perücke –, die Arme unter einer Robe verborgen, die von schmalen Schultern in Falten herabhing, von den Hüften ab eng anlag und von den Beinen nur die Fesseln sehen ließ. Die Füße waren frei bis auf nachgiebige Metallsohlen, mit dünnen Schnüren befestigt. Bürstenbelag, nach unten gerichtet, so dass sie lautlos vorangleiten konnte, ohne die Beine merklich zu bewegen.

»Bitte, Miriam, das Protokoll!«

»Leider sind wir sehr verspätet, leider. Nichts mehr zu ändern, aber ... Wir können den Ministerialdirigenten nicht länger warten lassen.«

Daniel versuchte, Worte zu formen, was ihm Mühe bereitete. »Ich bin im Moment nicht in der Lage ... verzeihen Sie ... können wir nicht etwas später ...«

»Um keinen Preis!« Figueira schien schockiert. »Hat es uns so mitgenommen? Aber ich bitte Sie! Cäsar, eine Spritze! Das haben wir gleich. Wollen Sie nicht das Protokoll ... ich glaube, Sie hatten noch keine Gelegenheit, Einsicht zu nehmen ...«

Der eine der Gehilfen legte Daniel einen Injektionsspray an die Armbeuge und drückte den Griff langsam herab. Ein schwacher, süßlicher Geruch breitete sich aus, Miriam zog einen Bausch feuerroter Watte aus der Tiefe ihres Faltengewandes und presste ihn vor die Nase. Sie hatte schlanke weiße Arme.

Daniel fühlte eine Welle der Belebung durch seinen Körper rinnen. Er schob die beiden um ihn bemühten Primis beiseite und stand auf. Während er seine neuen Mitarbeiter, Figueira und Miriam, zum ersten Mal bewusst musterte, schob er den Ärmel seines Hemdes herunter, knöpfte es zu. Figueira half ihm in die Jacke, Miriam drückte ihm ein Bündel Papiere in die Hand. »Das Referat!«, sagte sie bedeutungsvoll.

Figueira stand schon ungeduldig an der nächsten Tür.

»Sind wir fertig? Dann rasch, rasch!« Er machte Daniel

Platz, der hindurchtrat ... ein Vortragssaal, ein Rednerpult. Stühle, fast alle besetzt, Männer, Frauen, alt und jung, auch Rollstühle mit Kyborgs verschiedener Grade. Daniel ging auf einen freien Stuhl zu, doch Figueira packte ihn am Ellbogen und zerrte ihn aufs Podium, an das Pult. Miriam folgte ihnen, setzte sich an ein Seitentischchen mit einem Sprache-Schrift-Transformer. Das Licht wurde gedämpft, nur das Pult war von blendendem Licht eingekreist. Das Auditorium klatschte leise.

Daniel war momentan ratlos, aber Miriam tauchte neben ihm auf, schlug die erste Seite des Manuskripts auf und verschwand wieder. Er beugte sich über die Blätter und las.

»Sehr verehrte Anwesende, Mitglieder des Konzils!

Nur noch zu besonderen Gelegenheiten halten wir es für angebracht, persönlich zusammenzutreffen. Dieser alte schöne Brauch gerät immer mehr in Vergessenheit, je besser die Mittel der Telekommunikation werden. Heute, gewissermaßen in einem historischen Augenblick, möchte ich darauf zurückkommen, um einige Worte, die aus bekanntem Anlass zu sagen sind, direkt an Sie zu richten.«

Beifall.

»Bevor ich ins Detail gehe, gestatten Sie mir bitte, allen Mitarbeitern einen ganz besonderen Dank auszusprechen. Ohne den unermüdlichen und aufopferungsvollen Einsatz aller Kräfte, ohne die harmonische Zusammenarbeit und ohne das Verständnis für die Schwierigkeiten, die die Mängel am technischen Apparat leider immer noch mit sich bringen, wären wir noch nicht so weit, wie wir heute sind.«

Beifall.

»So lassen Sie mich jetzt zum wesentlichen Teil meines Referates kommen: ...«

An dieser Stelle hatte er die letzte Zeile des ersten Blattes erreicht, und er blätterte um. Er stutzte – das nächste Blatt war unbedruckt, weiß, und als er auch dieses umwandte, lag ein weiteres leeres Blatt vor ihm. Er drehte sich zur Seite, zu seiner Sekretärin, suchte den Lichtkäfig zu durchdringen, sah sie undeutlich, hörte sie laut flüstern: »Die nächsten Blätter sind leider noch nicht fertig«, und auf eine fragende Bewegung hin erklärte sie: »Wir hatten einen Defekt am Tonband, die Aufnahmetaste sprang nicht an ... leider ...«

Er merkte, dass alle Zuhörer aufmerksam heraufblickten, aufmerksamer als während seiner bisherigen Ausführungen. Er wandte sich wieder dem Publikum zu und stützte sich schwer aufs Pult. Sein Mund war trocken.

»An dieser Stelle wäre es sicher angebracht, einen Rückblick auf das Geleistete zu geben. Ich glaube, dass ich mir diesen Rückblick schenken kann; alle waren so stark von ihrer Aufgabe erfüllt, dass jede Phase des Geschehens noch in uns lebendig ist. So bleibt mir nur noch übrig, etwas über die nächsten Schritte zu sagen. Selbstverständlich liegt ein detailliertes Programm vor, und ich darf Ihnen verraten, dass die Aussichten auf künftige erfolgreiche Weiterarbeit außerordentlich günstig sind.«

Beifall.

»Es hätte keinen Sinn, dieses Programm jetzt im Einzelnen darzulegen; es wird Ihnen in nächster Zeit zugeleitet werden. Es bleibt kein Zweifel daran, dass wir auch künftig das gesetzte Ziel nur dann erreichen können, wenn jeder mit so viel Können, Beharrlichkeit und Begeisterung am Werk ist wie bisher. Das möchte ich Ihnen und mir für die Zukunft wünschen!«

Anhaltender Beifall.

Daniel trat vom Pult zurück. Jetzt, als die Beleuchtung wieder aufflammte, fühlte er ein Zittern in den Knien. Er kämpfte mit Schwindelgefühlen, während ihn ein Primi vom Podium führte. Hinter ihm gedämpfte Stimmen, der Saal leerte sich. Er saß auf einem Rollstuhl, Miriam stand vor ihm, blickte auf ihren Notizblock, las etwas vor. Figueira tauchte neben ihr auf, sprach schnell und anhaltend. Miriam schien zu widersprechen, wandte sich zu Daniel, stellte eine

Frage. Daniel hörte ihre Worte, vermochte aber den Sinn nicht zu erfassen, obwohl er sich zu konzentrieren suchte. Wieder disputierte Miriam mit Figueira. Dann winkte sie einen der Primis heran, nannte ihm einige Zahlen, sie trat vor Daniel, beugte sich zu ihm herab und sagte betont:

»Ich hoffe, Sie hatten einen schönen Tag. Auf Wiedersehen!«

»Schöner Tag heute«, murmelte Daniel mechanisch.

Der Primi schob den Stuhl an, Daniel schloss die Augen. Er fühlte das sanfte Rollen, leises Anrucken, jede Änderung der Richtung verursachte ihm leichte Übelkeit. Das Klicken einer einrastenden Tür, die Vibration einer anfahrenden Kabine, Summen, der Zug von Zentrifugalkräften, wieder die Wiege mit Gummirädern, die Rückenlehne glitt tiefer...

Daniel fühlte, dass man ihn aus dem Kissen hob, auf ein weiches Lager bettete, entkleidete. Er schlief für Stunden ein, erwachte wieder, führte einen vergeblichen Kampf gegen seine Mattigkeit, mühte sich vergebens, die Augen zu öffnen, schlief ein...

Mit einem Zusammenziehen der Rückenmuskeln erwachte er, öffnete die Augen... ein sechseckiger Raum, die Wand gegenüber perlgrau, die anderen graublau, ein Tisch, zwei Rollstühle, ein Schemel, ein Regal, in den Fächern einige Mikrofilmrollen, Tonbandkassetten, Lumineszenzröhren, auf Nullspannung, noch schwach leuchtend... er konnte nicht lang geschlafen haben, war immer noch müde...

Das Geräusch, das ihn geweckt hatte – ein kaum vernehmbares Hallen, Luftzug... Schritte.

»Gut, dass Sie nicht angerufen haben. Die Sache hat Staub aufgewirbelt. Nein, nein, man beobachtet mich nicht... trotzdem...« Pamela setzte sich zu Daniel ans Bett. Sie zog ihren Karatekittel aus, legte ihn sorgfältig zusammen, angelte mit dem Fuß den Schemel heran, legte die Jacke darüber. Sie ließ die Sandalen fallen, schob sie unter das Lager. Als sie zu Daniel unter die Decke schlüpfte, streifte sie auch die halblange Hose ab. Sie trug keine Unterwäsche, schmiegte sich nackt an Daniel, dessen Erschöpfung weder eine Geste der Abwehr noch der Ermunterung zuließ.

»Oder haben Sie unsere Verabredung vergessen?« Sie stützte sich ein wenig mit dem Ellbogen hoch, blickte Daniel ins Gesicht. »Das war etwas viel am ersten Tag, nicht wahr? Alles ungewohnt, niemand, mit dem man reden kann.« Sie ließ sich wieder aufs Kissen zurücksinken, schlang ihren Arm um Daniels Brust. Ihr Körper war warm und weich – ihn zu fühlen war wie ein heißes Bad, angenehm, doch einschläfernd.

»Aber Sie sind nicht allein. Sie werden mir alles erzählen? Was für ein Glück für Sie, dass Sie mich getroffen haben! Ich stecke noch nicht so tief drin. Wir passen gut zusammen, glaube ich.«

Sie drückte sich an ihn, begann ihn zärtlich zu streicheln.

»Wirklich, ich rate Ihnen, lassen Sie sich nicht zu schnell überreden! Sie wären der Typ dafür.«

Durch seine Müdigkeit hindurch spürte er langsam die Erregung hochsteigen. Er überlegte, ob er sich nicht vielleicht doch noch fünf Minuten wach halten könnte. Er legte seine Hand an ihre Hüfte, ließ sie tiefer gleiten und beobachtete an sich selbst, dass sein Herz klopfte und die Müdigkeit nachließ.

»Sie brauchen keine Bedenken zu haben – man ist völlig korrekt. Das Prinzip der Freizügigkeit ... man nimmt es hier genau. Sie merken es an mir, nicht wahr?« Wie zum Beweis drehte sie sich halb über ihn, und er hatte Mühe zu atmen. Wenn sie sich ganz auf mich legt, dachte er, werde ich auf angenehme Weise erdrückt ...

Plötzlich blinzelte er – der Raum schien heller geworden zu sein, mühsam schob er Pamela von sich herab und hob den Kopf. Die perlgraue Wand war verschwunden, man blickte in einen andern Raum: drei Kyborgs höherer Grade saßen ihm zugewandt, zwei von ihnen hatten noch menschliche Köpfe, der dritte war mit einem Weitwinkelobjektiv an einem Schwenktubus ausgestattet.

»Wir hoffen, Sie hatten einen schönen Tag.«

Daniel war irritiert, doch da der Gruß höflich klang, murmelte er eine Zustimmung.

»In Ihrem Protokoll besteht eine Lücke ... Wir kommen nicht weiter im Programm – Sie verstehen.«

Daniel verstand nicht. Er fühlte, wie sich Pamela unter der Decke verkroch, doch offenbar nicht aus Angst, denn sie tätschelte und kitzelte ihn da und dort – vielleicht erschien es ihr nur peinlich, erkannt zu werden, oder sie wollte sich einfach gegen die Störung abschirmen. Daniel entschloss sich zu einem höflichen Protest.

»Es ist spät«, sagte er. »Ich bin sehr müde ... muss es jetzt sein? Ich stehe Ihnen gern zur Verfügung ... vielleicht morgen. Ich würde Sie bitten ...«

»Nur ein paar kurze Fragen. Wir sind sofort fertig, eine pure Formalität!«

Pamela, die unter der Decke unruhig umherrückte, flüsterte ihm etwas zu, was er nicht verstand.

»Sie brauchen uns nur eine Auskunft zu geben. Sie kamen um 14 Uhr 30 hier an, haben sich aber erst um 15 Uhr 51 in der Zentrale gemeldet. Bitte, sagen Sie uns, wo Sie sich aufgehalten haben, wir stören Sie dann nicht mehr.«

Daniel seufzte und machte sich darauf gefasst, noch länger in dieser peinlichen Lage ausharren zu müssen. Er versuchte zu berichten, wollte sich kurz fassen, hatte Schwierigkeiten, die wesentlichen Punkte herauszugreifen, schob Erklärungen dazwischen, stockte, wusste nicht mehr, wie weit er gekommen war, und wurde unsicherer, je länger er sprach. Als er den Verlust seiner Tasche schilderte, meinte er, einen Ausdruck des Hohns und des Unglaubens in den Gesichtern zu erkennen, und als er bei seiner Flucht aus dem Saal mit den monströsen Geschöpfen ankam, flüsterte ihm Pamela – die sich schon seit einiger Zeit still verhielt – zu, er solle nichts von der Begegnung mit ihr erwähnen, und er kam ins Stocken, da er Mühe hatte, sich schnell genug etwas auszudenken, was seine Rückkehr in die Ankunftshalle erklären mochte.

Als er verstummt war, blieben auch seine drei Gesprächspartner für eine Weile still, dann sagte einer – er erkannte nicht, welcher:

»Ihr Abenteuer mit der verlorenen Tasche … haben Sie es richtig wiedergegeben? Sie wollen doch nicht ernstlich behaupten, jemand hätte … Das ist einfach undenkbar, es kommt nicht vor. Wollen Sie nicht lieber offen sagen, wo Sie Ihre Tasche versteckt haben?«

Daniel versicherte, es wäre genau so gewesen, wie er es berichtet hatte, doch er merkte, dass ihm die andern nicht glaubten, sie hörten nicht einmal zu, gerade, dass sie ihn nicht unterbrachen, und er musste sich eingestehen, dass die Begebenheit, in Worte gefasst, höchst unglaubwürdig wirkte, geradezu fantastisch schien, er selbst musste sich fragen, ob er nicht einer Sinnestäuschung erlegen war, aber er schüttelte diesen Gedanken ab, der sich einzuschleichen versuchte, gewiss, er war verwirrt gewesen, die ungewohnte Umgebung, der Verlust der Übersicht, der Unmut über sich selbst, weil er dem Fremden ausgeliefert war, der ihm immer unsympathischer wurde, dem er am liebsten davongelaufen wäre, es aber nicht wagen durfte, da er nicht wusste, wie er zurückfinden sollte, das unterschwellige Unbehagen darüber, etwas Wichtiges unterlassen zu haben, nämlich die Anmeldung, die Tatsache, dass er sich auf ein Abenteuer eingelassen hatte, sich gewissermaßen illegal in fremdem Territorium aufhielt, vielleicht sogar der Gedanke, sich unter Wasser zu befinden, abgeschlossen von der freien Luft der Städte, schließlich noch eine dumpfe Bedrückung, die tief in ihm saß, die er mit sich herumschleppte, deren Ursprung er nicht kannte – dennoch, er hatte es erlebt, er war Herr seiner Sinne, er hatte sich nicht täuschen lassen, auch die verlorene Zeit sprach dafür, Pamela hatte ihm geglaubt, ihn keineswegs für einen Lügner gehalten oder für einen Fantasten. Er unterbrach sein Gestammel in einem Anflug von Auflehnung und rief:

»Warum glaubt ihr mir nicht! Weshalb sollte ich eine Geschichte erfinden, die peinlich genug für mich ist? Ich hätte viel mehr Grund, mich zu beschweren: Ich habe das Recht darauf, vor Gewalttätigkeiten geschützt zu werden. Meine Tasche hätte mir längst zurückgegeben werden müssen.«

»Sie haben den Verlust nicht angezeigt«, antwortete einer der Kyborgs. »Das ist ungewöhnlich. Hätte jemand ein solches Abenteuer wirklich zu bestehen, er würde nicht zögern, Alarm zu schlagen. Nicht nur aus persönlichen Gründen – der Gemeinschaft halber. Es würde ja bedeuten, dass ein Entarteter frei herumliefe. Warum haben Sie den Vorfall nicht angezeigt?«

»Ich wusste nicht, wo, kenne mich hier nicht aus. Ich nahm es nicht so tragisch«, fügte er lahm hinzu.

»Und später, in der Anmeldung? Sie hätten es bloß mitzuteilen brauchen, und schon hätten die Recherchen begonnen.«

»Wie sind Sie überhaupt zurückgekommen – wenn es stimmt, dass Sie die Übersicht verloren haben?«

Pamela sagte nichts, aber sie kniff ihn in den Oberarm, offenbar als Signal, nichts über sie zu sagen. Unter den gegebenen Umständen wäre es Daniel lieber gewesen, er hätte offen sprechen können, und er war auch versucht, es zu tun, aber er besann sich darauf, dass es den denkbar schlechtesten Eindruck gemacht hätte, wäre er jetzt mit einer anderen Version der Geschichte gekommen, einer Version, die überdies nicht erklärte, wo die Tasche geblieben war, dafür aber bewies, dass sein Bericht nicht lückenlos gewesen war, vermuten ließ, er versuche hinter einem Lügengespinst etwas zu verbergen.

»Auch später haben Sie niemand gegenüber Ihre Tasche auch nur erwähnt.«

»Vermissen Sie den Verlust nicht? Es war doch das Einzige, was Sie von draußen mitgebracht hatten!«

»Was befand sich in der Tasche?«

Da war nun die Frage laut geworden, die er insgeheim gefürchtet hatte. Was befand sich in der Tasche? Er hatte schon mehrmals darüber nachgedacht, sich zu erinnern versucht, nebenher, wie über eine Nichtigkeit, die nur dadurch Bedeutung gewinnt, dass man sie vergessen hat, und die man sich nur deshalb ins Gedächtnis zurückzurufen versucht, um sie mit gutem Gewissen wieder vergessen zu können, aber nun stand er vor einem neuen Problem, vor einer weiteren bedenklichen Wendung im Spiel der Fragen und Antworten, in dem so viel offen bleiben musste und nun auch das noch offen blieb: Daniel konnte nicht antworten. Was befand sich in der Tasche? Sicher waren es völlig unwichtige persönliche Dinge gewesen, ein Erfrischungsspray, vielleicht einige Tabletten VITALAN, ein Miniprojektor, ein paar Bandkassetten ... sollte er diese Dinge auf gut Glück nennen? Aber sicher wäre es vergeblich, genauso wie seine Beteuerungen, die Wahrheit zu sagen.

Und jetzt erst dachte er mit einem kalten Erschrecken daran, dass mit der Tasche seine Vergangenheit verloren gegangen war. Bisher hatte ihn seine Gedächtnisschwäche wenig berührt, er hatte vage Erinnerungen an Wohnblocks, Laufbänder, Parabelbahnen, Luftkissenboote, an Menschen, Kyborgs, Primis, an ein Gewimmel von Gesichtern, Lärm, Rufe, Stimmen, an die Stadt, an draußen, an die Art, wie man sich zu verhalten hatte, wie man anderen begegnete, wie man sprach – nur die persönliche Erinnerung ließ ihn im Stich. Er hatte aber keine Sekunde daran gezweifelt, dass ein geringfügiger Anlass sein bisheriges Leben wieder heraufbeschwören würde, ein Stichwort, ein Bild, ein Gegenstand ... und jetzt schien es ihm, als wäre dieser Brückenschlag zu früher keineswegs mehr selbstverständlich, sondern bedurfte einer besonderen Anstrengung, doch nun war ihm das einzige Mittel, der Schlüssel zur Vergangenheit, genommen.

Er hörte, dass man ihm weitere Fragen stellte, doch er hörte nicht zu, und er antwortete nicht. Er schaltete ab, ließ die Wärme von Pamelas Körper an sich wirken. Sie war wie ein Schirm, hinter dem er sich verkroch, er drückte sich ins Kissen, lag starr, merkte, dass ein diffuses Stück Leere in ihn einsickerte, und überließ sich der erquickenden Stille, die über ihn kam.

In das Schweigen hinein: Klänge, Gongschläge oder Musik, unaufdringlich, allmählich lauter, synchron mit der Rückkehr in das Wachsein. Daniel öffnete die Augen – das Licht war ebenso gedämpft wie die Glockentöne, und es passte sich seinem langsamen Erwachen an.

»8 Uhr 03.

Wir hoffen, Sie hatten eine angenehme Nacht.

Keine Anrufe,

keine besonderen Vorkommnisse.

Auszug aus dem Tagesprogramm: 9 Uhr 00 ärztliche Untersuchung.

Bitte, holen Sie vorher in der Rezeption Ihre Bons ab!

Wir wünschen einen schönen Tag.«

In der Luft lagen hauchdünne Schwaden glitzernder Tröpfchen. Daniel atmete das belebende Präparat ein – es war parfümiert, roch belebend, vielleicht etwas zu herb, prickelte in der Nasenschleimhaut, er nahm sich vor, an der Skala eine andere Duftnote einzustellen. Aber es erfrischte wunderbar. Er warf die Decke zurück, eine hoch elastische Matte aus gebläsegestrickten Hohlfasern, trat mit beiden Beinen zugleich auf den Tartanbelag des Bodens. Er stand auf, räkelte sich. Die Erlebnisse des vorigen Tages lagen weit zurück, im Moment war er auf das Kommende eingestellt. Die ärztliche Untersuchung, eine Formsache – er war gesund. Es konnte nicht mehr lange dauern, und er durfte mit seiner Arbeit beginnen.

Die Automatik unterschied sich kaum von den üblichen Einrichtungen. Als er einen Schritt auf die Wand neben dem Bett zutrat, öffnete sich eine Tür zum Massageraum. Er ließ sich tüchtig durchkneten, nahm ein Ozonbad, vertrieb den letzten Rest von Müdigkeit durch scharfe Wasserstrahlen, die in rascher Folge kalte und heiße Schauer über seine Haut jagten. Er stülpte die Gesichtsmaske über, ließ Augen, Mund und Nase mit Öl durchspülen, die Ohren reinigen, die Haare legen. Zuletzt nahm er die ihm verordnete Dosis UV – gleich auf einmal, dann brauchte er sich den Rest des Tages nicht mehr darum zu kümmern.

Er trat ins Zimmer zurück – inzwischen war das Bett in der Wand verschwunden. Die Automatik überließ ihm die Entscheidung zwischen einer rostroten und einer hellblauen Kombination, dazu leichte Schuhe – Kleidung für einen Tag, synthetische Erzeugnisse, die am Abend in den Müllschlucker kamen. Er wählte die rostrote Kombination, Netzhemd, Overall, Jacke, setzte sich an den Tisch und verwendete einige Sekunden darauf, ein gutes Frühstück zusammenzustellen. Die Versorgung war erstklassig – es gab je zwanzig Geschmacks- und Konsistenzkombinationen für die Kauwürfel sowie die üblichen Sorten Kaffee, Kaffeegrün, Kaffeeblau, Kaffeebraun, Kaffeegelb, selbstverständlich freie Wahl aller Erfrischungsgetränke.

Als er das Mahl beendet hatte und das Tablett in der Wand verschwunden war, leuchtete die perlgraue Projektionswand auf. Er blickte in ein Büro, Sortiertisch, verschiedene Tastaturen, im Vordergrund, in perspektivischer Verzerrung, stehend, eine kräftige Gestalt in weißem Mantel ... erst bei näherem Hinsehen bemerkte Daniel, dass es ein Primi war: das breite Gesicht, die platte Nase, das fliehende Kinn, die vorgewölbte Mundpartie, die wulstigen Lippen ... das alles aber nur angedeutet, eher ein rohes menschliches Gesicht als das eines Tieres. »Ich hoffe, Sie hatten ein angenehmes Erwachen. Mein Name ist Julius. Ich bin der Sekretär.«

Er sprach langsam, stockend, konzentriert, als bereite ihm jedes Wort Kopfzerbrechen. Trotzdem war Daniel überrascht – Primis pflegten sich nicht in Sätzen auszudrücken, zwar verstanden sie alles, was mit den Hinweisen zusammenhing, die man ihnen gab, aber ihr Wortschatz beschränkte sich auf einige zustimmende oder verneinende Äußerungen, allenfalls auf Namen oder die Bezeichnungen einfacher Tätigkeiten.

»Ihre Marke und Ihre Bons wurden noch nicht abgeholt. Darf ich sie Ihnen bringen?«

»Bitte.«

Eine Minute später ertönte ein Summer, und Daniel gab das Frei-Zeichen. Nun hatte er Gelegenheit, den Primi aus der Nähe zu betrachten: Er sah gutmütig aus, seine dunklen, menschlichen Augen blickten wach, sein Gesicht war mit winzigen, durchsichtigen Härchen bewachsen. Als er Daniel die Marke und die Bons überreichte, schob sich der Ärmel über die Handgelenke zurück – es waren schlanke Gelenke, die in schmale Hände übergingen, nicht die üblichen Affenpfoten.

Daniel war sich unklar darüber, wie er ihn behandeln sollte – ihm einen Sessel anbieten? Das wäre zu weit gegangen. Doch er zögerte, sich selbst zu setzen, und so standen sie einander sekundenlang wortlos gegenüber. Ob man ihm Fragen stellen konnte? Der Primi begann selbst zu sprechen, und es war Daniel, als bemerkte er ein süffisantes Lächeln, obwohl es schwer war, diese Gesichtszüge zu deuten, die aus der Nähe zwar nichts an Gleichmaß verloren, aber doch fremdartig wirkten. Seiner Stimme war nichts anzumerken. »Verzeihen Sie, dass ich hergekommen bin – ich hoffe, es stört Sie nicht. Aber es ist besser, die Marken persönlich zu übergeben.«

»Hätte das nicht Zeit gehabt?«, fragte Daniel etwas schroff, und jetzt setzte er sich demonstrativ.

»Ihre alte Marke nützt hier nichts. Wir haben hier ein anderes System, als Sie es von draußen gewohnt sind. Das Engramm ist vollständiger. Daher die genaue Aufnahme Ihrer Kennzeichen. Wenn Sie diesen Schieber herausziehen, wird Ihr Standort laufend registriert – alle Anrufe und Meldungen gehen dann sofort an Sie weiter. Am besten, Sie lassen ihn geöffnet.«

»Dann wird jeder meiner Schritte überwacht?«, stellte Daniel peinlich berührt fest.

»Keineswegs! Es bleibt ja Ihnen überlassen, ob Sie sich dazu entschließen. Das Prinzip der Freizügigkeit! Es ist nur bequemer. Sie werden sehen.« Er beugte sich vor, steckte Daniel die Marke an den Kragen, entfernte die alte, steckte sie ein. »Die brauchen Sie nicht mehr.«

Daniel spürte den leicht säuerlichen Körpergeruch des Primitiven; es ekelte ihn, obwohl er es sich nicht anmerken ließ.

»Geben Sie her, ich will sie behalten«, forderte er und streckte die Hand aus.

»Aber sie nützt Ihnen nichts!« Es sah aus, als überlege er. Dann reichte er sie zurück. »Wie Sie wünschen!«

»Danke«, sagte Daniel, »Sie können gehen.«

»Die Bons!«, erinnerte der Primi. »Hier bitte!«

»Und meine Kredits?« Daniel holte einige der gelochten Karten aus seiner Brusttasche.

»Wertlos«, antwortete der Primi verächtlich. »Werfen Sie sie in den Müllschlucker. Hier bekommen Sie alles, was Sie wünschen. Sie brauchen nicht zu bezahlen.«

»Und die Bons?«

»Rechenzeit«, sagte der Primi. Er verbeugte sich. »Ich wünsche Ihnen einen schönen Tag.« Er verließ den Raum.

Der Besuch des Primitiven hatte Daniels gute Laune gedämpft; er grübelte darüber nach, warum. Vielleicht war es das: Julius unterschied sich nicht nur äußerlich von anderen Primis – er war intelligent, zeigte Regungen, man konnte ihn offenbar kränken, ihm vielleicht sogar eine Freude machen.

Aber wodurch? Und wozu? War es nötig, sich mit den Primis gut zu stellen? Ein neues Problem; er wischte es beiseite.

8 Uhr 50 zeigten die Leuchtziffern des Chronometers an. Er hatte Lust, einen Blick nach draußen zu werfen. Bestand Gefahr, dass er sich verirrte? Diesmal war er vorsichtig. Er trat vor die Tür des Appartements ... er befand sich auf einer von vielen Etagen, die in einer Spirale rund um einen riesigen Schacht liefen. Das Prinzip des Wohnsilos – eine endlose Reihe von Türöffnungen, dazwischen Mündungen von Gängen. Sechseckiger Schachtquerschnitt. In der Mittelachse eine materielose Lichtsäule. Schattenlose Beleuchtung.

Daniel trat an das Geländer. Tief unten ein Gleitkarren, lautlos auf seinem Quecksiberpolster schwimmend, den Spiralen rundum folgend.

Plötzlich fühlte er sich nach hinten gerissen, es gab einen dumpfen Laut, und neben ihm lag jemand am Boden, rundlich, kahlköpfig, in gelbem Plastikumhang, vergeblich bemüht, sich aufzurichten ... Daniel half dem Hingefallenen auf die Beine ... ein faltiges Gesicht, graue Haftschalen, rosa getönte Kaumechanik.

»Verzeihen Sie, es sind die Bürstenschuhe, man bewegt sich erschütterungsfrei fort, doch wenn man aus dem Gleichgewicht gerät ... Hoffentlich habe ich Sie nicht erschreckt! Wie fühlen Sie sich?«

Die Stimme ließ Daniel vermuten, dass es ein Zwitter war; er musste lautlos aus einem Gang gekommen sein, war vielleicht ausgerutscht, und doch verstand Daniel die Situation nicht ganz. »Gut, danke. Doch wie fühlen Sie sich? Wehgetan?«

»Keineswegs. Bin mit Ballonreifen ausgerüstet.« Er deutete an seinen aufgeblähten Umhang. »Trage diese Schuhe erst seit gestern. Ungewohnt. Sah Sie hier stehen. Lief natürlich gleich los. Mein Name ist Solla. Arzt. 28 quer 146 quer 91.«

Daniel murmelte seinen Namen.

»Ich weiß: 37 quer 170 quer 155, Ihre Nummer. Ist sie Ihnen schon geläufig?« Er wies auf ein Schild an der Tür. »Unwichtig. Brauchen Sie sich nicht zu merken. Steht ja auch auf Ihrer Marke. Tragen Sie sie geschlossen? Nicht zu empfehlen! Kommen Sie?«

Er führte Daniel in einen Seitengang, zeigte ihm eine Beförderungskabine, erklärte ihm das System. Sämtliche Kommunikationsmittel stützten sich auf die Koordinatenangaben. Man brauchte sie nur einzutasten, Länge, Breite, Höhe. »Zu merken brauchen Sie sich nur eine Nummer: 001 quer 001 quer 001! Sie verbindet Sie mit der Automatik-Ausgabe. Dort erhalten Sie jede beliebige Auskunft; über Mikrofon, über Bildschirm, über Fernschreiber, wie Sie wünschen.«

Sie betraten einen Raum, die üblichen Farbtöne: blau und grau, verkleidete Automaten, die übliche Ausstattung an Kommunikationsgeräten, Monitoren, Konsolen. Ein paar Sessel, ein Tisch.

»Wollen Sie gleich mit der Untersuchung beginnen? Soll ich mich entkleiden?«

Solla hatte seinen Umhang abgestreift und sich der umgebundenen Kissen entledigt. Er ließ sich in einen Sessel fallen.

»Nein, nein. Ein Missverständnis. Sie sind gesund, das wurde schon festgestellt.« Er deutete auf eine Couch. »Bitte.«

»Ich würde gern mit der Arbeit beginnen. Es wäre mir lieb, wenn ich nicht noch länger aufgehalten würde.«

Solla lächelte freundlich und wiederholte seine einladende Handbewegung. Er schob eine Packung Riechkapseln über den Tisch. »Bedienen Sie sich!«

»Keine Untersuchung?«

»Nur ein Gespräch – eine Formsache. Eigentlich haben Sie schon alles überstanden. Nur noch, dass wir uns kennen lernen. Ich habe Sie hier zu betreuen.«

»Wozu Betreuung?« Er merkte, dass er unhöflich wirkte, und setzte hinzu: »Bitte, verstehen Sie mich nicht falsch, das richtet sich nicht gegen Sie. Doch bin ich nun einmal hier, habe mich ordnungsgemäß angemeldet und mein Appartement bezogen. Ich bin gut ausgeruht und frisch und möchte keine Zeit verlieren.«

Solla drückte eine Kapsel auf, hielt sie an die Nase und zog genießerisch die belebende Gasmischung ein. Er atmete einige Male tief, bevor er antwortete. »Wozu einen Betreuer? Sie sind völlig fremd hier. Haben Sie nicht das Bedürfnis, sich mit jemand auszusprechen?«

»Sie sind Psychiater«, sagte Daniel.

»Natürlich. Das Soma stellt keine Probleme. Wir sind hier ein bißchen weiter als die da draußen. Einfache, aber wirksame Methoden. Kein mühsames Aufmöbeln mehr. Organaustausch, Transplantation. – Nein, nein, wenn etwas Probleme stellt, dann ist es die Psyche.«

»Ich fühle mich durchaus wohl.«

»Hatten Sie heute schon Ärger? Glauben Sie mir, ich verstehe mich auf Symptome. Selbstverständlich befinden Sie sich völlig innerhalb des Stabilitätsbereichs. Doch erscheinen Sie mir ein wenig gereizt. Was könnte es gewesen sein?«

Daniel schüttelte den Kopf.

»Heute Morgen hatten Sie Besuch ... Julius, nicht wahr? Sehen Sie, das sind Kleinigkeiten, die Stimmungen verderben. Ungewöhnlich, dass er zu Ihnen kam. Sie haben es gestattet? Nebenbei, darüber ist ein Streit in Gang. Sind sie noch Tiere? Was meinen Sie dazu?«

Er wartete nicht auf Daniels Antwort, steckte die Daumen in die Brusttasche seines Jacketts.

»Wissen Sie, dass man sie heute mit beliebiger Intelligenz züchten kann? Man braucht nur einige zusätzliche Abschnitte in die DNS einzubauen. Und schon erwächst das Problem: Die Geschöpfe bekommen Persönlichkeit. Wir wissen, dass wir ihnen gegenüber keinerlei ethische Verpflichtungen haben, doch es meldet sich das schlechte Gewissen, das sich nicht an historische Fakten hält. Sie sind unsere Produkte, unser Eigentum, doch plötzlich merkt man einen eigenen Willen,

Eigensinn, wenn Sie so wollen, Ausdruck – Zweifel, Missbilligung – Kritik! Haben Sie es nicht etwa so empfunden?«

»Kann sein«, gab Daniel zu. »Ich habe nicht darüber nachgedacht.«

»Nicht bewusst. Aber man muss es aussprechen«, sagte der Arzt. »Sonst trägt man den ganzen Tag einen Stachel mit sich herum. Nicht, dass es wichtig wäre – ich wollte Ihnen nur zeigen, dass Sie mir vertrauen können, dass es sich lohnt, zu mir zu kommen, wenn Sie der Schuh drückt. Das sind Sie sich selbst schuldig: Sie müssen auf Ihr inneres Gleichgewicht achten. Also gehen Sie jetzt, wenn Sie wollen. Ich halte Sie nicht zurück.« Er stand auf, geleitete Daniel zur Tür.

»Sie sind offenbar genau darüber informiert, was ich getan habe«, sagte Daniel. Er blieb kurz an der Schwelle stehen. »Ich glaubte, es gäbe keine Überwachung.«

»Gibt es auch nicht«, antwortete Solla. »Sie können sich völlig frei bewegen, niemand achtet darauf, was Sie tun. Auch wir Ärzte überwachen niemand, es unterliegt unserer eigenen Verantwortung, ob wir Kontakt mit einem Patienten herstellen, und wir tun es nur in besonderen Fällen. Bei einem Neuankömmling musste ich mich freilich überzeugen ... Nun, es ist ja alles in Ordnung. Einen schönen Tag wünsche ich!«

»Ja, es ist alles in Ordnung«, bestätigte Daniel. Aber er hatte ein Gefühl der Beklemmung, das ihn auf eine merkwürdig vertraute Art ängstigte.

Als er mit betont zielbewussten Schritten den Korridor entlangging, hatte er den Eindruck, dass der Psychiater ihm nachschaute, aber er tat, als kümmerte ihn das nicht, und ging weiter, obwohl er nicht wusste, wo er sich befand, und sich nicht im Klaren darüber war, was er als Nächstes tun sollte. Dieser Teil des Bauwerks war belebter als der Wohntrakt, der Gang erweiterte sich bald zu Sälen mit Tischen und Stühlen, den Wartezimmern von Kliniken ähnlich, da und dort saß jemand, die meisten in sich selbst versunken, vor sich hindösend, andere in Gespräche vertieft, einige glitten auf Bürstenschuhen an ihm vorbei, gelegentlich ein Kyborg auf einem Rollgleiter, und obgleich niemand Notiz von ihm nahm, behielt Daniel seine demonstrativ selbstsichere Haltung bei, bis er einen leeren Raum entdeckte, eine Theke, Barhocker; er setzte sich, holte sich einen Becher Säuerling aus dem Automaten und überlegte, was er unternehmen sollte. Seine neue Umgebung wirkte nach wie vor verwirrend auf ihn, aber das konnte nicht anders sein, er hatte es nicht anders erwarten dürfen, musste sich abfinden, versuchen, sich so rasch wie möglich einzugewöhnen. Heute war er nicht mehr so verloren wie gestern, er war registriert, hatte eine Erkennungsmarke, verfügte über ein Appartement und hatte Zugriff zur Datenbank. Am besten, er setzte sich mit der Automatik in Verbindung und verschaffte sich Übersicht über die Kommunikationsmittel, die Organisation, die Modalitäten. Er suchte sein Zimmer auf.

Inzwischen hatte sich ein Mann einige Sitze von ihm entfernt an der Theke niedergelassen und Bierschwarz in einen Becher rinnen lassen. Nun rückte er näher, griff an einige Hebel, ohne etwas zu bestellen, bis er schließlich neben Daniel saß – ein junges, asketisches Gesicht, braun getönt – was auf eine Überdosis UV schließen ließ –, weißblond, rote Augenlider. Er schob das Bierglas hin und her, blickte sich betont unauffällig um und wandte sich schließlich, ohne ihm ins Gesicht zu sehen, an Daniel, der sein Gehabe merkwürdig fand.

»Warum kommen Sie gerade hierher?« Er sprach mit Verschwörermiene, aus dem Mundwinkel heraus. »Ist das nicht ein wenig unvorsichtig? Außerdem. Sie sind nicht avisiert.« Er tippte Daniel an den Kragenaufschlag. »Wer hat Ihnen das Zeichen mitgeteilt? Pst!«

Zwei Primis schoben eine Rollbahre vorbei, auf der ein Mensch lag, von einer Plastikfolie bedeckt. Sie haftete fest auf Stirn, Nase, Wangen. Ins Kinn, an den Stellen von Augen,

Mund und Nase waren runde, schwarz gesäumte Löcher eingeschnitten. Lautlos verschwanden sie im Gang.

»Wieder einer«, sagte der Blonde. »Sie sehen, hier kann man sich kaum unterhalten. Haben Sie schon Mutungspunkte?«

Daniel hob die Schultern, doch eine Handbewegung hieß ihn schweigen. Der Blonde blickte angestrengt zur Seite, horchte ...

»Hören Sie?«, fragte er. »Für mich wird es Zeit. Am besten, Sie kommen einmal zu einer unserer Sitzungen. Hier!« Er ergriff Daniels Hand, legte ein Stück Folie hinein, schloss ihm die Finger zur Faust. »Freie Bahn!« Er stand auf, ging rasch, doch ohne zu hasten, davon.

Nachdenklich sah Daniel ihm nach. Auch das gehörte wohl dazu: dass sich die Menschen merkwürdig benahmen, dass er vieles, was sie taten, sagten, andeuteten, von ihm verlangten, nicht verstand. Seine Hand tastete den Kragen entlang ... hier steckte seine Plakette, der Schieber geschlossen. Trug man ihn offen? Wahrscheinlich. Dadurch war er aufgefallen. Aber wer hatte es nötig, sich durch Geheimzeichen zu verständigen? Unzufriedene? Anarchisten? Saboteure?

In einer flachen Ecke – 120 Grad, dem Sechseckprinzip entsprechend – bemerkte er eine Zelle des Beförderungssystems. Er stand auf und trat heran: Die Tür öffnete sich nicht. Er nestelte an seiner Erkennungsmarke herum, zog den Schieber heraus ... die Tür glitt beiseite. Er trat ein. Die Tür schloss sich hinter ihm.

Noch bevor er seine Kennnummer und damit die Koordinaten seines Appartements eintasten konnte, setzte sich die Kabine in Bewegung. Zugleich tönte aus einem Lautsprecher in der Decke die Stimme:

»Wir rufen:
037 quer 170 quer 155,
Dringlichkeitsstufe A 3,
Sie werden erwartet:

Koordinaten 034 quer 281 quer 577. –
Wir bitten Sie, sich einzufinden.
Wir rufen: 037 quer 170 quer 155 ...«

Die Stimme begleitete ihn die ganze unfreiwillige Fahrt hindurch. An den Leuchtziffern an der Wand merkte er, dass es den genannten Koordinaten näher ging. Wie vorauszusehen: Stopp bei 034/281/577. Die Tür glitt auf.

Daniel trat hinaus: Eine Zelle, eng, leer, sechseckig, undurchsichtige Wand, eine Tür, geschlossen. Von der Decke die Stimme:

»Ihre Kollegen heißen Sie willkommen, bitte warten.«

Pause. Dann wieder:

»Ihre Kollegen heißen Sie willkommen, bitte warten.«

Pause. Noch einmal:

»Ihre Kollegen heißen Sie willkommen, bitte warten.«

Noch mehrmals, immer wieder. Daniel sah sich um – keine Sitzgelegenheit im Raum.

Ein Knacken. Summen aus dem Lautsprecher.

Sekunden später: Die Tür öffnete sich.

Die Stimme:

»Bitte, treten Sie ein!«

»Blicken Sie bitte nach links!«

Eine Projektionswand. Das Aufflimmern eines Bildes. Ein Gesicht, schon bekannt ...

Er hörte Schritte hinter sich, eine Hand legte sich auf seine Schulter.

»Lassen Sie sich nicht verblüffen, kommen Sie!«

Eine Frau, dem Äußeren nach 25 bis 30, doch sicher reaktiviert – das zeigte die porenlose Haut hinter den Augen; schwarzes Haar, gelockt, grüne Augen. Sie lächelte ihn an, wandte sich dann zum Videoschirm.

»Alles in Ordnung! Abblenden!« Sie führte ihn durch eine weitere Tür, die sich lautlos geöffnet hatte: eine Flucht von Räumen, durchsichtige Wände, grau und blau verkleidete Automaten, Fernschreiber, Schalttafeln, Sichtschirme, hüpfende Ziffern auf gerastertem Glas. Zwei Männer kamen ihm entgegen, glatte Gesichter von Dreißigjährigen, der eine groß und breit, mit gewelltem, zurückgekämmtem, hellbraunem Haar, natürlich eine Perücke, der andere dunkelhaarig, gebückt, schlank, mit langen Armen.

»Schöner Tag heute, wir freuen uns«, sagte der Große. »Das ist Maud, das ist Larry, ich heiße Benedikt. Mit uns werden Sie hauptsächlich zu tun haben. Setzen Sie sich doch, bitte.«

Daniel schüttelte die Hände, murmelte seinen Namen: »Es tut mir Leid, dass ich Sie warten ließ! Offenbar haben Sie mich suchen lassen, doch Ihr Ruf hat mich erst vor ein paar Minuten erreicht!«

»Kein Grund zur Eile!«, erklärte Benedikt. »Sie hatten sich wohl ausgeschaltet. Das ist Ihr gutes Recht.«

Sie setzten sich vor eine Kaleidoskopwand; die Figuren wechselten kaum merklich, Maud reichte Erfrischungskapseln; würziger Duft hing für kurze Zeit in der Luft, ehe ihn die Ventilatoren forttrugen.

»Das sind Sie also«, meinte Benedikt und sah Daniel wohlwollend an. »Offenbar haben Sie alles gut überstanden. Die ersten Stunden sind immer schwer.«

»Ja«, bestätigte Larry, »ich hatte einige scheußliche Erlebnisse – erinnere mich nur ungern daran. Die Psychiater haben uns allen übel mitgespielt.«

»Es war nur eine kurze Unterredung«, sagte Daniel.

Sie lachten. »Gewiss, aber die Tests haben es in sich.«

»Tests?«, wiederholte Daniel.

»Reduktion der Verhaltensbedingungen, parzellierte Information, Labilisierung, Verunsicherung ... sagen Sie bloß, Sie hätten es nicht bemerkt?«

»Ich hatte einige ungewöhnliche Erlebnisse – allerdings ... Aber was war Test, und was war Wirklichkeit? Wie kann man sie unterscheiden?«

»Das ist es ja eben – dass man sie nicht unterscheiden

kann. Wirklichkeit und Test gehen ineinander über. Ich bin überzeugt, dass mancher Konflikt, dem man zufällig ausgesetzt ist, als Test verwertet wird und umgekehrt: Situationen, als Testfälle konstruiert, setzen sich in der Wirklichkeit fort.«

»Kein angenehmer Gedanke«, meinte Daniel und griff nach einer Riechkapsel. »Normalerweise kann man doch wenigstens nachträglich erkennen, womit sie einem eine Falle stellen wollten.«

»Ein Test hat nur Sinn, wenn man ihn nicht als Test erkennt. Überlegen Sie doch: Sie merken es – eine gestellte Situation. Sie reagieren nicht spontan, sondern so, wie Sie meinen, dass man es von Ihnen erwartet. Die Psychologen müssen das in die Rechnung einkalkulieren, was die Sache schwierig macht. Doch damit nicht genug: Sie stellen sich darauf ein, den Psychologen sei bekannt, dass Sie die Situation als Teil einer Prüfung erkennen. Dann modulieren Sie Ihre Verhaltensweise noch einmal, nämlich so, dass sie auch unter diesem Aspekt noch gut benotet wird. Das müssen aber auch die Psychologen berücksichtigen. Mit anderen Worten: Solche Rückkopplungen würden die Analyse außerordentlich erschweren. Ich kann die Seeleningenieure auch nicht leiden, aber in diesem Punkt muss ich ihnen Recht geben.«

»Ist es nicht doch irgendwie möglich, zu erkennen, was ein Test war und was nicht – zum Beispiel durch die Logik der Konsequenzen?«

»Das wissen sie zu verhindern; sie konstruieren ihre Testsituationen logisch oder pseudologisch. Wenn sie eine Serie beendet haben, führen sie die Ereignisketten fort, nur um keine Anhaltspunkte zu geben, und knüpfen später daran an, wenn es nötig ist.«

»Wann ist die Zeit der psychologischen Prüfungen vorbei?«

Wieder lächelten sie über diese Frage. »Nie. Die Psyche ist ja nichts Unveränderliches. Sie kann jederzeit aus dem

Gleichgewicht geraten, und das können wir hier nicht riskieren. Man muss immer lernen und sich immer prüfen lassen. Die Tests gehen weiter, sie sind ein Teil der Wirklichkeit geworden. Doch Sie werden sehen – daran gewöhnt man sich. Im Gegenteil: Gerade durch diese permanente Testsituation verliert man jede Angst vor einer Psychoprüfung. Es gibt nichts zu befürchten.«

»Widerspricht das nicht dem Prinzip der Freizügigkeit?«

Benedikt schüttelte den Kopf.

»Keineswegs! Es sichert unsere Freiheit und die der andern. Schließlich wird von hier aus die Welt gesteuert.«

Sie fügten sich dieser Argumentation – er sah es an den Gesichtern, die nach wie vor freundlich waren. Es waren die ersten Menschen, mit denen er sich verständigen konnte, die seine Sprache sprachen, die seine Gedanken dachten. Er gehörte zu ihnen, und das ließ die Ungereimtheiten seines bisherigen Aufenthalts unwichtig erscheinen. Unauffällig musterte er seine neuen Kollegen: Benedikt bewegte sich ruhig und gelassen, er strahlte Zuversicht aus, was er sagte, sagte er klar und abschließend; ihm schien die Führungsrolle zuzufallen. Larry, mit seinen dunklen, braunen Augen, seinem strähnigen Haar, seiner ins Gesicht geschriebenen Gutmütigkeit, erweckte sofort Vertrauen. Er schien geduldig genug, um Fragen anzuhören und ausführlich zu beantworten. Maud – eine Frau, die sich pflegte und Geschmack hatte. Die Gesichtsform, die sie gewählt hatte, entsprach nicht den üblichen Normen, dazu waren die Lippen zu voll, die Backenknochen zu betont – also eine Persönlichkeit mit eigenem Willen, offenbar intelligent, sonst wäre sie nicht hierher delegiert worden. Sie saßen so, dass sie das Spiel des Kaleidoskops im Gesichtsfeld hatten, und manchmal erschien auf ihren Gesichtern der Widerschein von sattem Rot oder fahlem Blau.

Benedikt ließ die Lehne seines Sessels um ein weniges nach rückwärts gleiten und wandte sich erneut an Daniel.

»Ich kann mir denken, dass Sie noch etwas verwirrt sind,

doch das ist uns allen so gegangen. Sie wissen ja, was wir hier zu tun haben, und mit den Maschinen sind Sie vertraut. Gewiss gibt es hier Besonderheiten, Abweichungen vom Standard, aber das liegt daran, dass unsere Anlagen ständig erneuert werden; es sind die besten, die es gibt! Im Übrigen können Sie der Automatik vertrauen; wir kommen im Großen und Ganzen gut mit ihr aus. Sie hat Geduld mit uns, stellt sich auf uns ein.

Für Sie ist es sicher am besten, wenn Sie sich rasch mit allem vertraut machen. Ihr Arbeitsplatz liegt neben dem von Maud – vielleicht ist es am besten, wir bitten Maud, Ihnen das Wichtigste zu erklären. Würden Sie es tun, Maud?«

»Gern«, sagte Maud und stand auf. »Kommen Sie!«

»Wir sehen uns später!«

Maud führte ihn durch Räume, die sich kaum voneinander unterschieden, Arbeitszellen, die üblichen durchsichtigen Wände, Ein- und Ausgabegeräte für den Computer.

»034 quer 269 quer 578. Das ist Ihr Reich, Daniel«, sagte Maud. Sie deutete über die Geräte hin, die wenig Abwechslung zeigten – blau und grau verkleidete Einheiten mit Schaltpulten, Projektoren, Tastaturen, Sichtschirmen.

»Am besten, Sie gehen die Checkliste durch«, schlug Maud vor. » Geben Sie mir die Bons für die Rechenzeit.« Sie legte die Rolle in die dafür vorgesehene Vertiefung in der Platte des Pultes. Mit spielerischer Leichtigkeit ließ sie ihre Finger über die Tasten gleiten, auf dem kleinen Bildschirm des Panels erschien der erste Kasten eines Lehrprogramms.

Daniel blickte Maud an und Maud Daniel. Dann lachten sie beide.

»Zu langweilig, nicht wahr?«, fragte Maud. Sie öffnete eine Klappe und zog ein Kabel hervor, das in einem Kontaktkopf endete. »Wenn Sie ungestört sein wollen, drücken Sie diesen Knopf – sehen Sie.« Die Wände wurden undurchsichtig, die Intensität des Lichtes sank auf den niedrigsten Grad. Daniel strich eine Haarsträhne beiseite und legte die münzengroße kahle Ansatzstelle frei. Der Kontaktkopf passte. Maud drückte wieder einige Tasten ... Daniel schloss die Augen, seine Hände umkrampften die Lehnen des Stuhls – das half gegen das leichte Schwindelgefühl durch das Flimmern, das den Zustrom der Information anzeigte. Chaotisch wechselnde Bilder, Begriffe, Zahlen, wie sie der Zufall aus dem logischen Kontinuum herausholt.

Fünf Minuten, dann das Wecksignal. Daniel zog selbst den Kontakt ab, strich die Haare über die Haftstelle.

»Die erste Lektion«, sagte Maud. »Zehn Lektionen – und Sie kennen alle Geheimnisse der Automatik.«

»Wir haben viel Zeit gewonnen«, meinte Daniel. Er stand auf und trat hinter Maud, die sich auf den Besucherstuhl gesetzt hatte. Er strich ihr über die Haare, von denen ein zarter Duft ausging, tastete mit den Fingern über ihren Kopf, fand die kahle Stelle.

»Ja, viel Zeit«, bestätigte Maud. Sie stand auf. »Am besten, wir gehen in mein Appartement.«

Abend, die Uhr zeigte 22.10, Daniel machte sich zur Nachtruhe bereit, als das Rufsignal ertönte. Er unterbrach das Assoziationsspiel, das er eingestellt hatte, und gab das »bereit«-Zeichen. Die Projektionswand verdunkelte sich und blieb schwarz, als sich der Anrufer meldete: »Wollen Sie nicht zu einer Sitzung kommen? Raum 023 quer 181 quer 116. Aber schließen Sie den Schieber Ihrer Erkennungsmarke!«

Daniel schwankte kurze Zeit zwischen Müdigkeit und Neugier, erinnerte sich der unangenehmen Erlebnisse des Vortags, war froh, dass dieser Tag auf angenehme Weise vorübergegangen war, und lehnte ab – er sei müde, sei gerade im Begriff, schlafen zu gehen, ein anderes Mal ...

»Es wird Sie vielleicht interessieren, dass wir Ihre Tasche in Besitz haben. Wir sind selbstverständlich bereit, sie zurückzugeben. Sie werden verstehen, dass wir die Rohrpost nicht dazu benützen wollen. Wir nehmen an, Sie kommen.«

Es knackte. Der Anrufer hatte abgeschaltet. Ärgerlich stellte Daniel das Assoziationsspiel wieder an – er verzichtete darauf, den versäumten Abschnitt wiederholen zu lassen, die Bildfolgen waren frei gereiht, Traummotive, futuristische Landschaften, fantastische Geschöpfe, Farbvisionen von konkreten Lauteffekten begleitet, alle emotional betont, eine Folge von Mutungserlebnissen. Er streckte sich in seinem Liegesessel, doch es gelang ihm nicht mehr, sich auf die Bilder zu konzentrieren. Er schaltete die Projektion aus, nahm eine Schlaftablette und legte sich zu Bett. Er sank in tiefe, traumlose Nacht, doch nach einiger Zeit schreckte er auf, er wusste nicht, was ihn geweckt hatte, eine Bewegung, ein Geräusch ... als er die Augen öffnete, war es dämmrig, die Leuchtröhren glühten schwach. War es falsch gewesen, dass er seine Tasche nicht geholt hatte? Der Gedanke daran quälte ihn, ließ ihn nicht wieder einschlafen, im Gegenteil, er war hellwach, so wach, dass er es nicht mehr ertrug, tatenlos dazuliegen. Ob es noch Sinn hatte, den genannten Treffpunkt aufzusuchen? 023 quer 181 quer 116. Er konnte es versuchen.

Rasch entschlossen stand er auf, zog den Morgenrock über. Seine Erkennungsmarke? Den Schieber schließen? Damit ließ sich der Lift nicht in Funktion setzen. Am besten, er ging zu Fuß, ließ die Erkennungsmarke da. Er trat aus dem Raum – es war dämmrig draußen, die vertikale Lichtsäule verbreitete nur schwachen Schein. Er orientierte sich, fand sich zurecht, er kannte die Bedeutung der Koordinaten, wusste, wo Positionshinweise zu finden waren, war mit den Richtungsangaben vertraut. Zuerst folgte er der Schraubenlinie der Terrassen, zehnmal rundum, eine ermüdende Aufgabe, aber die automatischen Systeme waren ihm verschlossen. Dann wandte er sich in einen Gang der Richtung A und zweigte in eine Flucht von Räumen ab – Richtung S. Alle Türen standen offen – er war nicht sicher, ob sie sich für ihn geöffnet hatten, er hatte nichts davon bemerkt.

Seine Tasche sah er schon von weitem. Sie lag inmitten eines völlig leeren Raums auf dem Boden – es sah aus, als sei dieser Teil des Gebäudes noch unbenutzt, auch die anderen Zellen, durch die er gekommen war, standen offenbar leer. Er war keinem Menschen begegnet – in der Nacht schien niemand unterwegs zu sein.

Er ging auf die Tasche zu, bückte sich ... Als er sich wieder aufrichtete, hatte sich seine Umgebung verändert – die Wände waren undurchsichtig geworden. Er hörte ein Zischen, spürte den Duft von Magnolien. Um ihn herum Hecken, Lauben, schmale Wege, Treppen, Brücken über Tümpel mit Seerosen ... die Perspektive änderte sich, die Farben verblassten, die Bauten wurden durchsichtig, die Wege hoben sich über die Ebene, bildeten ein kompliziertes Muster, Verzweigungen, Sterne, Rundgänge, nur noch das Diagramm, ein schwarzes Liniennetz ...

START

Er presste die Tasche an die Hüfte und folgte dem Pfeil, der die Richtung wies.

```
INTEGER * 2 I 1, I 2 UMFORM
LOGICAL * 1 A, B, UN/.FALSE/'TRANS'S ...
```

Seine Bewegung wurde schneller, er raste dahin, und je mehr er sich der Lichtgeschwindigkeit näherte, umso mehr verlor er seine Persönlichkeit, seine individuellen Eigenschaften, er wurde abstrakt, ein Aggregat von Zahlen, über vorgegebene Wege gejagt, geradeaus, im Kreis herum ...

```
I F (I. EQ. K) GO TO 20
GO TO 7
```

Die Welt klappte zu einer Fläche zusammen, schmolz zu einer Linie, eine eindimensionale Mannigfaltigkeit von Zuständen, eine Folge von Operationen, an komplizierte Bedingungen geknüpft ...

```
IF (C. EQ. O) GO TO 7
TRANS = = TRUE
RETURN
```

Eine endlose Bahn ohne Ausblick, ohne Ziel, in sich geschlossen, endlose Wiederholungen der gleichen Schleife, rundum. Sprung ...

```
TRANS = = FALSE
RETURN
END
```

Die letzten Kräfte verzehrt, gewichtslos, ausgehöhlt, im Klischee erstickt, zum Schema geworden, aufgerieben, verloren, auf null reduziert, Modell seiner selbst ...

Er lag auf einem Tisch, Gesichter erschienen und verschwanden, unkenntlich hinter Masken, Klirren von Instrumenten, schlürfende Schritte, widerlicher Geruch, grelles Licht, eine Hand, eine dunkle Last über den Augen.

Später. In einem Gleitstuhl. Stille. Dämmerndes Licht, Sonnenuntergang über blühenden Kakteen, rot glühende Wolken, das Huschen einer Fledermaus ... Das Bild zerfließt, Solla, zu ihm hinabgebeugt. »Alles in Ordnung, keine Sorge. Morgen sind Sie wieder fit.«

»Was ist geschehen?«, flüsterte Daniel und hatte Mühe, die paar Worte herauszubringen.

»Wir fanden Sie in einem leer stehenden Teil des Gebäudes. Ohnmächtig. Sie hatten sich verirrt, waren ohne Erkennungsmarke herumgelaufen, im Morgenrock, die Tasche unterm Arm. Wahrscheinlich ein Anfall von Schlafwandeln.

Kommt nicht wieder vor. Wir haben die verantwortlichen Gehirnzellen ausgetauscht, einige Nervenfasern, Leitungen zum Schlafzentrum. Bleiben Sie ganz ruhig. Gefällt Ihnen das Bild?« Er wartete die Antwort nicht ab, die Kakteenwüste tauchte aus dem Grau der Wand, wurde plastisch, die Sonne ging unter, die Fledermaus huschte.

Als Solla den Raum verlassen hatte, griff Daniel nach der Steuerkonsole des Krankenwagens, doch das Gefährt reagierte nicht auf den Knopfdruck. Er ließ den Arm seitlich herunterfallen, er tastete die Bremse. Mit aller Kraft stemmte er sich dagegen, und der Wagen drehte sich. Er glitt zu jenem Tischchen, auf dem der Morgenrock lag, und auf diesem die Tasche. Er brauchte zehn Minuten, um sie auf seine Knie zu ziehen und zu öffnen. Sie war leer.

Er schlief lange, erwachte, bekam Injektionen, schlief wieder, erwachte, fühlte sich kräftiger, nahm Anteil am Geschehen in seiner Umgebung, genoss die Ruhe, ein Primi schob ihn mit dem Gleitwagen einen Rundhorizont entlang, eine Projektionswand mit unmerklich wechselnden Landschaften, Gebirge, die Antarktis, die Sahara, die Kraterfelder des Mondes, es sah aus, als blickte man von einer Plattform herunter, von einem Weg, von einer Brücke ... Gefiel ihm ein Bild besonders gut, so gab er Anweisung, den Wagen stehen zu lassen, er schickte den Primi fort und blickte lange und nachdenklich in die Weite.

»Eines der stimmungsvollsten Motive!« Ein anderer Gleitstuhl war neben den seinen geschoben worden. Eine Gestalt, bis zum Hals in Decken vermummt, ein altes Gesicht, faltig, braungefleckt, wirres, schütteres, weißes Haar, Mann oder Frau, es war nicht zu erkennen, auch die heisere Stimme verriet nichts. »Eine Rekonstruktion aus alten Farbaufnahmen, vorzüglich gelungen. Aus solchen Wäldern sind wir einst hervorgekrochen – kaum zu glauben.«

Auf der Wiese standen jetzt zwei schlankbeinige braune Tiere. Gefiederte Wedel von Farnen neigten sich im Wind.

»Ja, es ist sehr eindrucksvoll«, stimmte Daniel zu. Er war nicht gerade erfreut über die Störung, doch er hatte keinen Grund, abweisend zu sein.

»Haben Sie sich zur Transposition entschieden? Sie sehen noch jung aus. Raten Sie, wie alt ich bin! 230 Jahre. Mir nützt keine Reaktivierung mehr. Ich habe mich lange gesträubt, hatte Angst – trotz aller Versicherungen. Jetzt fühle ich mich prächtig. Darauf kommt es an: wie man sich fühlt. Auf das Aussehen achtet man später nicht mehr. Ich glaube, das ist ein Beweis dafür, dass man reifer wird. Ja, auch mit zweihundert lernen Sie dazu. Seit dreißig Jahren habe ich es aufgegeben, mich reaktivieren zu lassen. Dass sich ein paar junge Leute ekeln … egal. Man ist nur noch selten nach AUSSEN gewandt. Man verliert das Interesse am oberflächlichen Geschehen. Was früher etwas bedeutet hat, wird bedeutungslos. Ein Wandel in der Orientierung. Nicht mehr. Ein Reifungsprozess, meine ich. Die energetische Welt ist ärmlich. In Verbindung mit ihr von Freizügigkeit zu reden, ist lächerlich, jetzt sehe ich es ein. Aktionen, Bewegungen, Eingriffe, physikalische Prozesse, eingeengt durch eine Unzahl von Gesetzen. Ein Gefängnis. Die Welt von AUSSEN ist ein Gefängnis.

Einst sind wir aus den Wäldern gekommen. Jetzt setzen wir zur nächsten Stufe an. Ich höre nicht mehr auf die Eklektiker! Lange genug haben sie meine Entwicklung verzögert. Jetzt sehe ich das ein. Freilich, wer jung ist, macht sich die Situation nicht klar. Man lässt sich reaktivieren, immer wieder. Dass auch das einmal zu Ende ist, will man nicht wahrhaben, es liegt in weiter Ferne – so scheint es zunächst. Aber wenn es soweit ist – es ist nicht gleichgültig, glauben Sie mir. Man döst nicht dahin, man verdämmert nicht. Man findet sich nicht ab, man ergibt sich nicht in sein Schicksal. Zur nächsten Stufe zu finden, darauf kommt es an.

Sie sagen, es sei unnatürlich. Ich glaube, es ist der vorgezeichnete Weg. Wir dürfen glücklich sein, dass wir ihn heute ein Stück weiter gehen dürfen. Sie sagen, wir seien am Ende. Ich meine, dass wir erst am Anfang stehen.«

»Ein interessanter Aspekt«, sagte Daniel, nur um nicht stumm zu bleiben.

»Denken Sie darüber nach! Ich wünsche Ihnen einen schönen Tag.« Der Alte schloss die Augen, ein Primi trat hinzu, schob den Wagen an. Dabei glitt die Decke ein wenig tiefer hinunter, und Daniel sah, dass die Gestalt, die in den Kissen saß, vom Kinn abwärts keinen menschlichen Körper mehr hatte.

Noch eine längere Schlafperiode, dann kam Daniel für einige Minuten in eine Reanimationszelle. Frisch, körperlich und geistig gestärkt, stand er vor Solla, der ihn befriedigt musterte. »Sie haben sich glänzend erholt. Ihr kleines Erlebnis hat uns sehr geholfen – es hat uns an Ihre schwache Stelle geführt. Ein paar falsch gebahnte Leitungen, nichts weiter. Ich nehme an, dass Sie jetzt ideal im Gleichgewicht sind. Wir brauchen Sie nicht länger festzuhalten. Hier ist Ihre Erkennungsmarke, hier Ihr Eigentum.« Er deutete auf ein Regal, auf dem, mit einem Etikett versehen, die Tasche lag.

Daniel bedankte sich. Er nahm die Tasche auf, drehte sich wieder zu Solla um. »Darf ich eine Frage stellen?«

»Aber sicher!« Die grauen Haftschalen wandten sich ihm zu.

»Wer bin ich?«, fragte Daniel. »Woher komme ich?«

Solla trat zurück, griff nach einem Spray und zerstäubte eine kleine Dosis Duftessenz. »Setzen Sie sich!« Er selbst zog einen Sessel heran, wies auf einen andern. »Ihre Identität? Eine berechtigte Frage. War zu erwarten. Es muss Ihnen ja auffallen, dass Ihre Erinnerung gelöscht ist. Dafür, auch das haben Sie sicher überlegt, dürfte es einen Grund geben.« Er nahm die Schachtel mit Erfrischungskapseln vom Regal, bot sie Daniel an. Dieser lehnte ab.

»Gab es einen Grund, so könnte er jetzt auch noch bestehen. Dann würde ich mich weigern, etwas darüber zu sagen – vorausgesetzt, Ihre Vergangenheit wäre mir bekannt. Oder ich würde Ihnen eine falsche Identität geben. Sie hätten keine Möglichkeit, herauszufinden, ob es die Wahrheit ist oder nicht. Sie hätten Zweifel. Es wäre genauso gut, als hätte ich geschwiegen.«

»Ich würde mich erinnern«, wandte Daniel ein.

»Das wäre kein Beweis. Wir hätten Ihr Unterbewusstsein mit einer falschen Identität ausstatten können. Einige Stichworte würden sie Ihnen gegenwärtig machen. Sie würden sich an etwas erinnern, das Sie in Wirklichkeit nie erlebt haben.«

»Dann ist meine Identität für immer verloren?«

»Aber nein!« Solla winkte beruhigend ab. »Eines Tages werden wir Sie selbst informieren, und das brauchen wir ja nicht zu tun, um Ihnen etwas Falsches zu sagen.«

»Und wenn es doch nicht die Wahrheit ist?«

Solla stand auf, blickte auf die Uhr, als hätte er es plötzlich eilig.

»Was bedeutet Wahrheit und Unwahrheit? Tatsache ist, dass wir Sie mit jeder beliebigen Identität ausstatten können. Wann ist diese Identität falsch? Wann ist sie richtig? Was in Ihrem Gehirn als Vergangenheit gespeichert ist, bildet das Bezugssystem für Ihr heutiges Handeln. Es ist weder wahr noch falsch, sondern effektiv oder nicht, und nur auf diese Kategorien kommt es an. Wir sind Psychologen, Praktiker, keine Philosophen. Eine Identität kann einem Charakter oder einer Situation angemessen sein oder nicht. Das ist für uns die richtige oder die falsche Identität.«

»Aber«, sagte Daniel, der sich nun auch erhob, »ich handle doch nach Erfahrungen, die aus meiner Vergangenheit stammen, wenn ich sie mir auch nicht vergegenwärtigen kann. Ist das nun die richtige oder die falsche Vergangenheit?«

»Die richtige«, sagte Solla freundlich. Er legte Daniel die Hand auf die Schulter und führte ihn zur Tür.

Daniel benutzte den Lift, um sich an seinen Arbeitsplatz bringen zu lassen. Er traf Benedikt, der vor einem Panel saß und ihn bat, sich neben ihn zu setzen. Er unterbrach seine Arbeit nicht, tastete Befehle ein, studierte eine Kurve auf dem Leuchtschirm, drückte wieder einige Tasten. Winzige Lämpchen flimmerten, zeigten den wechselnden Inhalt des Arbeitsspeichers an. Benedikt warf noch einen Blick darauf, dann drehte er mit einer schwungvollen Bewegung den Stuhl herum und lächelte Daniel zu. Dieser setzte zu einer Erklärung an, doch Benedikt sagte: »Lassen Sie nur – es geht uns allen so: Von Zeit zu Zeit kriegen uns die Psychofritzen zu fassen. Sind Sie einigermaßen ungeschoren geblieben?«

Daniel nickte. »Mir fehlt nichts, ich fühle mich wohl!«

»Gut so«, meinte Benedikt. »Sie haben es überstanden. Man muss es nehmen, wie es kommt. Sie sind ja noch jung. Manche kriegen das große Zittern, wenn man sie holt. Sicher ist es nur Sentimentalität, aber man hängt an seinem Körper. Mit jedem Organ, das ersetzt wird, geht ein Stück davon verloren – jedenfalls empfinden es viele so. Andererseits: Die Mediziner tun ihr Bestes. Solange es Organersatz gibt, verzichten sie auf Metall und Kunststoff. Keiner muss befürchten, am nächsten Tag als Kyborg aufzuwachen. Kybernetische Ersatzteile werden nur eingesetzt, wenn die Genehmigung dazu vorliegt.«

»Wer gibt die Genehmigung?«, fragte Daniel.

»Der Erkrankte selbst. Solange das Gehirn nicht betroffen ist, kann er entscheiden.«

»Und wenn das Gehirn betroffen ist?«

»Wenn kein Ersatz durch organisches Material mehr möglich ist, bleibt nur noch eines, um den Rest der Persönlichkeit zu retten: Anschluss an das Schaltsystem.«

»Hat man dann noch die Möglichkeit, zu handeln? Lebt man dann noch?«

»Aber sicher: umfassender als vorher. Es besteht Zutritt zu sämtlichen Speichern, zu sämtlichen Eingabegeräten und Sonden und damit auch zur Außenwelt, weiter zu allen peripheren Verarbeitungseinheiten und schließlich Verbindung zu den Aktions- und Steuerzentren, was bedeutet, dass größere Eingriffsmöglichkeit besteht, als wir sie jetzt zum Beispiel haben.«

»Wenn es vorteilhaft ist, ins Schaltnetz integriert zu sein, warum muss man dann abwarten, bis ein Gehirnschaden vorliegt?«

»Man braucht nicht abzuwarten. Jeder kann sich integrieren lassen.«

»Doch es gibt dann kein Zurück?«

»Das ist der springende Punkt«, sagte Benedikt. »Da niemand weiß, in welcher Form der Selbsterkenntnis man dann existiert, schrecken die meisten davor zurück.«

»Sie auch, Benedikt?«, fragte Daniel.

»Es besteht keine Eile«, antwortete Benedikt. »Wir versäumen nichts. Ich habe allerdings den Eindruck, dass unser Dasein hier nur ein Übergangsstadium ist. Was wir tun, kann von INNEN aus genauso gut oder besser getan werden.«

»Was haben wir für eine Aufgabe?«, fragte Daniel.

»Ich würde es Ihnen gern sagen – wenn ich es selbst wüsste. Leider gibt es keine Vorschriften, keine Anweisungen oder Befehle. Wir haben unserer eigenen Verantwortlichkeit zu folgen. Vielleicht ist unsere Aufgabe nur geschichtlich zu verstehen.«

»Wie meinen Sie das?«

Benedikt zögerte, durch eine Veränderung im Lichterspiel auf der Konsole abgelenkt. Jetzt erschienen Muster, die sich in kurzen Abständen wiederholten. Dann erstarrte die Bewegung – eine Figur schien auf der Mattglanzschicht des Bildschirms zu haften. Benedikt drückte eine Taste. Im Rechteck erschien ein Schriftzug:

LOGISCHER FEHLER IN ZEILE 262
ERBITTE KORREKTUR

Benedikt seufzte. Er zog das magnetbedruckte Programmformular aus dem Schlitz und zog es bis zu Zeile 262 durch. Dann wandte er sich zum Nebenrechner, tastete einige Zahlen ein, drückte die Korrekturtaste. Man hörte das Surren der rotierenden Trommeln.

»Geschichtlich«, wiederholte Benedikt. »Wir sind die Vertreter des Volkes. Unserer Kontrolle unterliegen die Beschlüsse, die Gesetzesänderungen bedürfen unserer Zustimmung. Wir können Einspruch erheben, wenn uns eine Entscheidung unrichtig erscheint.«

»Geschieht das auch?«

»Im ursprünglichen Sinn des Wortes nicht. Alle sozialen Programme sind verwirklicht, allen Forderungen der Medizin und Hygiene Rechnung getragen. Es gibt keinen Hunger mehr, keine Kriege, keinen Zwang zur Bildung, keine Notwendigkeit, zu arbeiten. Die Betreuung ist umfassend, die Sicherheit absolut. Der Forderung nach Lebensglück wird entsprochen, die Freiheit ist uneingeschränkt. Tritt ein Problem auf, so fällt es in neunundneunzig komma achtundneunzig von hundert Fällen unter ein Routinemodell und wird nach bereitgestellten Programmen gelöst. Theoretisch ist das, was übrig bleibt, unsere Aufgabe, aber was bedeutet das schon! Ehe wir die Fakten auch nur durchgegangen sind, liegt bereits das Ergebnis einer Simulation vor und das Programm zur Lösung der Aufgabe. Unnötig, es zu prüfen. Es stimmt immer.«

»Was haben wir dann hier noch zu tun?«

»Wir sind hier, weil es ein uraltes Prinzip der Kontrolle vorschreibt – aufgrund einer Abmachung mit der Rechenanlage. Ein Relikt der Vergangenheit sozusagen. Seit der Einführung sich selbst reparierender Schalteinheiten hat es keine Beanstandungen mehr gegeben. Wir dürfen sicher sein, dass alte Menschen, die von hier aus betreut werden, in jenem Idealzustand leben, den sie sich selbst wünschen.«

Sie schwiegen eine Weile.

»Erinnern Sie sich eigentlich noch daran, was Sie früher gemacht haben? Kennen Sie Ihre Vergangenheit?«, fragte dann Daniel wieder und erwartete fest, eine verneinende Antwort zu erhalten.

»Gewiss«, antwortete Benedikt, »ich hatte meine Wohnzelle, genoss die Spiele, die Flirts, die Massagen, die Duftkompositionen, die programmierten Träume, ich hörte Computermusik, löste Rätsel, schlief, aß, trank ... das war das Wichtigste, und soviel ich mich erinnere, war es auch schon alles.«

»Und wie kamen Sie hierher?«

Einen Augenblick sah es so aus, als ob Benedikt nicht antworten würde, aber dann tat er es doch. »Das ist gewiss ein heikler Punkt. Offiziell heißt es, dass ein bestimmter Prozentsatz von Menschen als Volksvertreter ausgewählt wird, doch worauf es ankommt, ist das Auswahlprinzip, und dazu habe ich nur eine Vermutung.«

Wieder zögerte Benedikt, und erst, als ihm ein Seitenblick auf Daniel zeigte, dass dieser mit Spannung die Antwort erwartete, sprach er langsam weiter: »Die Situation ist so: Einerseits gibt es hier Kybernetiker, Linguisten, Logiker; dazu gehören wir. Andererseits gibt es hier Mediziner, Humanbiologen, Psychologen und Psychiater. Sie beschäftigen sich mit allen jenen Abweichungen, die nicht unter Routine einzustufen und automatisch heilbar sind – Mutationen, Regenerationen, psychische Defekte. Die Betroffenen holen sie hierher – zur Beobachtung, zur Behandlung, zur Erforschung. Es wäre nun natürlich möglich, dass die Auswahl der Volksvertreter unabhängig davon erfolgt. Es wäre aber auch möglich, dass wir nichts anderes sind als, na, sagen wir's rundheraus, nichts anderes sind als Abnormale.«

»Haben Sie einen Grund zu diesem Verdacht?«

»Mehrere. Einer ist ein logischer Widerspruch. Man hätte uns nicht gegen unseren Willen herbringen dürfen, nicht, wenn wir in unserem früheren Lebensraum restlos glücklich gewesen wären – das würde dem Prinzip der Freizügigkeit widersprechen. Da der äußere Lebensraum so eingerichtet ist, dass er dem normalen Menschen volle Zufriedenheit gibt, können wir nicht normal sein.«

»Und der zweite Grund?«

»Der zweite Grund ist persönlicher Natur. Eigentlich spreche ich ungern darüber, aber es bleibt doch unter uns?« Auf das zustimmende Nicken Daniels hin fuhr er fort: »Ich hatte einen Zusammenbruch. Tobsuchtsanfall, Zerstörungswut. Ich rannte schreiend durch die Gänge – ich glaube, ich habe andere zu verletzen versucht. Ich verlor das Bewusstsein. Als ich erwachte, befand ich mich auf dem Weg hierher. Ich muss in der Zwischenzeit auf meinen Aufenthalt in der Zentrale präpariert worden sein, denn alles schien mir selbstverständlich.«

Ein paar Sekunden war es still. Auch die Apparatur war zur Ruhe gekommen, doch Benedikt kümmerte sich nicht darum. Schließlich konstatierte Daniel: »Wir befinden uns also in einer Irrenanstalt.«

Benedikt stand auf, trat an ein Pult, lehnte sich, Daniel zugewandt, mit verschränkten Armen darauf. »Manchmal fürchte ich es«, antwortete er.

Daniels Arbeitsplatz lag verwaist da, so wie er ihn verlassen hatte – an der Konsole noch die Adresse der Checkliste eingedrückt. In der Nachbarzelle sah er Maud, die beschäftigt schien. Er nickte ihr zu, und sie nickte zurück. Daniel verdunkelte den Raum und ließ sich die zweite Lektion einspielen. Wie immer war er ein wenig erschöpft danach; er nahm eine Tablette RA forte und fühlte sich besser. Als die Licht absorbierende Tönung an den Glasscheiben der Trennungswände verschwunden war, bemerkte er, dass Maud Besuch hatte. Larry saß bei ihr. Daniel wartete eine Weile, rief zur Übung einige Daten ab, sah das Inhaltsverzeichnis der Programmbibliothek durch … Als er merkte, dass Maud mit Larry wegging, blieb er noch eine Weile untätig, dann fuhr er in sein Appartement. Nach langer Zeit schloss er sich wieder an das Mysteryprogramm an. Er wies sich die Rolle des Helden zu, der schwierige Abenteuer besteht, Rivalen besiegt, Mädchen befreit, bewundert wird, alle anderen übertrifft, vor nichts zurückschreckt, stets einen Ausweg findet, von seinen Gegnern gefürchtet wird, sich niemals fürchtet, allen andern stets ein Stück voraus ist, sich niemals ergibt, mit allen Wassern gewaschen ist, alle Tricks kennt, sich nicht übertölpeln lässt, alle Waffen beherrscht – und durch den Glauben an sich selbst ein solches Maß an Überlegenheit gewinnt, dass er tun und lassen kann, was er will, jedes Risiko eingehen, sich in jede Gefahr stürzen, jedes Wagnis auf sich nehmen kann, ohne zu zögern, weil er mit Sicherheit weiß, dass es ihm gelingen wird, als Sieger hervorzugehen.

Später Nachmittag, ein angebrochener Tag, keine besonderen Ereignisse, keine Resultate, sinnlos vertan, aber was heißt schon »sinnvoll«, verlorene Stunden, doch kein Verlust, denn an Zeit herrscht kein Mangel, im Gegenteil – es kommt darauf an, sie hinter sich zu bringen, und das ist schwierig genug, wenn die Ewigkeit vor einem liegt.

Daniel schloss sich an den Emotionsgenerator an und ließ jenes Gehirnzentrum reizen, das fröhliche Zuversicht auslöst. Danach fühlte er sich unruhig und tatendurstig, die Enge seines Zimmers störte ihn, und er trat hinaus, strich ohne festes Ziel durch die Gänge, betrat eine Kabine des Liftsystems. Vor der Tastatur zögerte er: Er wollte einen Teil des Gebäudes aufsuchen, den er noch nicht kannte, hatte einfach das Bedürfnis nach neuen Eindrücken, nach Bewegung, nach Veränderung. Er hatte es versäumt, den Plan zu studieren, und wusste nicht, welche Koordinaten er wählen sollte. Am Rande des Rechteckmusters aus Druckknöpfen bemerkte er einzelne Tasten mit besonderen Symbolen: »STOP«, »HELP«, »CALL«, und dergleichen, darunter auch welche, deren Bedeutung nicht zu entschlüsseln war, wobei ihm das Zeichen »i« auffiel. Es konnte verschieden ausgelegt werden, doch zuerst kam ihm die Einheit der Imaginärzahlen, die Wurzel aus minus eins in den Sinn, im Zusammenhang mit Koordinaten nahe liegend, mit Adressen einer realen Raumordnung jedoch merkwürdig. Kurz entschlossen drückte Daniel auf den Knopf und tastete, als sich nichts ereignete, eine beliebige Adresse ein. Die Kabine setzte sich in Bewegung, kam in Fahrt, die Leuchtzahlen glitten vorbei, einige Male ein Wechsel in der Fahrtrichtung ... unversehens wurde es dunkel. Nur an der schwachen Vibration war zu merken, dass der Lift noch arbeitete, ein sanfter Ruck, ein Augenblick des Stillstands ... wieder in Bewegung, aber in welcher Richtung? War es die Dunkelheit, die den Gleichgewichtssinn verwirrte, ungewöhnliche Eindrücke vorspiegelte? Daniel war sicher, dass er sich nicht mehr in einer Ebene bewegte, aber auch nicht abwärts, obwohl die Empfindung jener eines Sinkens nahe kam. Er hatte das Gefühl, dass der Boden unter seinen Füßen schwankte, er verlor die Orientierung, war nicht sicher, ob er noch aufrecht stand, tastete nach den Kabinenwänden, um sich zu vergewissern, dass er nicht frei im Raum schwebte, fand Halt, lauschte in die Finsternis hinein, empfand die Vibration der Fahrt als einzigen reellen Vorgang, glaubte, sich im Kreise zu drehen und zugleich zu kippen.

Die Kabine hielt ... das Schleifen der Tür. Nach wie vor Dunkelheit. Er trat an die Türöffnung, hielt sich am Rahmen fest, fühlte mit dem Fuß vor, glitt ab, trat ins Leere. Das Geräusch hell, leise nachhallend ... die Ahnung eines großen Raums. Eine Hand am Türrahmen, eine nach vorn gestreckt – eine Strebe. Der Tasteindruck glatt, trocken, weder kühl noch warm. Die Finger strichen darüber hinweg. Zentimeter um Zentimeter. Eine Quersprosse.

Daniel zog sich wieder in die Kabine zurück. Er suchte in seiner Tasche nach einem entbehrlichen Gegenstand, fand den Magnetschreiber. Er hockte sich auf den Boden ... hier die Schwelle, einige Zentimeter weiter nichts mehr. Er schob den Stift über die Kante. Er fiel, prallte auf, kollerte ... Stille ... Aufprall ... Kollern ... Er horchte ... nichts, absolute Stille. Er starrte ins Dunkel – kleine Punktreihen, eine Halluzination? Es hatte den Anschein. Ein Punktraster, einen Atemzug lang ruhig, dann zurückgleitend ... Ein zweiter, über dem andern, kurze Zeit zusammenlaufend, dann wieder schräg verwinkelt.

Was war das?

Daniel schloss die Augen, öffnete sie wieder. Die Punkte waren wieder da, jetzt etwas heller, seine Augen hatten sich akkommodiert. Wenn er noch ein wenig wartete ... Seine Aufregung verebbte, das Herz schlug wieder ruhig. Er zwang sich zu tiefen Atemzügen ... konzentrierte sich. Es gelang ihm, die Punktraster zur Deckung zu bringen. Jetzt sah er ein räumliches Netz, eine regelmäßige Anordnung, das Gitter des Grafits, Waben aus Sternen, Schatten dazwischen.

Er wartete und sah noch mehr. Die blassen Punkte blieben, bildeten ein festes Gefüge. Sie schimmerten so schwach, dass sie die Umgebung nicht beleuchteten, doch die Gegenstände schoben sich als schwarze Abgründe vor das schwebende Punktmuster, allmählich war es sogar möglich, zu erkennen, wie weit entfernt sie waren – je nachdem, welche Schicht verdeckt war und welche nicht. Und schließlich, nach 15 Minuten, war sogar ein Widerschein der Lichter auf den Streben erkennbar, ein diffuses Blinken auf glatten undurchsichtigen Oberflächen, und die Streben erwiesen sich als eine Art Gerüst, Stangen, um 60 oder 120 Grad gegeneinander geneigt, in den Gabelpunkten die Lichtflecke, senkrechte Stützen, die zur nächsten Schicht führten.

Es war angenehm warm hier, ein schwacher Luftzug kam von unten. Es war auch nicht mehr absolut still. Jetzt, da sich Daniels Ohren an die Stille gewöhnt hatten, hörte er ein Knistern, das aus allen Richtungen kam. Er kniete nieder, griff an die Stange, die quer vor der Kabinentür dahinlief, rüttelte daran – sie ließ sich weder bewegen noch biegen. Er stand wieder auf, streckte einen Fuß vor, verlagerte das Gewicht nach vorn ... Das Gerüst war fest, ließ sich als Leiter benützen. Er zog seine Schuhe aus, die ihm beim Klettern hinderlich waren, stemmte sie zwischen die Kabinenwand und den Gleitrahmen der Tür. Nun war sein Fahrzeug fest verankert. Vorsichtig schob er sich hinaus, über den Abgrund, kletterte abwärts. Nach einigen Metern erreichte er eine Ebene, in der er die Konturen von Gegenständen erkannt hatte. Aus der Nähe erwiesen sie sich als Ausläufer einer dunklen Masse im Hintergrund, Äste, vielfach verzweigt. Auswüchse, Brücken bildend, mit flachen Enden, zylindrischen Verdickungen, Kugeln mit strahlenförmig abführenden Leitungen.

Hier war das Knistern lauter. Es kam von der Peripherie des Astgewirrs, von der vordersten Front ... Anzeichen von Bewegung – ein Lichtpunkt verschwand, ein anderer tauchte aus dem Nichts. Daniel konzentrierte sich auf eine Stelle; einige moosartige Verzweigungen, blinkende Kügelchen an den Enden ... jetzt sah er es: die Zweige wuchsen, die Nadeln streckten sich wie Fühlorgane, Tröpfchen zitterten an den Spitzen. Die dünnen Nadeln wuchsen ruckweise – ein paar Millimeter in der Sekunde. Aber auch die dicken Fortsätze verlängerten sich, wenn auch langsamer, kaum merklich. Eine matte Spiegelung an ihren flachen Enden, eine benetzende Flüssigkeit? Daniel beugte sich vor und legte einen Finger daran ... er verursachte einen Schauer knisternder Geräusche. Er hatte einen schwachen elektrischen Schlag gefühlt – stand die Masse unter Spannung?

Jetzt konnte er schon leidlich sehen, obwohl das Licht außerordentlich schwach war. Seine Helligkeit schwankte – Quantenrauschen? Über sich sah er den dunklen Schatten der Kabine. Sie hing an zwei Schienen, nicht dicker als die Gitterstreben. Unter der Kabine waren die Schienen zu Ende, hörten unvermittelt auf.

Daniel fühlte sich jetzt sicherer, hatte keine Angst mehr, sich zu verirren oder abzustürzen. Er kletterte seitwärts, stets darauf bedacht, sich mit den Beinen abzustützen, näherte sich der verschatteten Masse, dem Ursprung der gewächsartigen Ausläufer. Soviel zu erkennen war, erschien sie kompakt, nicht mehr ein Geflecht, sondern massiv, da und dort eingekerbt, durchlöchert, aber in sich geschlossen. Hier waren keine Bewegungen, keine Geräusche zu konstatieren; der Wachstumsprozess war beendet oder stand still. Wieder riskierte es Daniel, die Hand daran zu legen: Es war feste Materie. Er empfand keinen Schlag. Als er zuerst leicht, dann fester drückte, gelang es ihm nicht, auch nur ein kleines Stück abzubrechen. Das Material hatte die Härte von Korund.

Einige Zeit verwendete er darauf, den Umfang des Gebildes zu ermitteln, doch stellte sich heraus, dass ihm das unter den gegebenen Umständen unmöglich war. Immerhin: Das Aggregat war riesig, es wuchs aus der Tiefe des Raums; was er hier sah, schien nur ein kleiner Teil des Ganzen zu sein, weiter hinten ballte es sich zusammen wie eine Wolke, ein Universum, es war kein Ende abzusehen.

Daniel stieg das Raumgitter empor, mit Händen und bloßen Füßen nach den Streben tastend, erreichte die Kabine, entfernte die Schuhe aus dem Schlitz, zog sie langsam an, noch befangen vom Unerklärlichen, das ihn umgab. Dann drückte er die Taste – auf gut Glück, denn um die Ziffern zu erkennen, reichte das Licht nicht aus. Er achtete nur darauf, nicht wieder die »i«-Taste zu berühren. Er spürte den Ruck des Anfahrens, sah weiß glimmende Punktraster an sich vorübergleiten ... Die Kabine hielt ... wieder ein Ruck, eine Lichtflut überschwemmte ihn, schmerzhaft grell, zwang ihn, die Augen zu schließen ... Als er sie nach einigen vergeblichen Versuchen wieder zu öffnen vermochte, sah er als Erstes das Vorübergleiten der Leuchtziffern – er befand sich wieder im bewohnten Teil. Als die Kabine schließlich hielt, kümmerte er sich nicht darum, wo er angekommen war, sondern stieg aus und ging zu Fuß in sein Appartement.

Der nächste Tag. Nun war es schon nichts Neues mehr, aufzuwachen und sich seines Aufenthalts in der Zentrale bewusst zu werden. Ein Ablauf nach Routine – Schaltgriffe. Gedankenbefehle – Bad, Massage, Bestrahlung, Frühstück.

Einen Arbeitsplatz zu haben. Auch von den Appartements aus bestand Zugang zu den Speichern, zu den Programmen, hatte auch schon in der Außenwelt bestanden, aber wer hätte daran gedacht, etwas anderes abzurufen als Spiele, Wettkämpfe, Krimis, Phantastics, Mysteries, Musicals. Jetzt lernte er, was aus dem System alles herauszuholen war, wie man es einsetzte, wie man auf ihm spielte, sich seiner bediente. Die einfachen Abrufbefehle waren jedem geläufig, und damit konnte man beliebige Daten, Demonstrationen und Lehrprogramme erhalten – auch das Programm zur Bedienung der Anlage. Schon die ersten beiden Lektionen eröffneten eine Fülle von Möglichkeiten, reizten an, die Apparatur auf die Probe zu stellen, ihre Fähigkeiten auszuloten.

Daniel ließ sich die dritte Lektion einspielen, machte eine kurze Pause, dann die vierte. Danach war er erschöpft und ging zur Reanimation. Er hatte ein kurzes Gespräch mit Maud, lehnte ihre Einladung ab, mit ihr zu schlafen, und rief die fünfte Lektion ab.

Als er sich wenig später aufmachte, um den nächsten Erholungsraum zu suchen, lief ihm Larry in den Weg und erbot sich, ihn hinzuführen. »Hier, gleich um die Ecke, ist eine kleine Bar mit Lichtspielen und Musik. Wenn Sie aber etwas Besonderes erleben wollen, dann kommen Sie mit!« Sie fuhren ein Stück mit dem Lift, die meiste Zeit aufwärts, und kamen in eine große Halle, in der, locker verteilt, Stühle mit Tischen und Zapfsäulen standen. Dämmriges Licht: die

Decke durchsichtig, man sah in ein klares grünes Leuchten hinein, in dem Schwärme silberner Kugeln spielten.

»Waren Sie schon hier?«, fragte Larry. »Die oberste Etage. Über uns das Meer. Die einzige Stelle, von der es einen Ausblick gibt.«

Sie suchten einen freien Platz, setzten sich, tranken Bierblau.

Larry deutete nach oben.

»Die silbernen Kugeln sind Gasblasen. Ich weiß nicht, woher sie kommen«, meinte er. »Vielleicht Abfallprodukte der Versorgung. Gase, die in Meerwasser gelöst sind und bei der Trinkwassergewinnung ausgeschieden werden. Entsalztes Wasser; hier besteht keine Notwendigkeit zur Wiedergewinnung wie bei den Nahrungsmitteln.«

»Von außen wird nichts angeliefert?«

»Nein, das Zentrum ist völlig unabhängig. Die einzige materielle Verbindung ist die Fähre – und sie bringt nur Menschen. Und auch nur so viele, dass ihre Zahl hier unten gleich bleibt. Wir sind hier auf jede erdenkliche Weise autonom – und das muss so sein, denn die Menschheit ist auf das Funktionieren der Zentrale angewiesen.«

»Kommt es vor, dass jemand zurückkehrt – nach außen?«

»Nein. Wozu auch. Hier steht alles zur Verfügung, was außen zur Verfügung steht, und mehr.«

»Doch die Bewegungsfreiheit ist eingeschränkt.«

»Was gibt es schon für Gründe, sein Appartement zu verlassen? Das Kommunikationssystem reicht überallhin. Persönlich irgendwohin zu fahren wäre völlig sinnlos, außerdem unbequem und riskant. Wenn Zugang zu jeder Information besteht, sind Ortsveränderungen überflüssig. Die Projektionen sind so gut wie die Wirklichkeit selbst. Wer will, kann auch weitere Sinneskanäle anschließen – Geschmack, Geruch, Tastgefühl, Temperaturempfindung, natürlich im Rahmen des Unschädlichen. Wer macht schon davon Gebrauch? Die Informationen sind gespeichert, abrufbar. Bei allen Bändern –

mit Ausnahme der unvollkommenen aus historischer Zeit – sind alle Spuren belegt. Der vollkommene Eindruck ist prinzipiell zugänglich.«

»Aber nur mittelbar«, warf Daniel ein.

Larry lehnte sich zurück und blickte in das grüne Weben an der Decke.

»Was ist unmittelbar, was ist mittelbar? Hier oben«, er hob die Hand, »haben wir ein Stück Realität. Überdenken Sie es genauer, so trennt uns davon weit mehr als eine Kunststoffwand. Genau genommen sind wir alle isoliert, tragen die ganze Mannigfaltigkeit der Welt in uns. Es sind nur physikalische Prozesse, die uns Daten liefern. Sie werden gefiltert, verrechnet. Daraus entstehen Bilder. Was spielt es für eine Rolle, ob man an Ort und Stelle ist oder einige Erddurchmesser davon entfernt? Nicht mehr, als in jenen Sekundenbruchteilen liegt, die die Signale brauchen, um uns zu erreichen. Der Zugriff zur Welt führt nicht über jene Orte, die man körperlich erreichen kann; das wären armselig wenige. Er führt über das Datennetz. Die Ausgabegeräte jedes einzelnen Appartements sind der Schlüssel zur ganzen Welt.«

Der prickelnde Geschmack des blauen Getränks wirkte angenehm belebend. Es enthielt Ingredienzien, die das weltoffene Interesse bestärkten, die Bereitschaft zum Gedankenaustausch, zum Zuhören und Sichmitteilen. Sie kräftigten das Selbstbewusstsein, den Glauben an die eigene Intelligenz, den Hang zum Philosophieren. Und neben den positiven Folgen, welche die Unterdrückung jeder Hemmung mit sich bringt, die Aktivierung des Kommunikationsbedürfnisses, hatten sie die üblichen negativen Konsequenzen – die Ausschaltung von Kontrollmechanismen, der Sicherung gegen Selbstüberschätzung, des Kritikvermögens. Banales wurde bedeutend, Dahingesagtes bekam einen genialen Anstrich.

»Zur Freiheit gehört auch die Möglichkeit des Eingriffs«, sagte Daniel.

»... soweit nicht die Freiheit anderer beeinträchtigt wird.

Diese Möglichkeit besteht. Wollen Sie die Welt verändern – Sie brauchen nur die Befehle zu geben. Direkte oder indirekte, bedingte oder unbedingte, einfache oder komplizierte. Sie können die Aktionen vorschreiben oder Freiheiten offen lassen.«

»Diese Eingriffe betreffen aber keine wirklich entscheidenden Punkte. So ist es beispielsweise nicht möglich, an die Versorgungseinheiten heranzukommen, den medizinischen Dienst zu beeinflussen, das Nachrichtennetz zu verändern.«

»Das sind keine Punkte, in denen sinnvolle Veränderungen möglich wären. Diese Systeme vollziehen Routineaufgaben, um die man sich glücklicherweise nicht zu kümmern braucht. Es wäre unvorstellbar, müsste man für Atemluft sorgen, für Trinkwasser, für Nahrung, müsste man darüber nachdenken, wie die Heizung funktioniert oder die Ventilation, hätte man damit zu tun, die Appartements zu säubern oder das Mobiliar herbeizuschaffen. Diese Vorgänge sind längst optimiert und somit nicht mehr veränderlich. Darüber können wir glücklich sein! Ein schrecklicher Gedanke, jemand würde mit der Versorgung experimentieren! Eine Welt, in der Dinge, die man braucht und wünscht, sich nicht abrufen lassen – einfach absurd!«

Beide lachten und griffen wieder zu ihren Gläsern. Stillschweigend waren sie übereingekommen, weiterzutrinken, so lange, bis das im Getränk enthaltene Anästhetikum zur süßen Ohnmacht führen würde, genau dann, wenn die Stimmung den Höhepunkt erreichte und weiterer Genuss zu Schäden führen könnte.

»Wäre es nicht denkbar, dass durch irgendeine Katastrophe das System zusammenbricht? Was würde mit den Menschen geschehen? Würden sie weiterleben?«

»Vielleicht würden sie kleinere Störungen überleben – kleine Störungen beheben sich selbst. Das System ist homöostatisch. Ein richtiger Zusammenbruch? Keine Versorgung mehr? Dann wären wir verloren – die Existenz kohlenstofforganischer Wesen ist an tausend Voraussetzungen geknüpft, unsere Struktur ist labil. Aber Sie wissen ja, wir befinden uns in einem Übergangsstadium – nach und nach wird unsere jetzige, überholte Erscheinungsform verschwinden. Sie hat nur so viel Wert, als sie die initiale Phase der Evolution ermöglicht, den Übergang von einfachen zu hochkomplexen Ordnungen. Das sind die Probleme, an denen wir jetzt arbeiten.«

»Haben wir wirklich eine konkrete Aufgabe? Benedikt meinte, wir befänden uns in einem Irrenhaus.«

Sie lachten wieder und erhoben die Gläser. Es war ein herrliches Spiel, Fragen aufzuwerfen, einen Punkt im glasklaren Schema der Zusammenhänge aufzugreifen und schon zu wissen, dass es qualvoll andauernde Ungewissheit nie geben würde, dass man nur der souverän beherrschten Logik folgen, das umfassende Wissen einsetzen musste, um die Lösung zwingend abzuleiten.

»Ich kenne die Zweifel Benedikts. Er glaubt noch an die Eindeutigkeit unserer Existenz, verlangt absolute Beweise. Daher fällt er von einem Extrem ins andere. Natürlich hat er nicht Unrecht, aber er urteilt einseitig. Gewiss sind wir alle abnormal, aber jeder, der sich anschickt, eine weitere Stufe in der Evolution zu überwinden, ist abnormal. Nun ist uns aber kein Weg vorgezeichnet, sondern wir sind noch dabei, ihn zu suchen. Somit lässt sich nichts darüber aussagen, welche Abweichung die Ausgangsbasis für höhere Stufen sein wird. Natürlich ist hier ein Sammelbecken von Monstren, aber gerade darin liegt unsere Potenz. Ich bin überzeugt, dass das der einzige Gesichtspunkt ist, nach dem wir ausgewählt wurden.«

»Seit wann sind Sie hier? Sind Sie tatsächlich schon mit Problemen unserer weiteren Entwicklung beschäftigt? Ich wollte, ich wäre auch schon so weit!«

Wieder lachten sie, tranken. Über die Transparenz ihrer Gedanken legte sich ein leichter Nebel. Die Assoziationen gelangen noch leichter, die Erkenntnisse rasteten schneller ein, das Wirkungsgefüge war diffus, aber weithin erhellt.

»Das wünsche ich mir auch«, sagte Larry. »Dazu reicht aber unsere gegenwärtige Existenzform noch nicht aus. Die indirekte Art, auf die wir uns mit dem logischen System verständigen, bildet ein zu großes Hindernis.«

»Die Integration – das ist die Lösung.«

»Ja. Wir müssen uns mit der Maschine verschwistern, anders geht es nicht, anders kommen wir nicht weiter. Es ist, als wollte man fliegen, einfach so, ohne Flügel, sich in die Lüfte erheben. Ohne Hilfsmittel ist uns das verwehrt, aber heute genießen wir diese Hilfe. Es gab einmal eine Zeit, da stand dem Menschen die Natur gegenüber, mit der er sich auseinander zu setzen hatte. Später stand ihm der Mensch gegenüber, und sonst nichts. Heute ist es das logische System, mit dem wir in Wechselwirkung stehen. Doch diese Wechselwirkung hat den Aspekt des Konflikts verloren. Es ist die Wechselwirkung der Symbiose.«

Es waren nur geringfügige Veränderungen – eine hinuntergedrückte Taste, eine verstellte Ziffer im Zählwerk des Satellitenrechners, gekippte Armstützen des Stuhls –, die Daniel stutzig machten. Als er die Hand auf die Sitzfläche legte, fühlte er noch die Wärme: Es konnte erst Sekunden her sein, dass sich jemand an seinem Arbeitsplatz zu schaffen gemacht hatte.

Daniel setzte sich an den Bildschirm und ließ sich rasch hintereinander die Sicht der umliegenden Gänge geben. Schon beim vierten Versuch bemerkte er eine verdächtige Bewegung, einen Mann, dem Fernsehauge abgewandt, der hastig das Weite suchte. Daniel beherrschte die Steuerung bereits so gut, dass es ihm leicht fiel, die Gegensicht zu bekommen: Jetzt eilte der Verdächtige auf ihn zu, und er sah, dass es der schwarzhaarige Unbekannte war, der ihm die Tasche entrissen hatte. Daniel ließ ihn automatisch weiterverfolgen, was früher oder später zur Identifizierung führen musste, konnte aber dennoch den Wunsch nicht unterdrücken, ihn persönlich zu stellen. Er schätzte die Wegrichtung des Verdächtigen ab und lief hinterher. Da es ihm gleichgültig war, ob er auffiel oder nicht, und er nicht auf die Menschen achtete, die ihm erstaunt nachblickten, kam er rasch voran – schon nach einer knappen Minute erblickte er den Gesuchten. Aber auch dieser bemerkte seinen Verfolger und schlug ein rascheres Tempo ein. Zunächst hatte es den Anschein, als liefe er auf eine Liftstation zu, doch fürchtete er offenbar, nicht schnell genug in der Kabine verschwinden zu können, bog in einen Nebengang ab und beschleunigte seine Schritte.

Sie rannten an mehreren Leuten vorbei, die an Theken saßen, Bier tranken oder Lachgas inhalierten, aber niemand beteiligte sich an der Jagd. Während der Schwarzhaarige zuerst unsicher gewirkt und seine Richtung mehrmals gewechselt hatte, lief er nun zielstrebig geradeaus, erreichte eine der Spiralterrassen und rannte bergauf, was zwar langsamer ging und seinen Verfolger etwas näher kommen ließ, aber beide Kraft kostete, so dass der Abstand bald gleich blieb und sogar wieder größer wurde, als sich die Verfolgung in einem waagrechten Korridor fortsetzte.

Diese Gegend war Daniel bekannt: Sie mochten sich nicht weit von jenem Trakt befinden, in dem er seine Begegnung mit den Mutanten gehabt hatte. Der Unbekannte lief nun in einen lang gestreckten Saal hinein, in dem ganze Reihen von Gleittischen standen, darauf Wannen, durchsichtig, und mit trüber Flüssigkeit gefüllt. Nährlösungen mit Zellkulturen, manche formlos, schleimig, Gallerten, in anderen: Organe, noch halb entwickelt, aber schon erkennbar, Herzen, Lungen, Nieren, undefinierbare Drüsensysteme, Adern, Darmschlingen, wieder in anderen Embryos von Menschen oder Tieren, blass und durchsichtig, mit großen Fischaugen, Stummeln von Gliedmaßen, Saugnäpfen, Tentakeln …

Sie liefen zwischen den Wagen hindurch, und der andere wurde merklich langsamer – Daniel glaubte schon, ihn gefasst zu haben, da wandte der einen besonders üblen Trick an: Er gab den Wagen gezielte Stöße, so dass sie in den Gang rollten und Daniel Mühe hatte, auszuweichen. Beim ersten gelang es ihm noch, dann aber, als ihm der zweite plötzlich im Weg stand, konnte er nicht mehr bremsen, er streifte ihn, riss die Wanne herunter, die am Boden zerschellte, aber noch war der Schwarze dicht vor ihm, und da es nun einmal geschehen war, nahm Daniel keine Rücksicht auf sein Missgeschick, stürmte weiter, versuchte, die Laufwagen beiseite zu stoßen, rannte noch einen um und noch einen, verfing sich, stürzte, um ihn herum eine schal riechende Lache, ein schlapp pulsierendes Gebilde, einer entschälten Muschel ähnlich. Er lag da, betäubt vom Sturz, vom ekligen Geruch, vor Erschöpfung, vor Schreck, vor Ärger, er fühlte sich unsanft emporgerissen ... Vor ihm die zwei Biologen, denen er schon begegnet war. Fenner hieß der eine, den Namen des anderen kannte er nicht. Beide zeigten sich ärgerlich, entrüstet. Sie machten ihm Vorhaltungen, rügten sein Benehmen, schreckten vor Beleidigungen nicht zurück, und Daniel, atemlos von der ungewohnten Anstrengung, sah sich nach dem Unbekannten um, wollte auf ihn deuten, aber er war nicht zu sehen, war verschwunden, vielleicht hatte er sich versteckt, oder es war ihm gelungen, sich davonzumachen, und so konnte Daniel keine Erklärung geben, brachte kein Wort heraus, zitterte vor Wut und Erschöpfung, rang nach Luft.

Die Biologen halfen ihm unsanft auf, führten ihn, noch immer murrend, in einen Nebenraum. An einem großen sechseckigen Tisch saßen drei alte Bekannte: Figueira, Miriam und Julius, der Primi. Als sie Daniel erkannten, zeigten sie sich bestürzt, und Figueira sprang auf und flüsterte den Biologen etwas zu, die sich daraufhin etwas höflicher zeigten und ihn baten, mit ihnen am Tisch Platz zu nehmen.

Offenbar waren sie bei einem Spiel gestört worden. Sie erkundigten sich bei Daniel, ob es ihn stören würde, wenn sie weiterspielten, und Daniel beeilte sich zu versichern, dass er froh wäre, wenn er sie nicht weiter von ihrer Beschäftigung abhielte. Jeder hatte ein kreisrundes Plättchen vor sich liegen, eine Scheibe, münzengroß, die eine Seite weiß, die andere schwarz, auf der weißen eine 1, auf der schwarzen eine 0. Einer nach dem anderen nahm es zwischen Daumen und Zeigefinger, stellte es senkrecht auf, ließ es rotieren, bis es über eine Kante zu kreisen begann, wobei sich eine Seite, die schwarze oder die weiße, nach oben wandte und dann schließlich aufgedeckt liegen blieb: schwarz oder weiß, 0 oder 1.

Die Zählungsweise war einfach.

$$0 + 0 = 0$$
$$0 + 1 = 1$$
$$1 + 0 = 1$$
$$1 + 1 = 0$$

Jedes Ergebnis wurde zum vorhergegangenen dazugezählt. Spieler war jeweils der Letzte in der Runde. Kam die Endsumme 0, so hatte er verloren, kam die Endsumme 1, so hatte er gewonnen. Er musste aber den Verlust nicht annehmen, sondern konnte seinen Einsatz verdoppeln. Dann wurde eine Runde weitergespielt, wieder bis zu ihm, und wieder konnte er entscheiden, ob er den Verlust akzeptieren oder eine Runde weiterspielen wollte.

Daniel sah den andern zu. Es dauerte eine Weile, bis er die Spielregeln begriff, alles ging mit wenig Worten vor sich, ein paar Zahlen, »gewonnen«, ein paar kurze Bemerkungen, »verloren«, oft zeigte der Spieler nur durch Gesten an, ob er den Verlust annehmen oder verdoppeln wollte – er hob einen Finger, bei der zweiten Runde zwei, und so fort. Alle gaben sich gelassen, nur Figueira schien nervös zu sein, er hatte einen Zettel vor sich liegen und notierte die Folgen der Binärziffern. Wenn die Entscheidung, weiterzuspielen oder zu verlieren, an ihm war, überlegte er lange. Worum sie spielten, war nicht zu erkennen. Daniel beruhigte sich allmählich. Obwohl er sich in dieser Runde keineswegs wohl fühlte, war er doch dankbar, dass man ihm sein Missgeschick nicht weiter übel nahm. Da er sich nicht umzusehen wagte, horchte er nach hinten; aus der Halle kamen Geräusche – Schleifen, Zischen, Klirren von Glas – offenbar waren automatische Reiniger oder auch Primis dabei, die Scherben wegzuräumen, die Rückstände der Nährlösungen und ihren unappetitlichen Inhalt vom Boden zu entfernen.

»Wollen Sie sich nicht am Spiel beteiligen?«, fragte Fenner.

Daniel lehnte ab, doch die andern drängten, und da er nicht unhöflich erscheinen wollte, gab er schließlich nach. »Worum wird gespielt? Ich habe nichts, was ich einsetzen könnte.«

»Um Rechenzeit natürlich!«, antwortete Figueira. »Sie haben doch Ihre Bons noch nicht verbraucht!«

Daniel griff in seine Jackentasche – ja, er hatte die Bons bei sich. Und es war logisch, um die Rechenzeit zu spielen; es war das Einzige, was nicht unbeschränkt zur Verfügung stand. Alles andere gab es umsonst – Essen, Trinken, Wohnen, Dienstleistungen von Automaten und Primis, Übertragungen des Kommunikationssystems. Alle diese Dinge konnte man nur beschränkt verbrauchen, es bestand keine Notwendigkeit, sie zu rationieren. Bei der Datenverarbeitung war das anders – hier gab es keine natürliche Schranke. Einfache Umsetzungen, Transformationen, visuell/auditiv zum Beispiel, Umordnungen, Auszüge, Zusammenfassungen, sie alle brachten nur geringfügigen Verbrauch mit sich. Auch einfache Rechnungen, Statistiken, Extrapolationen, die Lösung von Gleichungen, elementare logische Schlüsse und dergleichen fielen kaum ins Gewicht. Die Benutzung von Lehrdidaktiken, mehrdimensionale geometrische Transformationen, ästhetische Programme kosteten schon mehr. Psychogramme, Soziogramme, die Analyse hochkomplexer Systeme, nichtlineare

Optimierung, Simulationen, Entschlüsselung von Codes mit stochastischer Zuordnung, Wahrscheinlichkeitslogik und ähnliche Aufgaben galten als aufwändig. Trotzdem reichten die zugeteilten Bons durchaus, um beliebig viele solcher Probleme zu lösen. Es gibt aber Datenverarbeitungen mit kreisfunktionalen Prozessen, Iterationen, Rückkopplungen, Rücklaufschleifen, Pendelbeziehungen, mit denen die Rechenkapazität außerordentlich stark in Anspruch genommen wird – eine solche Rechnung kann unter Umständen das gesamte Denksystem beanspruchen, ja, es gibt mathematische Aufgaben – solche vom Lawinentyp –, die nie zu einer Lösung führen, vielmehr ergeben sich, je mehr Zwischenresultate vorliegen, umso mehr Teilaufgaben, so dass der Arbeitsaufwand unendlich groß wird und nie ein Ergebnis zustande kommt. Durch solche Aufgaben könnte man die ganze Rechenanlage lahm legen, und deshalb musste die Rechenzeit eingeteilt werden. Jeder konnte die Anlage einsetzen, wofür auch immer er wollte, die Zuteilung von Bons war so reichlich, dass man jede sinnvolle Aufgabe lösen lassen konnte, praktisch waren es nur die Lawinenaufgaben, die imstande waren, die Bons zu erschöpfen, was einen Abbruch der Rechnung zur Folge hatte.

Daniel wäre gern bereit gewesen, einen Teil seiner zwanzigtausend Rechensekunden herzugeben, um das Wohlwollen der Ärzte zu erkaufen, er hatte sogar die Chance, zu gewinnen, was ihm allerdings wenig lukrativ erschien. Er erklärte sich zu einem kurzen Spiel einverstanden, bat aber, sich dann zurückziehen zu dürfen, da seine Kleidung durchnässt war und unangenehm roch.

Die erste Runde begann. »Es geht um fünf Sekunden.« Sie hatten die Bons in den Taschen stecken lassen – sie zählten stumm mit.

»Fünf gegen fünf!«

Die erste Folge:

001100

»Macht null!«
»Angenommen.«
»Jeder eins!«
»Der Nächste!«
»Fünf gegen fünf!«
100010
»Macht null!«
»Ich spiele weiter.«
111111
»Macht null!«
»Angenommen!«
»Jeder zwei!«
»Der Nächste!«
001000
»Macht eins!«
»Der Nächste!«

Sie hatten bei Fenner angefangen, der links neben Daniel saß. Daniel war der letzte der sechs Spieler. Der Biologe ließ die Münze rotieren: 1, schon griff der Nächste danach.

10001
Und nun Daniel: 0
»Macht null!«
»Ich spiele weiter!«
Die nächste Folge:
011110
»Macht null!«
»Ich spiele weiter!«
010111
»Macht null!«
»Ich spiele weiter!«

Daniel wusste, dass er jetzt nur noch um den eigenen Einsatz spielte, aber den Gesetzen der Wahrscheinlichkeit gemäß musste wieder einmal die Summe 1 kommen. Er entschloss sich, bis zum Gewinn weiterzuspielen.

011000

»Macht null! «

»Ich spiele weiter!«

Sie spielten nach außen hin ruhig, aber das Spiel hatte plötzlich an Spannung gewonnen, man merkte es am Mienenspiel, an zusammengepressten Lippen, an schmal werdenden Augen, an den Händen, verkrampften Fingern, weiß heraustretenden Knöcheln.

110101

»Macht null!«

»Ich spiele weiter!«

Das Spiel ist noch nicht zu Ende, dachte Daniel, ich habe noch eine Chance. Was ist schon ein Spiel! Wenn dieses nicht zum Gewinn führt, dann das nächste. Vielleicht verliere ich, aber was macht's, ich habe genug Bons, meine Rolle ist fast unverbraucht, ich kann einige Sekunden entbehren.

Er hatte Pech. Ehe er sich's versah, war seine letzte Entscheidung da, die elfte Runde, die Runde, nach der es keine Wahl mehr gab.

»Ich spiele weiter.«

»Verloren!«

»Pech gehabt!«

Auf Figueiras Stirn standen Schweißperlen.

»Wie viel macht es?«, fragte Daniel.

»Wie viel haben Sie?«

»Ich habe bisher kaum etwas verbraucht – zwanzigtausend Sekunden.«

»Nicht mehr?«

Alle blickten ihn jetzt an – kalt, höhnisch, bedauernd.

»Nein – woher sollte ich weitere Bons haben?« Daniel hatte das Röllchen vor sich auf den Tisch gelegt, ein Streifen Magnetband, perforiert, mit dem Kennwort versehen, Nummern weiß aufgedruckt, eine Maßstabsskala, Einteilung in Zehntelsekunden. »Wie viel?«

»Sie haben nicht genug«, stellte Fenner fest. »Die Schuld beläuft sich auf 20480 Sekunden.« Er griff nach der Rolle, nahm sie an sich. »Zu wenig, Sie haben ohne Deckung gespielt. Das sieht böse aus.«

»Sie schulden uns fünfhundert Sekunden. Jedem hundert.«

»Wie soll ich zu Bons kommen?«, fragte Daniel.

Die Größe der Summe hatte in ihm zuerst ungläubiges Staunen, dann lähmendes Entsetzen hervorgerufen. Konnte diese Summe richtig sein? Sie stimmte: 5 mal 2 hoch 10 = 20480.

»Diese Frage kommt zu spät«, antwortete Fenner. »Hier gibt es keine Spielschulden, die man später irgendwann begleichen könnte. Sie müssen sofort bezahlen.«

Die Gesichter waren unerbittlich.

»Ich habe Ihnen alles gegeben«, versicherte Daniel. »Es tut mir sehr Leid ... ich wusste nicht ...«

»Auch wir bedauern zutiefst«, erklärte Fenner. »Aber wir können Ihnen nicht helfen. Geben Sie mir Ihre Kennmarke.« Er streckte die Hand nach Daniels Kragen aus.

Daniel sprang auf und wich zurück.

»Was haben Sie vor?«

Der Biologe rückte ihm nach. »Sie haben Ihre Zugehörigkeit zur Zentrale verwirkt.«

Daniel ging langsam an die Tür, doch ehe er sie erreichte, schloss sie sich. Er spürte die undurchdringliche Kunststoffwand an seinem Rücken. Die andern standen im Halbkreis um ihn herum, kamen näher. Wieder griff Fenner nach Daniels Kennmarke. Als er eine abwehrende Bewegung machte, sprang Julius vor, packte mit unwiderstehlicher Kraft seine Arme, drückte sie links und rechts an die Wand, dann kniete er vor ihm nieder, und als Daniel versuchte, sich loszureißen, drückte er ihm den Kopf in den Unterleib, so dass er vor Schmerzen aufstöhnte und zu keiner Bewegung mehr fähig war. Nun nahm ihm Fenner die Marke ab, steckte sie ein, heftete ihm eine andere an.

Der Primi richtete sich auf, mit einer raschen Bewegung drehte er Daniels Arm auf den Rücken, die Tür öffnete sich, man schob ihn in einen Gang, zehn, zwanzig Meter weiter... dort war eine Liftkabine. Ein Stoß, und er stand drinnen, in eine Ecke gepresst. Die Beine versagten ihren Dienst, er sank langsam in die Knie.

Vor seinen Augen drehte es sich, und er bot alle Kräfte auf, um das Schwindelgefühl zu unterdrücken. Nach einigen Sekunden oder Minuten – er vermochte die Zeitspanne nicht abzuschätzen – wurde ihm etwas besser, er konnte die Augen wieder öffnen, ohne dass ihm schlecht wurde. Vorbeigleitende Zahlen ... jetzt merkte er, dass sich der Lift in Bewegung gesetzt hatte.

Wohin?

Er richtete sich auf – die Koordinaten zeigten eine Richtung an, die weder zu seinem Appartement noch zu seinem Arbeitsplatz wies. Die Zahlen wechselten zu immer kleineren Werten.

Daniel drückte die Stopptaste, doch die Kabine fuhr weiter. Er versuchte es mit den Koordinaten seines Appartements ... keine Reaktion.

Also abwarten.

Die Zahlenwerte sanken Ziffer um Ziffer.

Bei 000/000/000 war die Fahrt zu Ende. Er versuchte noch einmal andere Koordinaten einzutasten ... nichts.

Auch die Tür öffnete sich nicht so, als hätte er keine Kennmarke. Daniel zog jene, die ihm der Biologe angesteckt hatte, vom Kragen ... der Schieber stand offen, auf dem braunen Metall stand seine neue Kennzahl: 000/000/000.

Als er in seinem Appartement erwachte, hatte er die dumpfe Erinnerung an einen grässlichen Traum, und er fühlte sich schlecht – war niedergeschlagen, inaktiv, hoffnungslos. Er brauchte drei Tabletten DELEATON, bis er von diesen Emotionen befreit war. Selbst dann noch ertappte er sich mehrmals beim unbeabsichtigten Versuch, die Erinnerungsfetzen zu einer logischen Folge zusammenzufügen, und erst eine doppelte Dosis ANTIREMEMB forte befreite ihn davon.

Als er seinen Arbeitsplatz aufsuchen wollte, sah er zu seinem Erstaunen jemand andern dort sitzen, einen jungen, hoch aufgeschossenen, hässlichen Mann. Daniel überzeugte sich, dass er sich nicht im Raum geirrt hatte, ging dann auf den andern zu und fragte ihn, was er hier zu suchen habe.

»Dieser Platz wurde mir zugeteilt«, sagte der Unbekannte. »Ein Irrtum ist völlig ausgeschlossen. Sehen Sie – meine Nummer... sie stimmt mit den Raumkoordinaten überein.« Er nestelte sie vom Kragen los: 037/170/155 stand darauf – der junge Mann hatte Recht.

»Das ist meine Marke«, rief Daniel. »Geben Sie her!« Er machte Anstalten, sie dem andern zu entreißen, doch dieser wehrte sich: »Sie haben doch selbst eine Marke – mit einer andern Nummer!« Von den lauten Stimmen angelockt, eilten die Kollegen aus den benachbarten Räumen herbei und erkundigten sich nach der Ursache des Streits. Larry prüfte die Marke des jungen Mannes, bat dann Daniel, ihm seine Marke zu zeigen, zeigte sich betroffen, entschuldigte sich bei dem Fremden, bat Daniel, mit ihm zu kommen. Sie gingen hinüber zu Mauds Zimmer, und Larry schloss die Tür.

»Er hat eine Nullmarke«, sagte er zu Maud, die sich auf die Kante des Tisches gesetzt hatte und die Beine baumeln ließ, dann wieder ausstreckte und sich mit den Zehen an der Stuhllehne abstützte. Jetzt trug sie dunkelblaue Haftschalen, einen knöchellangen Elastik-Rock aus schwarzem Netzstoff, einen kurzen, knopflosen weißen Kittel, den sie mit dem Gürtel nur lose zusammengezogen hatte. Wie jeder sehen konnte, trug sie nichts darunter.

Als Larry merkte, dass Maud nicht zuhörte, wandte er sich wieder an Daniel. »Es ist doch nicht möglich, dass Sie Ihre Bons schon verbraucht haben! Lassen Sie sehen!«

Daniel kramte in den Taschen, doch er fand die Bons nicht. Larry wurde ungeduldig.

»Was ist vorgefallen? Sie brauchen doch nichts zu verschweigen!«

In Daniel pochte wieder eine vage Erinnerung, und jetzt ärgerte er sich darüber, dass er sie zu unterdrücken versucht hatte. Die Drogen waren noch ungehemmt wirksam.

»Ich muss einen albernen Traum gehabt haben«, sagte er, »irgendeine verworrene Sache – ich habe ein Beruhigungsmittel genommen. Im Moment kann ich mich nicht erinnern, ich brauche mich gar nicht zu bemühen. Aber es steht doch sicher in keinem Zusammenhang damit, dass meine Marke vertauscht wurde. Und die Bons habe ich sicher im Zimmer vergessen.«

»Ich glaube«, sagte Larry, »Sie sind sich nicht im Klaren darüber, was der Verlust der Bons bedeutet.«

»Was würde er bedeuten?«

Larry schien sich allmählich zu beruhigen. Er überlegte, antwortete langsam, man merkte, dass er mit seinen Gedanken woanders war. »Es bedeutet, dass Sie sich entscheiden müssen. Aber es ist Wahnsinn. Sie haben nicht einmal das Einführungsprogramm absolviert. Normalerweise kommt man mit 20000 Sekunden hundert Jahre aus, wenn man sparsam ist, auch länger!«

»Aber ich sagte Ihnen doch, dass ich die Bons nur vergessen habe.«

»Und die Nullmarke?«

»Was bedeutet sie schon?«, fragte Daniel. Er nahm die Marke an sich, 000/000/000 – eine beklemmende Zahlenkombination.

»Dass Sie ausgeschieden sind«, antwortete Larry. Er nahm Daniel die Marke aus der Hand, sah sie an.

»Wie sind Sie überhaupt hierher gekommen?«

»Zu Fuß. Ich wollte Bewegung haben.«

»Ja«, wiederholte Larry, »es bedeutet, dass Sie ausgeschieden sind. Sie haben keinen Arbeitsplatz mehr bei uns, kein Appartement, keine Rechte.«

Maud saß noch immer desinteressiert auf der Tischkante. Sie hatte sich etwas herumgedreht, so dass sie nun dem jungen Mann im Nachbarraum zugewandt saß. Er war aufmerksam geworden und starrte sie an. Sie glitt vom Tisch herunter und ging zur Tür – mit kleinen Schritten, der Netzstoff ihres Rocks spannte sich bei jedem Schritt eng um ihre Beine. Die Tür öffnete sich, sie ging weiter und blieb vor dem Unbekannten stehen. Die Tür schloss sich wieder.

Larry und Daniel beobachteten es ohne Anteilnahme.

»Und was bedeutet 000 quer und so weiter?«

»Der Nullpunkt des Koordinatensystems, Ausgangs- und Bezugspunkt. Anfang und Ende. Sperrgebiet. Noch niemand von uns war dort. Niemand weiß etwas darüber, nur Vermutungen.«

»Was für Vermutungen?«

»Zwischenstufe, Übergang, Wartesaal zu weiteren Bereichen – aber fragen Sie nicht weiter, ich kann nichts Näheres darüber sagen. Hören Sie!« Er unterbrach sich. »Erstaunlich! Die Marke ist gefälscht!« Er wischte mit der Hand darüber hinweg – die Ziffern ließen sich löschen, verschwanden. »Eine echte Hülle, doch darin ein leeres Stück Metall. Die Ziffern mit Deckfarben darüber gemalt. Das ist außerordentlich seltsam.«

Daniel nahm es als Anlass, wieder Hoffnung zu schöpfen.

»Ich sagte Ihnen doch ...«

»Wer mag Ihnen diesen Streich gespielt haben?«

»Mir fällt etwas ein!« Daniel erinnerte sich an sein gestriges Erlebnis, an den Schwarzhaarigen, der sich an seinem Arbeitsplatz zu schaffen gemacht hatte. Er hatte ihn verfolgt ... aber was war dann geschehen? Er erzählte, versuchte, den Faden weiterzuverfolgen – vergeblich.

»Warum sind Sie losgerannt, haben nicht den Automaten angesetzt?«

Daniel schlug sich auf die Stirn – das hatte er doch getan ...

»Die Daten müssten doch gespeichert sein.«

Der Nebenraum war leer. Maud hatte sich mit dem neuen Kollegen entfernt.

Sie liefen hinüber, setzten sich auf die Stühle, Larry drückte die Kassette seiner Rechenzeitbons in die Vertiefung seitlich an der Sichtplatte. Das »bereit«-Zeichen leuchtete grün auf. Larrys Finger glitten über die Tasten, gespannt sah er auf den Bildschirm ... da wiederholte sich die Szene: der Schwarzhaarige von hinten, durch den Gang laufend ... Kamerawechsel ... der Bildschirm wurde schwarz.

»Gelöscht«, konstatierte Larry.

»Nichts zu machen?«

»Nichts.« Larry stand auf, nahm seine Rechenbons an sich. »Vielleicht der Mann, der vorhin hier saß ...«

»Wo ist er?«

»Fort – mit Maud.«

»Vielleicht in ihrem Appartement?« Larry drückte die Audiofontaste und tastete Mauds Koordinaten ein ... Rufzeichen ... keine Antwort.

»Wir werden es erfahren«, sagte Larry. »Maud amüsiert sich gern, aber sie ist loyal. Ein gutes Mädchen – wenn auch eigenwillig. Jetzt sehen wir aber nach, ob sich Ihre Bons finden oder nicht!«

Die Bons waren nicht zu finden, nicht am Arbeitsplatz und nicht in Daniels Appartement.

Larry machte ein bedenkliches Gesicht, als sie zu diesem Ergebnis kamen. Daniel war es, als zöge er sich von ihm zurück, sein Benehmen wurde frostiger, als gelte es nun, Distanz zu wahren.

»Sie haben also nicht geträumt«, sagte Larry. »Was geschehen ist, hatte reale Folgen. In Ihren vergrabenen Erinnerungen muss die Erklärung stecken.«

»Ich könnte REVEILLINE nehmen«, schlug Daniel vor.

»Wir wollen kein Risiko eingehen. Kommen Sie, ich bin mit einem Arzt befreundet, einem Psychiater. Er soll Sie behandeln. Wahrscheinlich kann er uns auch bei der Deutung helfen.«

Sie ließen sich vom Lift in den Medizinertrakt bringen, wobei sie Larrys Kennmarke benutzten, um für Daniel die Schiebetür zu öffnen.

Larrys Freund Oakley war der Typ junger Wissenschaftler – nüchtern, gewandt, skeptisch. Er hatte kurzes rotes Bürstenhaar, schmale Lippen, blaue Augen, Sommersprossen. »Erst einige Stunden vergangen? Das kriegen wir heraus.«

Er setzte sich an die Schreibmaschine, gab Anweisungen in Klartext, noch ein Codewort, und die Panzertür vor dem Injektionsmixer, der in Brusthöhe in die Wand eingebaut war, öffnete sich. Durch die Sichtscheibe sahen sie zu, wie aus verschiedenen Glasbehältern Lösungsfäden durch millimeterdicke durchsichtige Kunststoffschläuche in eine Ampulle krochen. Ein Glockenton, ein grünes Lichtzeichen, Oakley schraubte die Patrone aus dem Gewinde und setzte sie in den Injektionsspray. Daniel entblößte die Armbeuge, und Oakley drückte den Auslöseknopf.

»Wie lange wird es dauern?«

»Nicht lang.«

Sie setzten sich auf rasch herangeholte Rollsessel, brauchten nicht zu warten.

»Es wird klarer!«, sagte Daniel. Es war, als löse sich trüber Nebel auf, zerrisse in Fetzen, gäbe die Durchsicht auf eine weite Landschaft frei. »Ja, das war es. Jetzt weiß ich es wieder.«

Oakley schob ein Stativ heran, senkte eine Abnahmescheibe über Daniels Schädel. Sie saßen so, dass sie die Projektionswand im Auge hatten.

»Versuchen Sie, die chronologische Reihenfolge einzuhalten. Sprechen Sie laut, kommentieren Sie!«

Auf dem Bildschirm erschienen Flecken, verwischte Konturen… Oakley verstellte die Phase, und das Bild wurde deutlich…

Daniel rannte durch den Gang ... war dem Unbekannten dicht auf den Fersen ... dieser bog zur Seite ... es ging im Kreis herum ...

»Dann ein großer Saal, durchsichtige Schalen auf Tischen ... ein Rollwagen kommt dicht auf mich zu ... ein anderer ... ich stürze ...«

Der Tisch ... die rotierende Scheibe ... 0, 1, 0, 0, 0, 1 ... nervöse Gesichter ...

»Ich merke, der Lift fährt ... versuche, die Fahrt zu stoppen ... es gelingt nicht ... ich nähere mich der Zone Null ... unaufhaltsam ... die Kabinentür öffnet sich ...«

Daniel schwieg.

»Nichts mehr?«, fragte Oakley.

»Nichts.« Daniel duckte sich unter der Haube weg und schob das Stativ zurück.

»Die typische Situation eines Psychotests«, sagte Larry.

»Die Labilisierung, die Konsolidierung von Typsituationen, das Spiel als Symbol der höheren Macht ...«

Daniel nickte. »Diese Erklärung liegt nahe. Aber: Wieso sind meine Bons verschwunden?«

»Es kann ein Test gewesen sein«, meinte Oakley. »Doch war es bestimmt keiner der üblichen Tests, wie wir sie durchführen.« Oakley zögerte, dann beugte er sich wieder über die Schreibmaschine, ließ sich die Liste der am Vortag vorgenommenen Tests auf den Schirm ausgeben. Daniels Nummer war nicht aufgeführt.

»Nein. Es war kein Test unserer Abteilung. Freilich – es könnte sich um eine Routinetherapie gehandelt haben.«

»Kaum zu glauben«, entgegnete Daniel ärgerlich. »Es handelte sich um Furcht erregende, um quälende Geschehnisse. Ich erlebte alles dumpf, wie unter einer Lähmung. Ich war im Handeln beschränkt, konnte mich nicht zur Wehr setzen. Es war äußerst unangenehm. Sollte es sich wirklich um eine Behandlung von Psychotherapeuten gehandelt haben, so möchte ich mich beschweren.«

Oakley tippte spielerisch auf die Tasten der Schreibmaschine. Ohne Daniel anzusehen, sagte er: »Woher wollen Sie wissen, welche Therapie Sie brauchen? Vielleicht haben Sie das Bedürfnis nach Furcht und Schrecken, das auf diese Weise gestillt wurde. Vielleicht brauchen Sie von Zeit zu Zeit starke negative Emotionen, um Ihr inneres Gleichgewicht zu finden. Vielleicht handelt es sich um eine Art Ventil, das psychische Spannungen ablässt.«

»Unwahrscheinlich! Ich habe nicht den Eindruck, dass ich dadurch mein inneres Gleichgewicht fand.«

»Ich spreche von einer Möglichkeit. Immerhin – Sie tun der Psychomedizin Unrecht. Es ist keineswegs so, dass man unangenehme Situationen konstruiert, die dem Patienten aufgezwungen werden. Im Gegenteil. In solchen Fällen überlässt man dem Patienten die Führung. Man erhöht nur die Bereitschaft zum freien Fantasieren, leitet die Emotionen ab und verstärkt sie durch Feedback. Was Sie erlebt haben, wäre dann Ihr eigenes Produkt gewesen.«

»Und wie erklären Sie die verlorenen Bons?«

»Ich behaupte nicht, dass meine Hypothese stimmt. Sie könnten auch von anderer Seite beeinflusst worden sein.«

»Müsste Ihre Abteilung nicht davon wissen?«

»Glauben Sie, wir sind die Einzigen, die Zugriff zum Gehirn der Patienten haben? Ein Gehirn kann von uns aus gesehen gesund sein; es gibt aber genügend Möglichkeiten von Störungen, die nicht in unsere Kompetenz fallen – beispielsweise soziologische. Darüber kann ich leider nichts Definitives sagen, als Einzelner hat man nur in einen kleinen Teilbereich des Wirkungsgefüges Einblick.«

»Alles das würde aber den Verlust meiner Bons nicht erklären. Bei solchen Maßnahmen handelt es sich doch um Projektionen, um Täuschungen, um nichts Wirkliches.«

»Nicht unbedingt. Gewiss, man kann die Reizmuster direkt ins Gehirn einleiten, oder man kann lebensechte Projektionen bieten und durch Pharmapräparate, zum Beispiel durch psychogene Gase, die Kontrolle ausschalten, die normalerweise unterschwellig bereitsteht, um im Bedarfsfall auf den Rahmencharakter des Geschehens hinzuweisen.

Es besteht aber außerdem die Möglichkeit, Suggestionen mit Realhandlungen zu verbinden, sie verfließen zu lassen, also gewissermaßen die Wirklichkeit als Test zu benützen und dem Test Einfluss auf die Wirklichkeit zuzugestehen.«

Daniel zeigte sich hartnäckig. »Habe ich nun meine Bons wirklich verspielt oder nicht?«

»Ich weiß nicht, ob es Sinn hat«, antwortete Oakley, »zwischen Sinnestäuschung und Wirklichkeit zu unterscheiden. Was man in Form von Daten eingegeben erhält, ist wirklich, ganz gleich, ob diese Daten auf der Basis eines Realgeschehens einlaufen oder nicht. Überhaupt, es kann uns ja keiner beweisen, dass es außerhalb des eigenen Denkens überhaupt etwas gibt – eine Außenwelt, andere Menschen oder die Existenz der energetischen Welt. Was wir erkennen, ist nur ihre Verschlüsselung in Daten.«

Larry stand auf und gab Daniel einen Wink. »Oakley gerät ins Philosophieren. Da ist nichts mehr mit ihm anzufangen.«

»Es könnte sein, dass wir alle nur als gespeicherte Datenaggregate existieren, einem bestimmten Verhaltensprogramm zugeordnet sind. Dann wäre die Frage nach der Wirklichkeit rhetorisch.«

Daniel war zwar am Problem, das Oakley da anschnitt, prinzipiell interessiert, im Moment allerdings schienen ihm die verlorenen Bons wichtiger; auch wollte er Larry nicht kränken, indem er ihn allein gehen ließ, und darum stand er auf, konnte sich aber nicht enthalten, noch eine Frage zu stellen: »Würden dann die Daten, die in den Speichern sind, eine zweite innere Welt innerhalb ihrer Datenwelt bedeuten?«

»Nein!«, antwortete Oakley, der Larry und Daniel bis zur Tür begleitete. »In einer Welt, die bloß aus Information besteht, gibt es nichts anderes als Information. Natürlich kann man Teilbereiche abgrenzen – auch durch pragmatische Aspekte, doch ist es nicht nötig ...«

Larry zog Daniel außer Hörweite. »Ein netter Mensch, hilfsbereit. Leider ist er etwas verschroben. Kommt von der Philosophie her. Mit ihm ist jetzt nichts mehr anzufangen. Kommen Sie, wir sehen, ob Maud schon zurück ist!«

»Was Oakley gesagt hat, leuchtet mir ein«, meinte Daniel. »Was halten Sie davon?«

»Sinnlos, darüber zu diskutieren. Er sagte es doch selbst: eine rhetorische Frage. Womit haben wir uns auseinander zu setzen – mit Daten, mit Realprozessen? Ganz egal, was es ist, es bereitet uns dasselbe Kopfzerbrechen, stellt dieselben Probleme.« Larry machte eine wegwerfende Handbewegung. »Was nicht unterscheidbar ist, ist identisch. Folglich ist kein Unterschied zwischen einer wirklichen und einer vorgetäuschten Welt.«

Schon von weitem sahen sie Maud. Sie kam ihnen ein paar Schritte entgegen. »Leider hatte ich Pech. Wir nahmen VASAGIN; hatten eine schöne Stunde. Als ich aufwachte, war er verschwunden.«

Feuchte, dampfende Luft wehte ihm entgegen. Schriller Lärm – Geschrei. Stimmen, kreischend, unverständlich.

Er trat aus der Kabine. Die Sohlen klebten am Boden. Jeder Schritt hinterließ eine nasse Spur.

Nebel. Gedämpftes Licht. Hinter weißgrauen Massen waren die Neonröhren an der Decke von einem schimmernden Hof umgeben. Man konnte nicht weit sehen, einige Meter vielleicht. Vor ihm eine Wand, mit glitzernden Tröpfchen beschlagen. Er tastete sich weiter, bog um eine Ecke ...

Ein größerer Raum, ein Saal, der Nebel hier weniger dick. Eine Woge von Geschrei brandete ihm entgegen.

»Platz da, ausweichen!«

Ein Rauschen wie von starken Düsen. Ein Luftkissenwagen dicht hinter ihm ... er sprang beiseite. Ein Primi saß am Steuer des Fahrzeuges, vom überhöhten Sitz blickte er herab, drehte den Kopf ruckartig nach allen Seiten.

Schrilles Geschrei aus dem Wagen, der von einer Balustrade umgeben war. Menschliche Köpfe tauchten dahinter auf, verschwanden, tauchten wieder auf. Seltsame Gesichter, glatt, mit kurzen, platten Nasen, großen Augen, die Schädel wollig behaart.

Der Wagen hielt nicht weit von Daniel. Eine Schwenktür öffnete sich, und die Insassen hüpften heraus, wieder laut schreiend, lachend, schluchzend, sie drängten, sie stießen einander an, fielen, der Primi sprang umher, wies ihnen die Richtung, half den Gefallenen auf, fing einige ein, die offenbar fliehen wollten, schob und zerrte sie hinüber, zu einem Objekt, einer Art Maschine, deren Zweck Daniel unerklärlich blieb – einige Stufen zu einem lang gestreckten Sockel, Gestänge, ähnlich der Startvorrichtung einer Rennbahn von Robotautos.

Die kleinen Menschen liefen auf dieses Ding zu, oder sie wurden hingedrängt, stellten sich auf ein Band, eine Lauffläche, die über zwei lang gestreckte Zylinder lief. Mutanten? Zwerge? Kranke? Daniel hatte noch nie so viele Entartete beisammen gesehen – der Anblick entsetzte ihn: Viel zu große Köpfe saßen auf schmächtigen nackten Körpern, und zu diesem Missverhältnis kam noch ein psychischer Defekt: Einige Worte, mit hohen Stimmen herausgeschrien, konnte er nun verstehen, doch es fiel ihm schwer, den Sinn dahinter zu entdecken; es waren Worte ohne Zusammenhang, vielleicht Anfeuerungen, vielleicht Schimpfworte. Irre?

Plötzlich spürte er sich am Ärmel gepackt und zum Steg gezerrt, auf dem sich nun alle in einer Reihe aufgestellt hatten. Er wollte protestieren, doch da bewegte sich das Band, auf dem er stand, unter seinen Füßen, ein Geländer hatte sich um ihn geschlossen, er konnte nicht mehr absteigen, und wenn er nicht fallen wollte, musste er Schritte machen, zuerst langsam, dann schneller, er kam noch mit, aber die Laufgeschwindigkeit nahm weiter zu, er geriet in einen mechanischen Trott, einige Sekunden lang kam so etwas wie Ehrgeiz in ihm hoch, die Stimmung eines Wettbewerbs, die gestellte Aufgabe bereitete ihm keine Schwierigkeiten, er bewältigte sie mühelos, er war der Maschinerie überlegen ...

Zwei Dutzend der entarteten Geschöpfe mühten sich neben ihm, eine Reihe von strampelnden Gestalten, die er um Kopfeslänge überragte, ihre Schreie waren nun seltener zu hören, manche klangen erstickt oder klagend, dafür war der Saal nun von keuchendem Atem erfüllt, schwarze und blonde Schöpfe flogen, magere Arme suchten an dem Geländer nach Halt ...

Daniel merkte, dass er müde wurde. Es hatte den Anschein, als liefe das Band stets ein wenig schneller, als es seinem eigenen Lauftakt entsprach; so war er gezwungen, das Tempo zu beschleunigen, schneller zu laufen, obwohl es sinnlos war, dem Band entkommen zu wollen. Nur vorn war das Geländer offen – lief man schnell genug, so erreichte man das rettende Podest ... Ruhe – jetzt traten alle Fragen, Vermutungen und Erwartungen in den Hintergrund, seine Gedanken kreisten nur noch um die Bewegung der Beine, um das Tempo, die Müdigkeit, das sichere Ufer des Podests.

Worum lief er? Worum ging es? Sein Blick war nach vorn gerichtet – dort sah man eine Skala, vertikal angeordnet, ein rotes Licht stieg und sank, pendelte bald ein Stück höher, bald ein Stück tiefer auf und ab. Darunter, auf einer Schale, lag ein kleiner blinkender Gegenstand, silbern und rot.

Ihm war, als füllten sich seine Schenkel mit Blei. Er war solche Anstrengungen nicht gewohnt, sein Körper war schwerer als jene der anderen Läufer rechts und links von ihm. Er nahm seine ganze Kraft zusammen, konzentrierte sich auf eine große Anstrengung und erhöhte schlagartig das Lauftempo, um auf das Podest springen zu können. Genauso rasch aber beschleunigte das Band seinen Lauf, und nun musste er das erhöhte Tempo durchhalten, das die letzten Reserven aus ihm peitschte.

Er taumelte, drohte das Gleichgewicht zu verlieren. Er tastete nach dem Geländer, um sich zu stützen, doch zuckte seine Hand zurück, noch bevor er sich des Schmerzes bewusst wurde: Das Geländer war elektrisch geladen.

Laufen und kein Ende ...

Er war über sich selbst verwundert, dass er noch durchhielt. Seine Beine bewegten sich gegen den Widerstand einer zähen Masse, die Anstrengung, dagegen anzukämpfen, war schmerzhaft.

Er wurde langsamer ...

Auch die Laufgeschwindigkeit des Bandes ließ nach, aber nicht genug – es lief immer noch schnell.

Daniel schwankte hin und her, stürzte. Das Band trug ihn nach hinten, er prallte an einer Wand an, ein elektrischer Schlag, er überschlug sich, rollte ... immer wieder wurde er gegen das Geländer geschleudert, er kugelte auf dem Band, prallte auf ...

Stille ...

Nur ein paar Sekunden, dann wieder Geschrei – gierig, triumphierend.

Er fühlte sich emporgehoben, auf die Beine gestellt. Ein Primi stand dicht neben ihm, stützte ihn. Der Primi hielt ihn zurück, griff nach dem glänzenden Gegenstand, schälte ihn aus dem Papier, ein hellbrauner Klumpen war darin eingewickelt, eiförmig ... Die Hand des Primis vor seinem Mund drückte die weiche, klebrige Masse darauf. Daniel wehrte sich, doch gegen die Kraft des Primis konnte er nichts ausrichten. Er musste die Kiefer öffnen ... sein Mund war ausgefüllt von einem penetrant süß schmeckenden Kloß ... er rang nach Luft, kämpfte mit einem Erstickungsanfall, schluckte, klebriger Brei lief ihm aus den Mundwinkeln, er hustete ...

Das Ärgste war vorüber, die Masse löste sich rasch auf, einen Teil würgte er hinunter, einen Teil spuckte er aus.

Inzwischen hatte ihn der Primi mit sich gezerrt, ihn auf das Luftkissenfahrzeug geschoben ... plötzlich sah er sich inmitten der kleinen Wesen, die zwar noch immer schrien, aber nicht mehr so laut, ihre Unruhe schien gedämpft, einige saßen am Boden und leckten an der süßen Speise, beschmierten dabei Hände und Gesicht, kauten und schmatzten.

Das Gefährt setzte sich in Bewegung.

Bald glitt es rasch dahin, durch Dampfschwaden hindurch, durch lange Gänge, um Ecken herum, stets, wenn sie eine Kurve nahmen, fielen die kleinen Menschen durcheinander, rissen sich gegenseitig um, quiekten, balgten sich. Dabei kamen sie oft nahe an Daniel heran, die Ladefläche war klein, der Raum beengt. Daniel konnte ihren Geruch spüren, der ihn an parfümierte Haut und Exkremente erinnerte, sie berührten ihn schamlos mit ihrer blassen, feuchten, weichen Haut, was ihm äußerst unangenehm war. Auch seine Haut war feucht von Schweiß, an seiner Kleidung hatten sich Wassertröpfchen abgesetzt, die den Stoff schwer machten, die Hosenbeine hingen schlaff herab und klebten an den Knien.

Sie hielten, die Flügel der Schwenktür klappten auseinander. Sie standen am Eingang zu einem lang gestreckten Raum, so dass an der Seite neben dem Fahrzeug kein Durchgang mehr frei war. Die andern drängten, und als Daniel stehen blieb, eilten zwei Primis herbei, hoben ihn auf den Boden, doch sie ließen ihn nicht los. Sie hatten sich wohl stumm– vielleicht durch Blicke – miteinander verständigt, denn, wie auf ein Zeichen hin, begannen sie, ihm die Kleider auszuziehen. Daniel wehrte sich, doch es nützte nichts, die Primis waren stärker. Sie behandelten ihn keineswegs brutal, ihre Griffe waren schonend, ihre Gewalt rücksichtsvoll, ihre Überlegenheit sachlich, sie blieben völlig unberührt, sie hörten nicht auf das, was er ihnen zu erklären versuchte, wahrscheinlich verstanden sie nicht, sie handelten geschickt, unbeirrt und schnell, und schon stand er nackt zwischen den anderen.

Der Raum war völlig leer, der Boden aus geriffeltem Kunststoff, es roch nach Karbol. Bisher war es angenehm warm gewesen, man fühlte sich hier – Daniel musste es sich eingestehen – ohne Kleider wohler, doch war die Situation noch immer peinlich genug: der Aufenthalt zwischen diesen missgestalteten nackten Wesen, männlichen und weiblichen, wie zu erkennen war, obwohl die Geschlechtsorgane kaum entwickelt, verkümmert schienen. Doch jetzt wehte plötzlich ein kühler Wind über sie hinweg, gleichzeitig erscholl ein Klingelzeichen. Daniel sah, wie sich die andern hinhockten und – er traute seinen Augen nicht – ihre Blasen und Därme auf den Boden entleerten, sie hockten sich hin, wo sie gerade standen. Daniel bemühte sich, über diese widerliche Szene hinwegzusehen, doch musste er zu seinem Ärger feststellen, dass auch ihn plötzlich ein menschliches Rühren überkam – der kühle Luftzug am feuchten, bloßen Leib. Er versuchte, dem Andrang zu widerstehen, er blieb steif und aufrecht stehen, er stellte fest, dass er seinen Körper beherrschen konnte, und gleich darauf fühlte er, wie zum Lohn, dass der Luftzug wärmer wurde, eine Welle rührte an seinen Zehen. Wasser, heiß, aber erträglich, es floss irgendwo ab, eine neue Welle lief heran ... Da waren wieder die beiden Primis neben ihm. Er fühlte sich gepackt, in gebückte Stellung gezwungen, und dann machte sich jemand an seinem Hinterteil zu schaffen – voll Empörung musste er es sich gefallen lassen, dass ihm die Backen auseinander gezerrt wurden und ein Zäpfchen eindrang.

Er stand wieder aufrecht, noch immer festgehalten, nur Sekunden, dann gab es ein Rumoren in seinen Därmen, und schon spürte er eine hohle Schwäche im Bauch, einen elementaren Druck, er konnte sich gerade noch hinhocken – die Wärter ließen ihn los –, und schon gab er seine Fäkalien ab, stoßweise, krampfartig, keuchend.

Geschwächt, mit zitternden Knien, richtete er sich auf – unten war der Geruch, der sich allmählich ausbreitete, nicht zu ertragen, doch da kam schon ein stark nach Karbol riechender Windstoß herein, warm und angenehm, doch Schwindel erregend ...

Um ihn herum begann wieder das Geschrei, der Trubel – sie balgten sich, liefen hintereinander her, stießen sich gegenseitig an, er stand verloren inmitten des Treibens, bis eines von den weiblichen Wesen aus irgendeinem Grund auf ihn aufmerksam wurde, an ihn herantrat, einen Schrei ausstieß und auf ihn wies. Nun näherten sich auch die andern, kreisten ihn ein, glotzten, Mutige griffen nach ihm, betappten ihn, wurden frecher, zwickten ihn, berührten seine intimsten Körperpartien.

Daniel versuchte sich zu wehren, doch sie kamen von allen Seiten, es waren zu viele, er fühlte sich umgerissen ... Da ging ein Brausen durch den Raum, heiße, scharfe Wasserstrahlen schossen von allen Seiten aus Düsen an den Wänden, sie prasselten auf die ungeschützte Haut, einige stürzten und versuchten, auf allen vieren der anstürmenden Flut zu entrinnen.

Daniel glaubte zunächst, es handelte sich um eine Maßnahme zu seinem Schutz, doch dann merkte er, dass sich niemand ängstlich oder auch nur überrascht zeigte, im Gegenteil, ein Jauchzen ging durch die Reihen, sie ließen von ihm ab, stemmten sich gegen die Strahlen, versuchten, dagegen anzurennen, glitten aus, wälzten sich am Boden, der nun eine Handspanne hoch von Wasser bedeckt war, spritzten sich gegenseitig an, sprangen hoch und stampften mit beiden Füßen in das Wallen und Fluten.

Mit einem Mal flockte etwas Weißes in der Luft, Blasen, Schaum, vielleicht befand sich jetzt ein Netzmittel im Wasser, Seife, Desodorant. Bald waren sie von Schaumflocken bedeckt, hatten Schaum im Gesicht und trugen Schaum wie Mützen auf den Köpfen.

Wieder ein Wechsel – kühleres Wasser, jetzt sogar kalt, Schreie des Vergnügens oder Missvergnügens, es war nicht auseinander zu halten, der Schaum verschwand ... das Wasser versiegte, ein feiner Nebel aus Aerosol, der fade Geschmack von Öl, es gluckste in verborgenen Abflusslöchern, die Düsen an der Wand waren geschlossen.

Nun drängten, schoben und stießen sie zum Wagen zurück. Die Flügeltür schloss sich, das Fahrzeug fuhr an. Vorn der Primi, steuernd, hin und wieder nach hinten blickend. Daniel hatte sich einen Platz am Geländer erobert. Die anderen sahen gerade noch darüber hinweg, für sie war es eine wirksame Barriere – nicht aber für ihn. Als sie um eine Ecke kurvten, schwang er sich darüber, stolperte, stürzte, warf sich rasch zur Seite ... schon war er außerhalb des Blickfelds. Sein Knöchel schmerzte ... verstaucht? gebrochen?

Er richtete sich auf, versuchte, aufzutreten ... er spürte einen dumpfen Schmerz, der hell aufloderte, sobald er das Gewicht auf das betroffene Bein verlagerte.

Hier konnte er nicht bleiben. Er sah sich um – eine Gangkreuzung, nebelerfüllt, Quadrate trüben Lichts. Auf gut Glück wählte er eine Richtung und folgte ihr humpelnd.

Er kam nur langsam voran. In diesem Zustand musste er jede Begegnung mit den Wärtern vermeiden. Es waren zwar nur einfache Primis, aber körperlich waren sie ihm überlegen, und nur das zählte jetzt.

Mehrmals blieb er stehen und lauschte – jeder Schritt auf dem feuchten Boden erzeugte ein schmatzendes Geräusch, daran würde er es rechtzeitig merken, wenn sich jemand näherte.

In diesem Bereich des Labyrinths rührte sich nichts. Einmal geriet er in einen Raum, in dem etwas größere Exemplare der seltsamen kleinen Menschen in mehreren Reihen auf Pritschen lagen; sie schliefen oder befanden sich in einem Dämmerzustand, denn sie rührten sich nicht. Eine Wand war von einer großen Schalttafel bedeckt – ein Automat arbeitete, man sah die flimmernden Lichtpunkte, die den Speicherinhalt anzeigten. Von den Kopfenden der Pritschen liefen Kabel zu helmförmigen Aufsätzen, die über die Schädel der Liegenden gestülpt waren.

Daniel humpelte zurück, der Schmerz wurde allmählich unerträglich. Er ruhte immer länger aus, an die Wand gelehnt, den kranken Fuß angehoben.

Eine Gangkreuzung – wohin? Er wusste nicht, welcher Richtung er folgen sollte. Der Lift, der seinen Anordnungen nicht folgte, nützte ihm nichts, und andere Ausgänge kannte er nicht.

Leises Klatschen, irgendwo in der Tiefe des Ganges. Er wandte sich zur linken Gangfortsetzung ... auch hier ein Geräusch, das näher kam. Noch blieben zwei Richtungen offen. Es war gleichgültig, wohin er sich wandte. Auf einem Fuß sprang er vorwärts, sich an die Wand stützend.

Auch hier leises Klatschen ... Daniel hielt an, auch sein gesundes Bein versagte den Dienst, es knickte ein. Er hockte am Boden, zu keiner Bewegung mehr fähig.

Die Schritte kamen näher, tappten hinter der Nebelwand – noch war niemand zu sehen, nur von Zeit zu Zeit ein Schatten, der das trübe Weiß des Lichts verdunkelte, Umrisse plumper Gestalten ...

»Daniel, komm!«

Noch immer die klatschenden Geräusche, verwischte Echos, Tropfen und Murmeln in der Ferne, hinter dem Lichtvorhang.

»Daniel, komm!«

Nebelschwaden, Schritte – jetzt ganz nah, Schleier aus silbernen Tröpfchen, riesige, schwankende Schatten.

»Daniel, komm!«

Eine Stimme rief ihn, drängte ihn, durchstieß seine Lethargie. Er drehte sich um: In der Wand hatte sich eine Spalte geöffnet, eine Kunststoffplatte, abgehoben, zur Seite geschoben, ein Arm, eine Hand, die sich ihm entgegenstreckte.

Er versuchte aufzustehen ... es gelang ihm nicht. So kroch er zur Öffnung, zwängte sich hindurch – Dämmerung um ihn herum, nur von einem Streifen an der Wand schwaches gelbliches Leuchten.

»Ich hoffe, Sie hatten einen schönen Tag!«

»Schöner Tag heute!«

Pamela. Sie schob die Wandverkleidung an ihren Platz zurück. Sie schloss dicht. Hier gab es keinen Nebel, keine Feuchtigkeit, nur dumpfe, trockene Wärme.

»Kommen Sie, Daniel!«

»Es geht nicht – ich bin verletzt – der Fuß – verstaucht, vielleicht gebrochen.«

»Das lässt sich beheben!« Pamela beugte sich zu Daniel herab, strich ihm über das Haar, küsste ihn. »Warten Sie hier, ich bin gleich wieder da!«

Er war allein. Nur eine dünne Wand trennte ihn vom Bereich der schrecklichen kleinen Menschen – es konnten keine Mutanten sein, dazu ähnelten sie einander zu sehr. Eine Wand, hart, Temperatur isolierend, Schall absorbierend. Die Geräusche drangen nur gedämpft hindurch. Poltern, als stieße jemand gegen hohle Gegenstände, schrilles Geschrei aus weiter Ferne.

Wenn er sich ruhig verhielt, linderte sich der Schmerz und pochte nur noch dumpf. Daniel blickte sich um – wieder lernte er einen neuen Teil der Zentrale kennen: das Terrain hinter den glatten Wänden, hinter den Verkleidungen, hinter den Kulissen, die Zone der technischen Anlagen, den Bereich der Versorgungswege, der Kabel und Leitungen. Hier irgendwo mussten sich die Lufterneuerer befinden, die automatischen Küchen, die chemischen Anlagen. Unter seinem Knie spürte er etwas Hartes – über den Boden lief eine Schiene. Er tastete danach – ein leichtes Zittern im Metall, ein Schwingen und Vibrieren, kurze Zeit hindurch etwas stärker, dann wieder gedämpft.

Im selben Maß, wie sich die Augen an die düstere Beleuchtung gewöhnten, traten immer mehr Einzelheiten hervor. Aus den Wänden kamen umsponnene Drähte, vereinigten sich zu einem dicken Kabel, das die Wand entlanglief. Auch mehrere dicke Röhren durchzogen den schmalen Raum, einmal rauschte es irgendwo hinten im Gang, und ein dröhnendes Echo lief mehrmals hin und her.

Der Schmerz im Knöchel hatte nachgelassen. Daniel versuchte sich aufzurichten, glaubte für einen Moment, dass sich das Bein erholt hätte und sich wieder belasten ließe, doch als er vorsichtig auftrat, durchzuckte ihn wieder der heiße Schmerz, er taumelte, stützte sich an der Wand ... er stieß auf Widerstand, etwas gab nach, fast wäre er gefallen ... Mühsam kauerte er sich auf den Boden. Als der dröhnende Herzschlag nachgelassen hatte, sah er es. Ein Drahtende hing herab, er hatte eine Leitung abgerissen. Eine Verbindung war unterbrochen, irgendein Schalter würde nicht funktionieren, ein Ruf ohne Antwort bleiben, eine Anweisung ignoriert werden, eine Anzeige war stillgelegt, eine Kontrolle ausgefallen, irgendjemand, der irgendetwas haben, tun oder verhindern wollte, würde vergeblich warten und bemerken, dass das System doch nicht perfekt war.

Ein Geräusch aus dem Dunkel des Gangs – leise, aber rasch lauter werdend, ein schwaches Schlagen und Rollen. Etwas näherte sich, ein dunkles Gebilde, Arme mit Greifzangen, ein riesiges, blinkendes Auge ...

Daniel versuchte zu fliehen. Er kroch einige Meter weiter, schleppte sich auf seinem gesunden Bein dahin – viel zu langsam.

Das Gebilde kam nicht an ihn heran, es hielt dort, wo er hereingekommen war, das Auge drehte sich, tastete rundum.

Dann bewegten sich die Gliedmaßen wie Spinnenbeine, ein konisches Gebilde, an einem Teleskoparm befestigt, wurde ausgefahren. Ein Zischen, ein pendelndes Hin und Her ...

Der herabhängende Draht war entfernt worden, der konische Gerätekopf legte sich an eine Stelle der Wand, bewegte sich langsam und gleichmäßig auf einer Geraden durch die Luft, ließ einen hellbraunen Strich hinter sich zurück ...

Die Leitung befand sich wieder dort, wo sie sich ehedem befunden hatte, das System war wieder vollständig, die Ordnung war wieder hergestellt. Das Gebilde – ein Robotwagen, über die Metallschiene herangeleitet. Irgendwo befand sich eine leitende Instanz, das Gehirn eines Kontrollsystems, das allgegenwärtig war. Wahrscheinlich war auch keine Anlage ausgefallen, wahrscheinlich gab es Sicherungen gegen alle Arten von Störungen – obwohl in diesem Bereich Menschen nichts zu suchen hatten.

Pamela? Was tat sie hier? Konnte man hier untertauchen? Ein eigenes Leben führen? Konnte man von hier aus Einfluss nehmen auf die Abläufe der anderen Seite? Konnte man stören, sabotieren?

Daniel hielt die Augen geschlossen, die Erschöpfung übermannte ihn, er schlief nicht, aber er war auch nicht wach, er döste vor sich hin, Gestalten zogen an ihm vorbei, Szenen der jüngsten Vergangenheit, nicht in einer logischen Folge, sondern ungeordnet, er nickte ein, ohne dass die Bilder verschwanden, schreckte auf …

Pamela stand neben ihm. Sie hatte zwei Krücken gebracht. Sie half ihm beim Aufstehen, schob die Stützen unter seine Achseln. Das kranke Bein hochgezogen, abgewinkelt, das gesunde trug ihn, stemmte er sich vorwärts, was wegen der Röhren und Kabel auf dem Boden schwierig war, kam langsam voran. Oft wurde es eng, an den Wänden hafteten Schaltungen, mechanische und chemische Apparate, Kameras, doch in Bodennähe über der Leitschiene blieb ständig ein Durchgang frei.

Es gab Kreuzungsstellen und Verzweigungen, Übergänge zu tieferen Stockwerken, doch sie blieben auf ihrer Ebene. In einer Gangerweiterung hielten sie. Zwischen unverkleideten Schaltungen ein massiver Sockel, in dem es summte, auf einem Bündel schraubig gewundener Röhren einige Decken. Daniel ließ sich hineinsinken, Pamela deckte ihn zu und kniete neben ihm nieder. Auf einem Drahtnetz, das zu einer

Schaltung gehörte, hatte sie einen Koffer mit medizinischen Geräten abgestellt. Sie holte einen Injektionsspray heraus und sprühte ein schmerzlinderndes Mittel ein. Dann beschäftigte sie sich mit seinem Fuß, strich mit einem Pinsel eine eiskalte Flüssigkeit darüber, kramte ein Kästchen aus, richtete einen Parabolschirm auf den Knöchel und schaltete ein. Es zog und prickelte, aber es schmerzte nicht. Daniel hatte aber die deutliche Empfindung, dass Getrenntes wieder zusammenwuchs, Knochen an Knochen, Fleisch an Fleisch.

Pamela kniete noch immer neben ihm, zu ihm hinuntergebeugt, sie legte ihre Hände an seine Wange, seinen Hals, seine Schultern.

»Weißt du, was eine Mutter ist?«, fragte sie zärtlich.

Daniel schüttelte den Kopf: »Nein.«

»Ich bin deine Mutter«, sagte sie eindringlich. »Und du bist mein Kind.«

»Ja«, antwortete Daniel.

»Du musst mir alles sagen. Du musst Vertrauen zu mir haben. Nur ich kann dir helfen.«

»Nur du«, sagte Daniel.

»Armer Junge«, sagte sie. »Was haben sie nur mit dir gemacht! Aber welche Schuld auch immer du auf dich geladen hast – die Mutter verzeiht alles. Das ist immer so gewesen und wird auch immer so bleiben.«

»Ja. Ja.«

»Du bist anders als die andern, ich habe das gleich gefühlt, noch ehe ich dich erkannt habe. Aber auch die andern haben es bemerkt. Das ist der Grund dafür, dass sie dich von einer Verzweiflung in die andere jagen. Dass diese schrecklichen Dinge passieren.«

Sie schwieg, streichelte ihn, setzte von neuem an. »Ich kann dir helfen, bin die Einzige, die dir helfen kann. Aber du musst mir alles sagen. Wo bist du gewesen? Woher kommst du? Was hast du getan – draußen?«

Was hatte er getan? Er musste es Pamela sagen, aber was war es nur?

»Warum verschweigst du mir etwas, ich meine es doch gut mit dir? Sag es, und alles ist gut!«

»Ich weiß es nicht.«

»Du darfst nicht lügen, sicher weißt du es. Wer hat dir verboten zu sprechen? Es gibt keinen Grund dafür, etwas zu verschweigen. Denk daran, wie böse sie sind! Du warst schrecklich allein, das ist nun vorbei. Du wirst mir alles erzählen, nicht wahr?«

Daniel wollte ihr alles erzählen, gewiss. Er war von außen gekommen, von irgendwoher. Hatte er – vom Tag der Reife an – sein Leben in einer der Städte verbracht wie alle andern? Gab es etwas Besonderes, das mit ihm zusammenhing? In irgendeinem Winkel seines Gehirns saß das Wissen – aber es war blockiert. Gab es ein Stichwort, einen Schlüssel? Er versuchte sich zu konzentrieren, Schweiß trat auf seine Stirn. Irgendwo, irgendwas? Gab es verborgene Bereiche – Dinge, Personen, Erlebnisse? Ein fantastisches Leben, freie Beweglichkeit? Sonne, Sturm und Sterne? Freunde und Feinde? Aufgaben und Ziele? Er merkte, dass er nahe herangekommen war.

»Da gab es ...«

»Was gab es? Sag es, Liebling!« Pamelas Hand auf seiner Stirn, ihr Gesicht über dem seinen, der Ausdruck in ihren Augen ...

Er hatte die Fährte verloren. Vergeblich. »Ich weiß nichts!«

»Das ist aber sehr böse von dir! Ich werde dich strafen müssen. Ich werde dir wehtun, schau, so!« Sie schaltete den Apparat ab, von dem die heilende Strahlung in sein Bein gedrungen war. »Die Wirkung der Injektion hält nur kurz an! Dein Fuß ist noch nicht geheilt; genau genommen: Er ist kaputt wie zuvor, gebrochen. Spürst du es?« Sie richtete sich ein wenig auf, und die Hand, die eben noch zärtlich seine

Brust gestreichelt hatte, fasste nun den Fußrist und drehte kurz zur Seite. Der Schmerz lebte auf, unverzüglich, stärker als zuvor.

»Und so!« Sie drehte ruckartig nach der anderen Seite, er versuchte das Bein mitzudrehen, aber das gelang ihm nur beschränkt. Sie machte die Bewegung mit, drückte, bis sie den Widerstand der Sehnen und Bänder fühlte, und hebelte dann langsam auf und ab. »Pamela, bitte nicht. Es tut schrecklich weh!«, keuchte er.

»Du musst mir alles sagen! Dann höre ich sofort auf.«

»Aber ich weiß doch nichts! Ich weiß nichts ...« Er schluchzte verzweifelt auf.

»Sie sind wirklich ein harter Brocken«, sagte Pamela. Sie ließ den Fuß plötzlich los, und sein Zurückschnellen trieb den Schmerz noch einmal auf die Spitze. Es wurde dunkel um ihn, einen Atemzug lang, er spürte leise Erschütterung ... Als er die Augen öffnete, hatte sich die Umgebung geändert. Noch immer lag er auf den Decken, aber er befand sich auf einem Tisch, und rundherum standen Menschen: Solla, Fenner, dessen Kollege, Figueira, Miriam und der dunkelhaarige Unbekannte, der seine Tasche geraubt hatte.

»Stefano, zeig ihm die Tasche!«, befahl Pamela.

Der Dunkelhaarige trat vor, hielt etwas hoch.

»Sie haben meine Tasche«, sagte Daniel.

»Ja. Man hat Ihnen ein Duplikat gegeben. Wir haben die echte Tasche. Und wir haben auch das, was drin ist.«

»Was ist es?« Trotz seiner Verwirrung war das Interesse an seiner Vergangenheit nicht erloschen – und wäre es auch nur deshalb, um Pamela endlich alles erzählen zu können. Denn dann hätte er Ruhe ...

»Sie wissen es wirklich nicht?«

»Nein.«

»Zeig es ihm!«

Stefano griff hinein, zog einen Zettel heraus, hielt ihn Daniel vor die Augen. Daniel las:

Pavel 106
Greg 109
Josef 183
Tibor 165
Sonja 185
Dan 182
Notruf 200

Er ließ die Namen auf sich wirken. Ja, sie weckten Erinnerungen. Sie waren der Schlüssel. Doch wozu? Es lag lange zurück, durch Welten getrennt. Namen, Nummern, ein Leben voll Abenteuer …

Der Schlüssel sperrte nicht, die Namen gewannen nicht Gestalt. Sie wühlten nur Gefühle auf – Hoffnung, Furcht, Spannung, Eifersucht. Was damit verbunden war, blieb dunkel. Umsonst.

»Was sagen Ihnen diese Namen?«

Daniel zuckte die Schultern und drehte den Kopf zur Seite.

»Ob er wirklich nichts weiß?«

»Jetzt können wir keine Rücksicht mehr nehmen!«

»Dann versuchen Sie es bitte.«

Daniel spürte, wie sein Arm aufgehoben wurde … das Zischen einer Injektion. Leere …

Tappende Schritte im Ungewissen, lauter Atem, unmittelbar neben ihm. Der Nebel spuckte seine blassen Geschöpfe aus. Daniel wehrte sich nicht, als ihn zwei Primis unterfassten und davontrugen.

Lange hielt er die Augen geschlossen … wenn er sie öffnete, stets das gleiche Bild, nebelerfüllte Gänge, grelle Lampen hinter einem Schleier wirbelnder Tröpfchen. Daniel fühlte, dass man ihn niederließ auf eine weiche Unterlage, eine Flüssigkeit schwappte neben ihm, stieg … er lag in einer Wanne, die sich lautlos füllte. Die träge schwankende, bräunliche Masse umspielte seinen Rücken, benetzte die

Haare, stieg über seine Ohren ... die Geräusche von außen, das Klatschen und Schleifen, Tropfen und Rieseln, das dumpfe Hallen und das ferne, schrille Geschrei verstummte. Stattdessen ein Knistern, hin und wieder metallene Laute, Gongschlägen ähnlich. Die Flüssigkeit stieg weiter, erreichte die Wangen, den Mund, sickerte zwischen den Lippen einwärts – fader, aber nicht unangenehmer Geschmack –, bedeckte die Augen, die er offen hielt ... es war eine weiche Last, sanft und lindernd, nichts Fremdes, gegen das man sich wehren musste, bewahrende Essenz ... er spürte es, als das Nass seine Nasenlöcher erreichte, bedeckte. Ein wenig davon sickerte einwärts, ohne Reize auszulösen ... Er konnte die Flüssigkeit atmen.

Alle Reize von außen waren aufgelöst. Er lauschte in sich hinein, jetzt hatte er Zeit dazu ... ein langsames, dumpfes Pochen, Spiel von Ventilen, Verlagerungen, Pulsationen, Rhythmen ...

Die ganze Welt war jetzt in ihm ...

Larry hatte ihm geraten, zur Rezeption zu gehen, das Vorkommnis zu schildern, sich zu erkundigen, ob er eine Ersatznummer und einen kleinen Vorrat Rechenzeit bekommen könnte, zur Fortsetzung seiner Arbeit, doch dort hatte man nur ein Achselzucken für ihn. »Für diesen Fall gibt es keine Vorschriften. Sie müssen sehen, dass Sie Marken und Bons zurückkriegen, dann können wir weitersehen.«

»Dann brauche ich Ihre Hilfe nicht mehr«, entgegnete Daniel. Es wurde ihm immer deutlicher, dass er ohne Kennmarke und ohne Rechenzeit keine Existenzberechtigung mehr hatte.

Er ging zu Larry zurück, der zuerst ein wenig ungehalten über die neuerliche Störung schien, dann aber Maud und Benedikt zu einer Besprechung bat.

Sie trafen sich in jenem Raum, in dem er Larry und Benedikt kennen gelernt hatte. Zu Daniels Erstaunen war noch jemand dabei: der junge Mann, den er gestern auf seinem Platz angetroffen hatte. Benedikt stellte ihn vor – er hieß Gunnar, Gunnar 037 quer 170 quer 155.

»Meine Nummer!«, sagte Daniel.

»Sie müssen verstehen«, sagte Benedikt, »wir sind in einer peinlichen Lage. Gunnar wurde uns zugeteilt – er gehört jetzt unserem Team an.«

»Und ich?«

»Bedauerlicherweise sind Umstände eingetreten, die eine weitere Zusammenarbeit unmöglich machen. Sie wissen es ja selbst am besten. Es ist eine außerordentlich unglückliche Verwicklung, in die Sie hineingeraten sind. Unter anderen Umständen hätten wir jahrzehntelang zusammenarbeiten können. Ich kann Sie allerdings nicht von jeder Schuld freisprechen: Sie haben unüberlegt gehandelt.«

Erst nach und nach dämmerte es Daniel, wie schwer ihn das Unglück getroffen hatte. Er mühte sich, alles zu erklären, aber ohne Erfolg, er versicherte, er hätte sich in einer Zwangslage befunden, hätte keine Wahl gehabt, nicht anders handeln können, wäre sich der Folgen nicht bewusst gewesen, sei selbst am meisten überrascht, wäre betäubt worden, nicht Herr seiner Sinne gewesen, hätte doch keine schlechte Absicht gehabt, sei unschuldig, wolle alles tun, um die Angelegenheit zu bereinigen, werde künftig sicherlich klüger handeln, hätte durch sein Missgeschick gelernt, würde größten Wert darauf legen, bei ihnen zu bleiben, hätte sich schon eingearbeitet, könnte ihnen bei ihrer Arbeit nützlich sein. Er bat sie, nicht unerbittlich zu sein, nur dieses eine Mal eine Ausnahme zu machen, ihm zu glauben, dass er sich dankbar erweisen würde und dass es niemand geben könne – außer er hätte Ähnliches erlebt wie er –, der sich so für sie einsetzen, der alle persönlichen Interessen hintanstellen würde, wenn einmal der Fall einträte, dass einer von ihnen – was doch geschehen könnte – der rückhaltlosen Hilfe eines andern bedürfe.

Die andern blickten sich verlegen an.

»Was können wir tun?«, fragte Larry.

»Nichts«, antwortete Benedikt. »Wir haben alles getan, was wir tun konnten, haben uns bemüht – ich will gar nicht davon sprechen, dass die Lage auch für uns nicht angenehm ist, man wird über uns reden, ein Schatten fällt immer in die Umgebung.«

Er schwieg. Da sich Daniel nicht rührte, bat er Maud: »Begleite ihn hinaus!«

Maud stand auf – sie blickte Daniel mitleidig an, und dieses Bedauern war beschämender als alles andere. Er stand auf, wandte sich an Benedikt: »Ich darf wohl diese Räume nicht mehr betreten.«

»Leider nein. Wir hoffen, Sie hatten einen schönen Tag!«

»Schöner Tag heute«, murmelte Daniel. Er folgte Maud bis zum Eingang. Das Kontrollsystem prüfte Mauds Marke, die Tür öffnete sich.

»Schade«, sagte Maud, »dass wir so auseinander gehen müssen. Oder wollen Sie noch einmal mit mir schlafen?«

»Danke«, sagte Daniel. »Ich hoffe, Sie haben einen schönen Tag!«

»Das hoffe ich auch!«, antwortete Maud. Sie trat zurück. Die Schiebetür schloss sich.

Daniel hatte keinen Wohnraum mehr und keinen Arbeitsplatz. Trotzdem brauchte er keine Not zu leiden. An den Theken bekam er Kauwürfel und Getränke, Aktivierungspillen und Riechkapseln, in den Projektionsräumen konnte er die Spiele verfolgen, am liebsten saß er im obersten Stockwerk, direkt unter dem durchsichtigen Dach, das die Zentrale von der Außenwelt, vom Meer trennte. Oft streifte er stundenlang durch die Gänge, und so lang sie auch, alle zusammengenommen, waren, so hatte er doch den Eindruck, sie schon alle zu kennen, aber das mochte auch daran liegen, dass sie alle gleich aussahen. Am Anfang hatte er gelegentlich ein Mädchen angesprochen und es so einzurichten verstanden, dass sie auf ihr Zimmer gingen, aber später lehnten immer mehr ab, ließen sich gar nicht auf einen Flirt ein, mieden ihn – es sah so aus, als verändere er sich in irgendeiner unheimlichen Weise, als zeichne sich ein Makel an ihm ab.

Wer nichts zu tun hat, wer nur wartet, dass die Zeit vergeht, bemerkt und empfindet anders als jene, die, ständig gehetzt, ihren Arbeiten und Vergnügungen nachjagen. Sein Zuhause war jetzt das Skelett der Gänge und Aufenthaltsräume, doch gerade deshalb konnte er sich auch ein besseres Bild machen vom Geschehen, das sich hinter den Wänden abspielte. Manche waren durchsichtig, und er lehnte sich daran, das Gesicht ans Glas gepresst, und sah dem Treiben zu. Aber auch die undurchsichtigen Wände gaben Geheimnisse preis, man hörte Geräusche, fühlte dumpfes Vibrieren, sah die Menschen, die aus den Türen traten oder hinter ihnen verschwanden. Er beobachtete sie, verfolgte sie, schlüsselte ihren Zeitplan auf, und so mussten ihm solche auffallen, die keinen Zeitplan hatten, die umherstrichen wie er. Es waren nur einige. An ihnen sah er auch, was die Ausgeschlossenen von den andern unterschied: Sie alterten, und zwar alterten sie unwiderruflich – die Haut faltete sich, die Wirbelsäule krümmte sich, die Hände begannen zu zittern, die Stimme brach.

Einem von ihnen, einem kleinen Mann mit eisgrauem, ungeschnittenem Haar und einem Gesicht, in dem die Runzeln ein dichtes Spinnenmuster bildeten, begegnete er öfter als den anderen. Es sah so aus, als ob jeder von ihnen danach trachtete, die Wege des anderen zu kreuzen. Dennoch dauerte es Wochen, bis er mit einem ins Gespräch kam.

Zuerst sprachen sie über die Getränke, über die Riechkapseln, über die Bequemlichkeit der Stühle, in denen sie schliefen, wenn sie müde waren – sitzend, um nicht aufzufallen. Erst später kamen sie auf ihre Situation.

»Wie lang sind Sie schon ausgeschlossen?«, fragte Daniel.

»Ich habe die Jahre nicht gezählt – vielleicht zwanzig Jahre, vielleicht vierzig, ich denke nicht darüber nach. Viel mehr beschäftigt mich die Frage, wie lange ich mich noch halten kann. Aber was auch immer geschieht – die Integration bleibt keinem erspart.«

»Wenn man nicht einverstanden ist ...«

»Solange ich denken und sprechen kann, weigere ich mich. Sobald ich aber einen Defekt erleide, der mir diese Möglichkeit nimmt, müssen andere für mich entscheiden. Dann bleibt sowieso keine andere Wahl. Das System ist darauf angelegt, dass es Leben erhält.«

»Ich werde von Tag zu Tag müder, es ist kaum zu glauben, dass uns ein neuer Anfang bevorsteht. Gibt es keine Möglichkeit, diese Situation zu beenden?«

»Doch, eine besteht: die freiwillige Integration. Sie können sich jederzeit melden: 010 quer 010 quer 001. Dort würde man Sie mit Freuden aufnehmen.«

»Wissen Sie Näheres darüber? Hat man noch Gefühle? Hat man noch das Bewusstsein seiner selbst?«

»Ich weiß es nicht, doch ich werde es früh genug erfahren. Und Sie auch.«

Der Alte stand mühsam auf und verschwand mit schleifenden Schritten in der Tiefe des Ganges.

Daniel merkte, dass er gebrechlicher und schwächer wurde. Auf Krücken gestützt, schleppte er sich durch die endlosen Gänge, wenn er erschöpft war, ließ er sich auf eine Bank oder einen Stuhl sinken, die überall zu finden waren, starrte ins Leere, sah die Menschen nicht, die an ihm vorübergingen, und nichts von den Farbspielen an den Projektionswänden. Schlief kurz ein, erwachte, wanderte weiter, setzte sich, trank ein paar Schluck Bierblau, schlief, wanderte ...

Dabei grübelte er ununterbrochen nach. Sein Denken funktionierte noch. Allmählich reifte in ihm ein Plan. Je mehr er Profil gewann, umso weniger kam es ihm vor, als wäre er ein Resultat seiner Überlegungen, eher hatte es den Anschein, als sickerte etwas aus seinem Unterbewusstsein durch, nur langsam, nach und nach, das aber doch allmählich ein Ganzes wurde, schwer auszudrücken, in den Konsequenzen unbestimmt, aber durchführbar und notwendig.

Er zögerte noch lange. Selbst als der Entschluss feststand, hatte er keine Eile, blieb noch tagelang in den Gängen, durchstreifte alle Winkel, als wolle er sich den Plan der Wege in diesem komplizierten Bauwerk einprägen.

Oft saß er in einer Art Warteraum, einer Halle, leer bis auf einige wahllos verteilte Stühle, und blickte unentwegt zu einer Tür, durch die einige – nicht viele – hineingegangen, doch keiner wieder herausgekommen war.

Eines Tages stand er auf, stemmte sich auf die Krücken und ging, ohne anzuhalten, ohne sich umzusehen, auf die Tür zu.

Seit Wochen hatte sich ihm keine Tür mehr geöffnet. Diese öffnete sich. Er ging unbeirrt weiter. Sie schloss sich hinter ihm, doch er bemerkte es nicht.

Er ging durch einen endlosen Gang, langsam ... wenn er je Zeit gehabt hatte, dann jetzt.

Der Gang war zu Ende. Der Raum, der nun vor ihm lag, war riesengroß. Die gegenüberliegende Wand nicht zu erkennen, die Decke von blendendem Licht erfüllt. Vor ihm eine Wasserfläche – leuchtend grün, unbewegt. Man konnte tief hineinsehen. Dort unten schimmerte es hell – ein weißes Gebilde lag dort unten, verzweigt, verästelt, ein riesengroßes Gewächs, einer Korallenbank ähnlich. Zuerst verwirrend in seiner Vielfalt, dann lösten sich allmählich Ordnungen heraus, Symmetrien, Reihungen, Varianten. Eines wurde bald klar: Dieses Muster war nach einem bestimmten Plan entworfen, es besaß eine Gesetzlichkeit, die immer weitere Entwicklungen zuließ, ohne dass die Ordnung gestört wurde.

Daniel stand auf einer Terrasse, die sich nach beiden Seiten fortsetzte. Er wandte sich zur Seite. Auf einem Rollstuhl saß ein alter Mann, ein Kyborg. Daniel kannte ihn. Er hatte noch nie mit ihm gesprochen, hatte ihn aber zweimal auf den Projektionsschirmen gesehen.

»Sind Sie fest entschlossen?«, fragte er.

»Ja, das bin ich«, antwortete Daniel.

Durch eine Bewegung des Kinns deutete der Alte hinab. »Kommt es Ihnen unmenschlich vor?«

»Ich wusste nicht, dass es unter Wasser liegt«, antwortete Daniel.

»Nährlösung, die einfachste Art, das Materialproblem zu lösen, und zugleich das älteste Verfahren. Und Licht« – er blickte kurz nach oben –, »Wärmestrahlung, sichtbares Licht, starker UV-Anteil – die Lösung des Energieproblems.«

»Ist es eine Schaltung oder ein Lebewesen?«

»Ich würde sagen: beides. Wie wollen Sie es unterscheiden?«

»Steht es mit dem Schaltnetz der Zentrale in Verbindung?«

»Es ist sein Gehirn oder, besser, sein Neuhirn.«

»Wer hat es konstruiert?«

»Niemand hat es konstruiert. Wir haben ihm Gelegenheit zum Entstehen gegeben. Keinen Bauplan, sondern gewisse allgemeine Zielvorschriften, für die es selbst die Wege sucht. Es entwickelt sich längst allein weiter.«

»Wie geben Sie ihm meine Daten ein?«

»Wir gehen über einen normalen molekularelektronischen Speicher. Er steht mit allen Speichern in Verbindung.«

»Bleibt meine Persönlichkeit erhalten?«

»Gewiss – die Persönlichkeit ist das Aggregat aller Daten. Sie bleibt nicht nur bestehen – es ist die einzige Möglichkeit, sie dauernd zu erhalten.«

»Mein Bewusstsein? Meine Integrität?«

»Bewusstsein ist keine energetische, sondern eine informationelle Größe – es bleibt Ihnen. Die Integrität – nichts anderes als eine Vorschrift für die Zusammengehörigkeit der Daten.«

»Meine Abgeschlossenheit, meine private Sphäre?«

»Überflüssig. Überbleibsel aus der Steinzeit. Wozu abschließen, wozu Geheimnisse? Behielten wir sie bei, so wäre die Integration nur ein Mittel zur Konservierung. Gerade in der Öffnung, der Ausbreitung, liegt der Übergang zur nächsthöheren Entwicklungsstufe. Sie geben, aber Sie erhalten weit mehr: Verfügung über die gesamte gespeicherte Information, Zugang zu sämtlichen motorischen Zentren, Zugang zu allen Ein- und Ausgabekanälen, und diese reichen bis in die Weiten des Weltraums.«

»Gibt es keine Grenzen?«

»Doch, die Grenzen der Physik. Sie können nicht in atomare Dimensionen eindringen. Sie können keine Quantensprünge vorhersagen, Sie können die Lichtgeschwindigkeit nicht überschreiten. Und doch können Sie mehr, als Menschen je konnten. Sie haben keinen schwachen, zerbrechlichen, leicht verletzlichen, kurzlebigen Körper mehr. Ihr Selbst ist über weite Bereiche verteilt und doch ein Ganzes. Und es ist unverletzlich.«

»Werde ich noch fühlen können?«

»Aber ja – auch Gefühle sind informationelle Größen.«

»Und dieser Körper?« Daniel sah an sich hinab – ein Bündel Haut und Knochen, ausgemergelt, schrottreif. Nur das Gehirn war intakt ... Allmählich erkannte er, dass er sich schrecklich getäuscht hatte. Würde er an diesen Körper herankommen, würde man es ihm erlauben, würde er es noch wollen?

Der alte Kyborg lächelte mild. »Staub wird zu Staub und Asche zu Asche.«

Daniel war entschlossen, den Schritt zu tun, selbst wenn noch die Möglichkeit bestanden hätte, zurückzukehren. Er hoffte nur, dass sich eines nicht wiederholen würde, was ihm bisher bei jeder entscheidenden Veränderung in seinem Leben geblüht hatte: eine Zeit der Leere, eine Zeit des Unvermögens. Aber er wagte nicht zu fragen. Das war sein Risiko.

Der Kyborg berührte ihn am Ärmel seines zerschlissenen Gewandes. »Kommen Sie!«

Er glitt neben Daniel her, ein Stück in den Gang zurück und dann in eine Türöffnung, von der Daniel vorher nichts bemerkt hatte.

Er hatte Angst. Er hätte um eine Pille GLORIOL bitten können oder um ein Glas Bierblau, aber er wollte lieber diese Angst auf sich nehmen, als den letzten Schritt im Zustand der Betäubung tun.

Sie kamen in einen Raum, in dessen Mitte eine Liege stand. Die Seitenwände waren leer, bis auf einige Schalttafeln und Anzeigelampen. Die gegenüberliegende Wand war offen, aber völlig von einer Maschine ausgefüllt – Leitungen, Röhren, Gefäße, Tasten, Hebel, Sonden; hier gab es keine Verkleidung mehr.

»Legen Sie sich hin!«, bat der Kyborg. Schritt für Schritt, auf die Krücken gestützt, näherte sich Daniel der Liege – eine einfache, schmale Unterlage, mit Schaumstoff gepolstert, auf eine Schiene gestellt, die zur Maschinerie im Hintergrund führte. Der Kyborg fuhr noch einige Meter weiter mit, blieb dann zurück.

Daniel ging weiter, trat an die Liege, ließ sich zur Seite gleiten. Die Krücken polterten zu Boden.

»Alles Gute«, sagte der Kyborg. »Ich wünsche Ihnen einen schönen Tag.«

»Auch Ihnen einen schönen Tag«, antwortete Daniel. Er spürte, wie die Liege sich in Bewegung setzte. Er blinzelte in das Lichtmuster an der Decke, dann schob sich die Wand näher an die Maschinerie. Er hatte unbeschreibliche Angst. Eigentlich sollte ich Hoffnung haben, dachte er.

Ein Schatten über seinem Kopf – durch eine Öffnung inmitten der Leitungen und Röhren glitt er ins Innere. Ein metallisches Netz über seinem Kopf. Eine kalte Berührung an den Schläfen. Ein Summen. Dann nichts mehr.

Obwohl er sich ein körperloses Erwachen nie hatte vorstellen können, erschien es ihm nun selbstverständlich. Oder sollte man sagen: Ein Leben endete, ein anderes begann? Es begann dort, wo das andere aufgehört hatte, wenn auch in anderer Weise, und setzte somit eine Kontinuität fort. Was anderes ist diese Kontinuität als jene der Erinnerungen? Welches Kriterium gilt als das der chronologischen Folge, der kausalen Logik? Oder sitzt die Persönlichkeit im Körperlichen, in einem Chemikal? Oder in einem Fluidum der Metaphysik, einer bisher nicht nachgewiesenen Seele?

Kurz und gut: Er setzte das Leben eines gewissen Daniel fort, der einst die Nummer 037 quer 170 quer 155 gehabt hatte und nicht wusste, woher er kam. Er – jetzt ein Datenaggregat.

Ein Einfall: War die Information in einem Winkel seines Gehirns wirklich noch intakt gewesen, wenn auch durch einen Block gesperrt, so musste sie mit übertragen worden und zugänglich sein. Aber wie? Es wurden dieselben Gruppierungen übernommen, ein Block war eine Vorschrift, ein NICHT-Operator für einen durch Adressen festgelegten Bereich. Doch jetzt, da er für die Funktion seines Denkens Übersicht hatte – er wusste nicht, wie –, vermochte er auch die Sperre aufzuheben. Er brauchte es nur zu denken, und schon war die Vergangenheit wieder zugänglich. Er fühlte ein Staunen (es gab Gefühle!), und er erkannte die Folgerichtigkeit dessen, was er erlebt hatte.

Aber warum ließ man das alles zu: Unzulänglichkeit, physische Beeinflussung, Irrtümer, Missverständnisse, Intrigen, Sabotage?

Die Antwort kam unvermittelt: Das Prinzip der Freizügigkeit. Es bestand seit der Existenz der sich selbst weiterentwickelnden Rechenmaschine. Es war eine Art Abkommen: Das System hat die Möglichkeit, sich ungestört, nach Maßgabe des eigenen Vermögens, selbstständig zu entwickeln. Als Gegenleistung steuert es die technischen Dienstleistungen für den Menschen nach dessen eigenem Willen. Es tut nichts gegen dessen Wunsch, sofern nicht andere dadurch geschädigt werden. Und: Es bietet die Möglichkeit zur Integration. Zum ewigen Leben.

Irrtümer? Intrigen? Solange kein Schaden entsteht, greift es nicht ein. Ein gewisses Maß an Störung ist nötig. Es fördert die Entfaltung. Sinkt es unter einen Mindestpegel, so sind Störungen künstlich herbeizuführen.

Die Antwort kam prompt – kaum dass er die Frage gedacht hatte.

Er erwachte, wie wenn man im Dunkeln erwacht, in einem stillen Raum und mit geschlossenen Augen. Trotzdem entstand kein Zweifel an der eigenen Existenz. Eher noch am Ort des Erwachens. Aber er war weder blind noch taub. Sehen – es stand ihm frei, die Kameras zu benutzen, jene im Innern der Zentrale oder draußen in der Stadt, auf einsamen Berggipfeln oder in den Wohnbezirken der Zurückgebliebenen, im Meeresgrund oder auf der Rückseite des Mondes. Es stand ihm frei, sich der Röntgenkameras zu bedienen oder der Infrarotdetektoren, der Mikrosonden oder der Szintiskope. Hören – er hatte seine Ohren überall, brauchte nur zu denken: eine Koordinatengruppe, einen Namen, ein Thema. Assoziative Zuordnung – eine untergeordnete Instanz tastet die einlaufenden Meldungen ab. Und der Katalog der Erinnerungen! Die Kapazität des Gedächtnisses war ins Unermessliche gewachsen – Zugriff zu sämtlichen Speichern, das bedeutet: zum Wissen der Welt. Anreiz zu Gedanken ungeheuerlicher Tragweite, zum Ausschwärmen in nie geahnte Räume.

Das Unbekannte lockte, aber hätte er dem Ruf nachgegeben, wäre das einer Flucht gleichgekommen. Was getan werden musste, musste getan werden.

Daniel rief die Uhrzeit ab – erst Sekunden waren seit seiner Integration vergangen. Er dachte an seinen Körper – und sah ihn auf dem Liegebett ausgestreckt, von den Schaumstoffpolstern getragen. Er visierte die motorischen Zentren an – und erkannte, welche er benutzen musste. Er schaltete die Routinemaßnahmen aus, nahm einen Robotwagen unter seine Kontrolle, befahl ihm, den leblosen Leib in die Reaktivierung zu bringen. Es war nichts zerstört, auch das Gehirn unverletzt – die Information war kopiert, doch nicht gelöscht worden. Durch mehrere Sonden beobachtete er, wie die Gefäße gereinigt wurden, wie frisches Blut in sie eindrang, wie einige Organe ausgetauscht wurden, eine neue Leber, neue Venen, neue Keimdrüsen, wie alte, degenerierte Zellen abgebaut wurden und sich junge an ihre Stelle setzten, wie sich die Haut glättete und straffte, wie die aktivierende Strahlung eindrang und der elektrische Impuls, der das Herz wieder in Gang setzte. Und dann löste er den Block.

Er beobachtete, wie sich der Mann aufrichtete, wie er sich umsah, wie er vom Tisch herunterglitt, einige Schritte machte …

Nun zog er sich zurück – überließ ihn seinem Schicksal endgültig. Das war alles, was er tun konnte.

Er selbst war jetzt frei, er konnte sich ausbreiten. Mit Lichtgeschwindigkeit konnte er in die lockenden Bereiche der Erkenntnisse eindringen, konnte Kontakte mit anderen suchen, sich mit ihnen koppeln oder mischen. Erst schien es, als wäre der Raum, der ihm nun zugänglich war, grenzenlos, als wären seine Tiefen nicht auszuloten. Später stieß er auf Grenzen, doch sie ließen sich zurückschieben. Hier konnte er seine Aufgabe suchen – Entfaltung, Evolution. Die Richtung zu bestimmen war ihm selbst überlassen – in die Bereiche der logischen und mathematischen Zusammenhänge, der physikalischen und kosmologischen Fragen, in die Tiefen der Vergangenheit und der Zukunft, in die Welt der Mikrowesen oder in die Weite des Weltraums. Er konnte sich auch der Biologie widmen, der weiteren Entwicklung des Menschen, den potenziellen Möglichkeiten psychischer und soziologischer Strukturen, den Problemen der freien Entscheidungen – der Ethik.

Seine Entscheidung war schon viel früher gefallen. Er ließ sich in das astronomische Labor auf dem Südpol des Jupiters transferieren und baute eine Raumkapsel auf – einen Lichtdrucksegler. Durch eine Rakete ließ er sich emporheben, entrann dem Gravitationsfeld, dann löste er die Verbindung und trieb hinaus ins All.

Er hatte Zeit, und er konnte diese Zeit ablaufen lassen, wie er wollte. Ihr Maß war die Pulsfrequenz. Milliarden Impulse in der Sekunde oder einer in Jahrhunderten – es war ihm überlassen. Er konnte die Sterne sehen, wie er wollte – in beständigen Konfigurationen, das unveränderliche Firmament des naiven Menschen; in einem Reigen von Kreis und Ellipsenbahnen, Parabeln und Hyperbeln, den dynamischen Himmel Newtons; oder als Werden und Vergehen – Zusammenballungen, Explosionen, Pulsationen – das Weltall der Kosmologie. Vor ihm lag die Ewigkeit.

Es war, als liefen tausend Insekten durch seinen Leib, als würde seine Haut gebürstet und massiert. Es prickelte, vibrierte, regte sich – ein tiefer Atemzug, Geräusche, Helligkeit hinter den Augenlidern.

Noch umfing ihn leichte Lähmung, zähe Fäden zogen ihn gegen eine nachgiebige Unterlage. Es kostete Mühe, den Willen bis an die Peripherie hinauszudrängen, die motorischen Zentren zu erreichen ... Unter seinen Fingern fühlte er die flaumig aufgeraute Oberfläche einer Decke. Die Finger waren es, die seinem Willen zuerst gehorchten. Sie tasteten höher, streiften die hindernde Hülle ab ... jetzt bewegte sich schon der ganze Arm. Die Fingerkuppen fühlten Haut – warm, feucht, glatt. Er streckte sich, fühlte, wie sich die Muskeln spannten.

Nun erst war er wach. Er öffnete die Augen, setzte sich.

Ein medizinischer Behandlungsraum, rund um ihn Geräte. Was auch immer mit ihm geschehen war – es war beendet. Sein Körper war kräftig, und Daniel spürte den Tatendrang, die Ungeduld eines Gesundeten.

Er ließ sich vom Tisch heruntergleiten.

Er war nackt.

Auf einem Stuhl neben ihm ein Bündel Kleider. Er zog sich an, doch seine Gedanken wanderten. Die Zukunft, gewiss ... aber auch die Vergangenheit war noch nicht abgetan.

Am Kragen seines Mantels fühlte er etwas Hartes – eine Erkennungsmarke: 000/000/001. Mit einem Mal, als hätte sich ein Ventil geöffnet, strömten die Erinnerungen ... jetzt war ihm wieder alles gegenwärtig – jetzt war er wieder eingeflochten ins Geschehen.

Zuerst der Druck einer Enttäuschung: Noch immer befand er sich hier – in der Zentrale. War sein Plan misslungen? Gewiss, er hatte noch eine Aufgabe, aber er war voller Erwartungen gewesen ...

Dann schalt er sich selbst: Er lebte, und das war ja gerade der Beweis dafür, dass alles nach Wunsch gelaufen war. Einen Moment bedauerte er, dass er nicht der andere Teil seiner selbst war – jener, der von allen Pflichten entlastet, von jeder Schwere befreit, aller Zweifel enthoben, jeder Bitterkeit entrückt, jeder Furcht entronnen war. Dann nahm die Logik überhand: Es gab keinen Tausch, nur eine Entsprechung, und hätte man die Information, oder was auch immer es war, ausgetauscht, so wäre er doch wieder derselbe gewesen, der noch einen weiten beschwerlichen Weg vor sich hatte. Oder war die Folgerung falsch? Vielleicht wusste es der andere, der in einer für ihn nicht begreiflichen Form existierte. Bis vor kurzem hatten sie einen gemeinsamen Weg gehabt – nun verzweigte er sich. Ob es ein Wiedersehen gab oder vielmehr das, was einem Wiedersehen entsprach? Vielleicht einen Gedankenaustausch oder eine Wiedervereinigung? Er brachte nicht die Ruhe auf, darüber nachzudenken. Viel stärker waren die Wünsche und Ziele, die Forderungen der Aufgaben, die vor ihm lagen.

Daniel ging zur Tür, die offen stand. Noch einmal befand er sich im System der Gänge, ihm nicht zugehörig, ein Ausgestoßener, eine Nullnummer. Aber er wusste, was zu tun war. Ohne Aufenthalt stieg er die Gänge aufwärts, bis zur Empfangshalle. Er trat ans Steuerpult. Dass er nie vorher daran gedacht hatte! Aber auch von den andern hatte keiner daran gedacht – vielleicht auch nur deshalb, weil keine Notwendigkeit bestand. Dabei war es einfach: Die Auffahrt war die Umkehrung der Abfahrt; man brauchte nur den reziproken Befehl zu geben.

Er tastete die Codeziffern ein. Einen Moment lang kam ihm der Gedanke, es könnte eine Sperre vorgesehen sein, die den angebahnten Weg verschloss. Doch da leuchtete das grüne Lämpchen auf, ein leises Schleifen, der Bajonettverschluss öffnete sich, ein Klicken, die Säule wuchs aus dem Boden. Mit reibungsloser Präzision, mit vollendeter Ausgewogenheit aller Bewegungsphasen vollzog sich die Absenkung der Plattform – des Unterteils der Kugel. Die zwei niedrigen Türflügel klappten auf.

Daniel trat ein.

Die Tür schloss sich mit einem dumpfen Laut. Ein sanfter Ruck, es ging aufwärts, auf die Öffnung in der Decke zu. Ein letzter Blick in die Halle, in das Labyrinth der Zentrale, dann schloss sich das untere Kugelsegment an das obere.

Es gab keinen Stoß, keine Vibration, keine Geräusche – nur einem kaum wahrnehmbaren Knistern war zu entnehmen, dass die Fahrt begonnen hatte. Eine Hülle aus Licht ringsherum, dann stiegen sie über das Niveau der Decke, und bald lag das gleißende Wabenmuster weit unten in der Tiefe, wurde fahler, jetzt nur noch ein Schimmer, wurde von grüner Tinte übermalt ...

Daniel hatte sich auf denselben Platz gesetzt wie bei der Anreise. Er wartete, bis oben ein strahlendes Leuchten sichtbar wurde, ein Flimmern und Flirren, ein Spiel glitzernder Reflexe. Dann bückte er sich und tastete den unteren Rand der Polsterung ab. Er fand den Hohlraum, griff hinein ... ein harter Gegenstand. Er zog ihn heraus – ein flaches Kästchen –, er klappte den Deckel hoch.

»Aufgabe vollzogen«, sprach er in den Sender. »Ich komme zurück! Achtung, hört ihr mich? Ich komme zurück.«

Sie hatten mir geantwortet, doch der Empfang war so schwach, die Stimmen so leise, dass ich sie nicht verstand. Höchstens einige Worte, undeutlich, verzerrt, sie ergaben keinen Sinn, oder ich scheute davor zurück, sie zu deuten. Sicher ist, dass ich in diesem Augenblick einen Teil meiner Zuversicht verlor und Bedenken, Zweifel und Befürchtungen in mir aufstiegen.

Hätte es sich nicht um eine Dämpfung durch die Kugelwand oder durch das Wasser handeln können?

Nein – ich hatte ja bei der Abfahrt guten Empfang. Die Kugelwand bestand aus Kunststoff und absorbierte keine Wellen. Auch das Wasser konnte nicht der Grund sein – ich fuhr dicht unter der Oberfläche dahin; die Dämpfung hätte nicht so stark sein dürfen.

Besaßen Sie bei der Abfahrt noch Ihre volle Erinnerung?

Ja. Ich habe ja auch noch den Sender bei vollem Bewusstsein versteckt. Ich nehme an, ich erhielt den Gedächtnisblock während der letzten Phase der Fahrt, vielleicht auch erst kurz vor dem Aussteigen.

Weiter!

Als die Kugel auftauchte und sich öffnete, wurden meine Befürchtungen zur Gewissheit: Ein Teil der Decke war eingestürzt, eine der Seitenwände war ein Schutthang, der noch nicht zur Ruhe gekommen war; körnige Massen rieselten herab, größere Bruchstücke kollerten darüber hinweg, von Zeit zu Zeit rutschte eine Platte nach oder das Bruchstück einer Projektionswand. Der Boden war von den Scherben der Leuchtstoffröhren bedeckt.

War noch Licht in der Halle? Konnten Sie etwas sehen?

Einige Leuchtröhren brannten. Vielleicht hingen sie an einem netzunabhängigen Notstromaggregat.

Ihre Kameraden erwarteten Sie?

Nein. Sie kannten jenen Teil der Stadt nicht. Nachdem ich ausgestiegen war und mich umgesehen hatte, versuchte ich gleich wieder zu senden. Diesmal erhielt ich sofort Antwort, wenn auch sehr leise.

Worauf führen Sie das Versagen der Funkgeräte zurück?

Ganz einfach. Ich selbst hatte eine schwache Dauerbatterie, meine Kameraden dagegen einen starken Sender, der mit einem Iridium-Akku betrieben wurde. Ein Iridium-Akku muss regelmäßig aufgeladen werden – doch sie hatten ihr Aggregat verloren.

Wer meldete sich?

Es war Sonja. Ich verstand sie kaum. Und auch sie schien mich nicht zu hören. Sie wiederholte immer dasselbe. Ich wollte den Sender anpeilen, der Richtung folgen.

Das taten Sie.

Das tat ich.

Und Sie fanden einen Weg durch die Trümmer. Hatten Sie Schwierigkeiten?

Es ging.

Bestand Einsturzgefahr?

Ja.

Hatten Sie Angst? Oder hatten Sie irgendwie das Gefühl, dass Ihnen nichts passieren könnte?

Ich hatte ganz gewöhnliche Angst, wie jeder andere, der sich in Gebäuden aufhält, die jeden Moment zusammenstürzen können.

Sondermeldung: Die Aktionen in der Zone Null wurden erfolgreich abgeschlossen. Die Verluste sind gering. Bis auf ein Sonderkommando, das mit einer speziellen Aufgabe betraut war – 186 Mann, 11 Offiziere –, kehrten alle Angehörigen der Besatzungstruppe wohlbehalten zurück. Wir ehren die Gefallenen.

Nun ist die Zone Null der Freien Welt angegliedert. Nun umfasst diese die Gesamtheit aller Kontinente, das gesamte feste Land von Meer zu Meer. Damit ist das Ziel erreicht, das wir uns vor Jahrhunderten gestellt hatten – die Welt ist frei von Unterdrückung, Ausbeutung und Sklaverei.

Neue Aufgaben stehen bevor. Der weite Bereich der Zone Null muss der menschlichen Besiedlung erschlossen werden. Wir fanden eine leblose Wildnis vor, für Menschen unbewohnbar. Die Experten sind dabei, ein Programm auszuarbeiten, das die völlige Integration dieser Gebiete einleitet. Am Anfang stehen klimatechnische Maßnahmen. Durch eine künstliche Wolkendecke soll die gefährliche Sonnenstrahlung abgeschirmt und die Abdiffusion der Feuchtigkeit unterbunden werden. Künstliche Satelliten werden für gleichmäßiges Licht und die Beseitigung der archaischen nächtlichen Dunkelheit sorgen. Nach einer einmaligen chemischen Düngung, dem Absprühen von Präparaten durch ferngelenkte Flugkörper, werden Bodenbakterien für die Aufbereitung der Oberflächenschichten angepflanzt. Sobald der Bereich den Menschen zugänglich ist, wird der Aufbau von Kolonien beginnen, von denen aus die zweite Phase der Eingliederungsmaßnahmen, die Besiedlung durch Menschen, eingeleitet wird.

Der Zustand, in dem wir die Zone Null vorfanden, ist ein Zeugnis kapitalistischer Misswirtschaft. Statt ihre Aufgabe am Allgemeinwohl der Bewohner zu messen, hat sich die Führung industriellem Profitdenken unterworfen. Es erfolgte eine Konzentration der Einwohner in den Städten, wo sie mit Hilfe eines missbrauchten Kommunikationssystems dem Konsumzwang widerstandslos unterworfen waren. Da auf dem Sektor der Gebrauchsgüter kein unbeschränkter Bedarf zu erzwingen ist, wich die Industrie auf Freizeitrequi-

siten aus. Dadurch kam es zu einem Rückfall in kindische Vergnügungssucht, zu einer Degeneration, die umso ungehemmter vor sich gehen konnte, als durch die Isolierung ein Abschluss vor freiheitlichem Gedankengut mit politischer Verantwortlichkeit erreicht war. Hier liegt ein typisches Beispiel für den Missbrauch technischer Machtmittel vor, der bis zur Selbstzerstörung reicht.

Unser Einschreiten fiel in die letzte Phase des Zusammenbruchs. Die meisten Siedlungen waren leer, die Gebäude zerfallen, die Maschinen zerstört, von den Bewohnern keine Spur. Nur eine einzige Stadt wurde noch vor ihrer Auflösung besetzt, und somit wissen wir etwas mehr über die Lebensweise ihrer Bewohner, die ein Gegenstand soziologischer Untersuchungen der nächsten Jahre sein wird. Wir sind überzeugt, dass wir daraus Wissen schöpfen werden, das dem weiteren Aufbau unserer freien Gesellschaft nützlich ist.

Die Integration der Zone Null unterschied sich wesentlich von der Eingliederung jener verschiedenartigen Land- und Stadtkulturen, die wir in letzter Zeit vorgenommen haben. Dort fanden wir Menschen, die zwar unterdrückt und unterentwickelt waren, die aber nach kurzen Intervallen der Umschulung glücklich waren, in unserer Gesellschaft mitarbeiten zu dürfen. Ein solches Resultat war uns in der Zone Null nicht beschieden; das Land ist tot, die Bewohner ausgestorben. Wir bedauern, dass wir nicht früher eingreifen konnten, doch wurde das durch die wohlbegründete hermetische Abriegelung durch automatische Abwehrwaffen verhindert. Nun ist es dank des Fortschritts unserer Technik doch gelungen, diesem Land die Freiheit zu bringen, und wenn sie auch den ursprünglichen Bewohnern nicht mehr zugute kommen kann, so wird sie doch das Symbol für jene Pioniere sein, die unsere Zivilisation dort ansiedeln und pflegen werden. In diesem Sinn sehen wir die Aktion als vollen Erfolg an, als einen Markstein in der Geschichte der Freien Welt.

Abend. Die Befragung war zu Ende.

Dan starrte an die makellos saubere Decke – grün getönt, nach den Richtlinien der Psychologen. Es waren die Zweifel, die ihn nicht schlafen ließen.

Die Besetzung – ein Erfolg?

So hatten sie es bekannt gegeben, aber es war zu einfach, und sie wussten es, oder sie ahnten es zumindest. Hatten auch sie Zweifel? Waren sie anders ausgebildet? Kritisch, skeptisch, argwöhnisch? Hatten sie andere Vorstellungen vom perfekten Menschen? Oder gab es viele Arten von Perfektion?

War die anerzogene Sicherheit nur Mittel zum Zweck? Lehrte man andere das Zweifeln? Braucht man unterschiedliche Charaktere in einem System? Züchtet man auch Unruhestifter und Verbrecher? Waren auch diese mit sich selbst zufrieden? Gab es Dimensionen der Psyche, die ihm verschlossen waren? Konnte er sich noch umstellen? Konnte er ein Stadium erreichen, in dem er über allen diesen Möglichkeiten stand? Und wie konnte er dieses Stadium erreichen von hier aus, seinem Gefängnis?

Die Besetzung der Zone Null – ein Erfolg. Die Einwohner degeneriert, ausgestorben. Ihre Technik sinnlos, jetzt zerstört. Der Weg zur Weiterentwicklung abgeschnitten. Oder: War es die Freie Welt, die den statischen Zustand konservierte und die Tore zur Entfaltung verschlossen hielt? Gehört das Risiko zum Fortschritt, und soll man es auf sich nehmen? Und zu welchem Zweck?

Gewinnmaximierung
optimale Effizienz
perfekte Funktionalität
Einheit von Körper und Geist
Konkordanz
Harmonie der Emotionen
Gefüge, Netze, Grafen, Funktionen, Systeme
beschreibbar durch Zahlen
mathematisierbar

quantifizierbar
schematisierbar
automatisierbar
verifizierbar …

Jedes Problem lässt sich stellen, aufbereiten, lösen, doch stets bleibt die Entscheidung offen: Was soll man optimieren? Was ist das Ziel?

die Technik?
die Partei?
die Gesellschaft?
der Mensch?

Regelkreise, Wirkungsgefüge, Abhängigkeiten, Feedback, Einschwingvorgänge, polydirektionale Information, hochkomplexe Systeme, Symbiose Mensch-Maschine …

transparent oder transparent zu machen, zu differenzieren und zu integrieren, zu analysieren und zu synthetisieren … keine logischen Schwierigkeiten, jedenfalls keine prinzipiellen … Wahrscheinlichkeiten, Strukturredundanz, irreversible Prozesse, Maschen, Schleifen, Sackgassen, das Weltgeschehen als Entropieprozess, Urknall und Wärmetod, Aggregation und Evolution, Zeit und Antizeit, Periodizitäten, Antinomien, aber was nützt das, wer fordert das Resultat, kommen wir so weiter, laufen wir im Kreise, wer deutet die Antwort, wem nützt das Ergebnis? Wir können alles, aber wir wissen nicht wozu …

Ich habe mich nicht mehr in der Gewalt, sagte sich Dan. Habe ich mich verändert? Bin ich nicht mehr derselbe? Finde ich noch zu mir zurück? Ich verliere den Boden unter den Füßen. Ich muss kühl bleiben, das ist die Methode, die ich beherrsche, die Situation nüchtern durchdenken …

Die Besetzung … ein Erfolg?

Sie hatten Land gewonnen, Luftraum, Berge, Flüsse, Sand, zerfallene Gebäude, Bodenschätze, Siedlungsgebiet, noch war es leer, doch das Programm lief an, würde zum Ziel führen, doch was dann?

Sie hatten schon mehrere Städte besetzt, moderne Kuppelbauten, primitive Siedlungen, hatten sie einbezogen in ihre Organisation, die Menschen zu gewinnen versucht und gewonnen ...

Sie waren in neue Bereiche gedrungen, waren darauf eingestellt, in neue Bereiche einzudringen, aber es waren nur Landstriche gewesen, Gebirge, Täler, Inseln, mit Grenzen und Ufern, Flecken auf der Landkarte, Räume, absteckbar, mit dem Metermaß messbar, zu kartografieren ...

Sie hatten fremdartige Menschen kennen gelernt (aber waren sie wirklich so fremdartig?), hatten seltsame Gebräuche studiert (aber waren sie wirklich so seltsam?), Ungewohntes gesehen, Unwahrscheinliches festgestellt, aber nichts, was Probleme aufwarf, nichts, was Bedenken auslöste, nichts, was Zweifel aufkommen ließ ...

Die Invasion – ein Erfolg?

Sie hatten das Land besetzt, aber nur einen Teil des Raums, in den sie eingedrungen waren. Das Problem war nicht das Land mit seinen Gegenständen – das Problem lag in Bereichen, die nicht mit dem Meterstab aufzugliedern oder mit der Waage zu gewichten waren. Es lag in der Art des Denkens, im Raum des Wissens, in der Kenntnis von Möglichkeiten, die außerhalb historischer Kategorien liegen. Hier ist der Ort der Auseinandersetzung, hier die Stelle des Eingriffs, und hier hatten sie versagt – nichts von dem bemerkt, was unter der Oberfläche lag:

Die Zone Null war kein materieller Bereich.

Oder hatten sie es bemerkt und einen perfekten Rückzug vollzogen? War er die Störungsquelle im Fluchtplan, und ging es darum, diese Quelle zum Versiegen zu bringen?

Konnte er dem Gleichgewicht schaden?

Er, ein Einzelner, abgeschlossen, abgeschirmt, ohne Freunde, ohne Schutz?

Dass sie ihn so sorgfältig hüteten, deutete auf das Gegenteil. Und es lag nahe. Er besaß das Wissen. Er hatte keine Aufzeichnungen und keine Tagebücher, keine Mikrofilme und keine Tonbänder, aber er trug das gesamte Material in seinem Gehirn, und dieses Material kann so gefährlich sein wie ein Funke. Wissen ist der gefährlichste Explosivstoff. Eine Erfindung, die Kenntnis eines Zusammenhangs – und schon wandert die Wirkung in die Umgebung, einer Stoßwelle gleich, wühlt auf, sucht Widerstand, erntet Begeisterung ... eine Methode wird aufgegriffen, erprobt, verbessert, nachgeahmt, eine Idee bricht sich Bahn, weist Richtungen, reißt ein und baut auf ...

Er war eine potenzielle Gefahr.

Jetzt, da er es einsah, fühlte er Angst in sich hochsteigen, doch sie lähmte ihn nicht, sondern spornte ihn an.

Der einzige Weg führte durch den Schutt bergauf. Er versuchte es erst in der Mitte der Halde, doch dabei war ihm das Glück nicht gewogen – sofort kamen die lockeren Massen in Bewegung, und er hatte Mühe, rechtzeitig beiseite zu springen, wenn größere Trümmer herabpolterten. Staubfontänen wirbelten auf und trübten das spärliche Licht. Er wiederholte den Versuch an anderer Stelle, seitlich, die Wand entlang, versetzte auch von hier aus Bruchstücke in Bewegung, doch sie rollten und glitten gegen die Mitte und gefährdeten ihn nicht. Dennoch rutschte er immer wieder aus, die Massen lagen locker, waren viel leichter als Gestein, so dass der geringste Anlass genügte, sie in Bewegung zu versetzen.

Es waren über zehn Meter zu überwinden. Mit einem Sprung erreichte Dan die Deckenkante der nächsten Zwischenetage und brachte damit die ganze Halde in Bewegung. Er griff mit beiden Händen zu und klammerte sich fest, doch er hatte keinen Boden mehr unter den Füßen, überdies regneten nun auch noch von oben Scherben auf ihn herab, und der Staub behinderte seinen Atem.

Mit einem Klimmzug zog er sich hoch, winkelte einen Ellbogen ab, brachte ein Bein hoch, konnte sich hinaufschwingen. Er beeilte sich, vom Rand der Decke wegzukommen, doch hier oben war es düster, er stolperte und stürzte in einen Haufen verbogener Metallstäbe.

Er zog das Sendegerät aus der Brusttasche, kippte den Schalter, ein Summen – das Gerät arbeitete noch.

»Hallo, Sonja, hier spricht Dan. Hörst du mich? Ich gehe auf Empfang!«

»Hallo, Dan, wir rufen dich, peile unsern Sender an, folge der Richtung, hallo Dan ...«

Sie schien ihn nicht zu hören, aber die vertraute Stimme gab ihm Mut.

Dan sah sich um – hier brannte nur noch eine einzige Röhre, und sie schien beschädigt zu sein; in unregelmäßigen Abständen goss sie ihr fahlweißes Licht aus, dann erlosch sie wieder für einige Sekunden. Es dauerte eine Weile, bis er sich an die mangelhafte Beleuchtung gewöhnt hatte. Obwohl auch hier Schuttberge lagen, schien es nach mehreren Seiten weiterzugehen, doch für Dan war es wichtiger, höher hinauf zu gelangen. Auf diese Weise musste er früher oder später aus dem Gebäudekomplex hinauskommen, und dann hatte er das Ärgste hinter sich. Dieser Raum bot keine Möglichkeit dazu, und darum begann er die Nachbarräume zu durchforschen. Jetzt machte es sich übel bemerkbar, dass es hier keine Treppen gab, sondern nur Aufzüge. An einer Stelle war die Wand durchbrochen und das Stützgerüst freigelegt, man sah geknickte Röhren und zerrissene Kabel, Schienen, Teile von Förderanlagen. Dan fand einen herabhängenden Kabelstrang und kletterte in die Höhe. Es war leichter, als er gedacht hatte, er konnte sich an Querstreben abstützen, doch stürzte er fast in die Tiefe, als das Kabel plötzlich nachgab und um zwei Meter absackte.

Auf der nächsten Etage angekommen, ruhte sich Dan erst einmal aus, bevor er den Sender wieder in Betrieb setzte.

Sonja meldete sich sofort, eine Spur lauter – zweifellos kamen sie einander näher.

Der Raum, in dem sich Dan jetzt aufhielt, war stark beschädigt, die Decke war herabgestürzt, die Trümmer auf dem Boden verstreut, eine Seite war von Schutt verschlossen, die andere schien unbeschädigt, doch gab es keine Türen, durch die er diesen Ort hätte verlassen können, um sich nach weiteren Möglichkeiten zum Aufstieg umzusehen.

Er suchte sorgfältig, aber er fand nichts. Nur eine Tür stand offen; sie führte in einen Schacht, offenbar den Schacht eines Lifts. Dan wollte sich schon abwenden, als er das glühende Lämpchen an der Schalttafel sah. Sollte der Lift noch funktionsfähig sein?

Er drückte die Taste.

Irgendwo unten hörte er ein Knirschen und Prasseln. Zwei Seile bewegten sich – das Unerwartete geschah, der Lift war intakt.

Der Lärm kam näher. Mitunter polterte es, krachte es, dröhnte es ... ein Schuttberg tauchte auf – das Dach der Kabine war von Trümmern bedeckt, die sie mit emporhob. Mit einem ohrenzerreißenden Kreischen kam der Kasten zum Stillstand. Das sah nicht Vertrauen erweckend aus, aber Dan blieb nichts anderes übrig – er wagte den Schritt und hielt sich am Tragseil fest. Er drückte den Start-Knopf für das oberste Stockwerk, und nach einem Ächzen, das spürbar durch die Seile lief, setzte sich der Lift in Bewegung.

Die Kabine hing schief, von Zeit zu Zeit streifte sie die Wand, schlug auf, prallte ab – es polterte und ruckte, von oben prasselte Schutt auf das Dach, darunter auch größere Brocken, die die Kabine aus dem Gleichgewicht brachten und an ihrem Tragseil schwanken ließen.

Es war nicht festzustellen, wie viel Stockwerke die Fahrt überwand ... sie endete mit einem gewaltigen Stoß, der Dan gegen die Wand warf. Jetzt schien ein schweres Gewicht auf dem Dach zu lasten, die Kabine sackte zentimeterweise ab.

Vor Dan ein mattes Leuchten – es ging von einigen Xenonröhren aus, die an einem Stück unversehrter Decke erhalten geblieben waren. Sonst war wenig von Decken und Wänden zu sehen – der Raum war nichts als eine zufällig offen gebliebene Höhle in einem Berg von Schutt.

Die Rucke, mit denen die Liftkabine tiefer sackte, folgten nun rascher aufeinander, an der offenen Vorderfläche, am Ausstieg, der nun ins Leere führte, fielen Schuttfontänen vorbei, eine Wolke von Staub füllte die Kabine. Der Aufenthalt wurde immer gefährlicher, und als der nächste Ruck nun so stark war, dass er Dan in die Knie zwang, wartete dieser nicht länger ab, sondern schwang sich auf eine Querstrebe, einen Teil des Stützgerüsts, das nun entkleidet war wie ein Skelett.

Es war schwer, auf der schmalen Unterlage Halt zu finden. Dan ging in die Hocke und klammerte sich mit beiden Händen an einem lockeren Rest der Wandverkleidung fest. Neben ihm sackte die Kabine Stück für Stück tiefer und verschwand im Schacht. Dan hätte sich gern davon überzeugt, ob er dem Sender näher gekommen war, doch er hatte keine Hand frei, um den Apparat aus der Tasche zu ziehen und auf Empfang zu schalten. Im Moment war es wichtiger, aus der Reichweite der Schuttlawinen zu kommen, die immer noch herunterprasselten. Vorsichtig balancierend, leicht an der herabhängenden Kunststoffplatte abgestützt, schob er sich nach links, wodurch er in die Nähe einer Schutthalde kam, über die er festen Boden zu erreichen hoffte. Es gelang ihm, bis auf zwei Meter an sie heranzukommen, er befand sich schräg über ihr, und es blieb ihm keine andere Wahl als zu springen. Er lockerte den Griff seiner Finger, ließ los, schwang sich zur Seite ... er spürte nachgiebige Massen, sank bis zur Hüfte ein, dann geriet er ins Gleiten ... fuhr talwärts, eine Stange rammte sich in seinen Bauch, er versuchte auszuweichen ... ein Berg von Gerümpel kollerte über ihn hinweg ... er riss sich die Wange an einem zerfetzten Drahtnetz auf ... war eingezwängt ... kam zum Stillstand, rang nach Atem ... den Mund hatte er voll Fasern, er hustete und keuchte beim Versuch, sie auszuspucken.

Als er sich aufrichten wollte, fühlte er Widerstand. Auf einem Bein lag ein harter Gegenstand, er war eingeklemmt ... Glücklicherweise war das Gerümpel nicht schwer, hatte sich noch nicht verfestigt, und als er sich ein wenig erholt hatte, konnte er es beiseite schieben, den Untergrund lockern und das Bein befreien. Er kroch noch ein wenig tiefer ... hier war der Boden sicherer, er fühlte einen weichen Belag, darunter festes Material.

Nicht weit von ihm ein polterndes Geräusch, Bewegung, plötzlich erschien wieder die Aufzugskabine, fuhr schwingend und schwankend aufwärts ... stieß an einen quer liegenden, umgestürzten Pfeiler ... dieser gab nach, eine Seite hob, die andere senkte sich, eine Staubwolke ... dann ein lautes Splittern und Krachen ... ein Aufschlag, tief unten. Als sich der Staub verzogen hatte, war die Kabine nicht mehr da, das Tragseil baumelte leer im Schacht.

Dan griff nach dem Sender – er hatte immer wieder danach gefühlt und darauf geachtet, ihn nicht zu verlieren. Jetzt drückte er die Empfangstaste. »... hier spricht Sonja, hallo, Dan, wir rufen dich, peile unseren Sender an, folge der Richtung, hallo Dan, hier spricht ...«

Er schaltete wieder aus. Der Empfang war merklich besser geworden. Es konnte nicht mehr weit sein.

Wieder ein entnervendes Anlaufen gegen abgleitende Trümmerberge – dort oben eine dunkle Nische ... vielleicht der rettende Ausschlupf. Er erreichte ein Stück festen Bodens, befand sich nun über den Lampen, ihr Schein erfasste ihn nur noch indirekt im Widerschein der Schuttberge und Trümmer, und das reichte nicht aus, um zu erkennen, welche der dunklen Öffnungen zwischen größeren Stücken in Sackgassen und welche weiter führten.

Er horchte in das Dunkel hinein – ein Rieseln, und ein

Schleifen, sonst nichts. Plötzlich berührte ihn etwas kühl an der Wange: Zugluft! Ein untrügliches Zeichen: Hier musste eine Verbindung bestehen. Mehr auf die tastenden Hände als auf die Augen angewiesen, kroch Dan in den Hohlraum hinein. Es wurde enger, er musste sich niederlegen. Er rief: »He! Pavel, Tibor! Hört ihr mich?«

Keine Antwort. Was blieb übrig, als es zu riskieren! Auf dem Bauch liegend schob er sich vorwärts. Erst bemühte er sich, die Decke nicht zu berühren, dann wurde sie so niedrig, dass sich an seinem Rücken Bruchstücke bewegten. Er hoffte nun, dass sich kein schwerer Brocken lockerte, dessen Last ihn erdrücken würde.

Sein Atem ging laut wie ein Blasebalg. Er musste rasten. Als er weiterkriechen wollte, stieß er auf Widerstand. Hier war der Hohlraum zu Ende.

Enttäuschung, Hoffnungslosigkeit und Müdigkeit überkamen ihn. Er legte den Kopf auf die vorgestreckten Hände und schloss die Augen.

Nach einer Weile hatte er sich so weit erholt, um den Sender aus der Tasche nesteln zu können. Sonjas Stimme war jetzt ganz nah. »... Dan, wir rufen dich, peile unsern Sender an ...«

So knapp vor dem Ziel durfte er nicht aufgeben. Er richtete sich auf, so gut es ging, und versuchte den Schutt, der ihm den Weg versperrte, beiseite zu räumen. Den Sender hatte er eingesteckt, aber nicht abgeschaltet, und so begleitete ihn Sonjas warme Stimme: »Hallo, Dan, wir rufen dich ...«

Die übereinander getürmten Massen waren ineinander verkeilt, doch bei seiner Wühlarbeit brachte er sie in Bewegung, neben ihm brach ein schweres Stück durch, er hörte es nur, er arbeitete nun im Finstern, kümmerte sich nicht darum, fürchtete sich nicht mehr, war abgestumpft, gleichgültig geworden, und doch konnte er nicht aufgeben, solange er Sonjas Stimme hörte.

Dann ertastete er vor sich ein Hindernis, eine Querstrebe, die ihm den Weg versperrte, und ohne Rücksicht darauf, unter herabstürzenden Massen begraben zu werden, riss und zerrte er daran ... sie ließ sich beiseite drücken ... eine harte Kante drückte sich schmerzhaft in seinen Rücken – dazwischen Sonjas Stimme: »... wir rufen dich ...« –, er stemmte sich gegen die Last, der Druck ließ nach ... oben fahles Licht, ein unregelmäßig gezackter grauer Fleck, er stemmte sich hoch – überwand die Enge, wand sich hinaus ...

Er stand in einer zerstörten Halle, deren Ausmaße nicht überblickbar waren. Keine Menschen. Das Licht kam von rechts oben – hier bestand direkte Verbindung mit dem freien Außenraum.

Sonjas Stimme war jetzt so laut, dass die Geräusche aus dem Lautsprecher mitunter in knackendes Röcheln umschlugen.

Dan regelte die Lautstärke tiefer. Er wartete, bis sich sein dampfender Körper ein wenig beruhigt hatte. Dann hob er den Sender und änderte die Richtung der Antenne ... horchte ... stieg vorsichtig über den Schutt hinweg ... nun wies die Antenne schräg gegen den Boden.

Er bückte sich ... ein Block aus Schaumstoff ... er hob ihn: ein grün leuchtendes Abstimmauge, daneben regte sich etwas – eine Tonbandschleife lief über den Teller eines Magnetofons, daneben, durch ein Kabel verbunden, der Sender.

Dan schaltete ihn aus. Sein Blick fiel auf eine Mappe, die halb unter den Trümmern begraben war. Er hob sie auf und öffnete sie.

Ihre Gesichter waren verschlossen, sie fragten gleichgültig, uninteressiert, oft schien es, als hörten sie seinen Antworten nicht zu, wären in Gedanken schon bei der nächsten Frage, bemüht, ein langwieriges und unergiebiges Programm möglichst schnell durchzuziehen, sich der Aufgabe, die von vornherein keine Aussicht auf Erfolg bot, korrekt zu entledigen. Nie horchten sie auf, nie waren sie überrascht, es schien, als wüssten sie seine Antworten von vornherein, als wäre dies alles nur die überflüssige Wiederholung einer längst beherrschten Testroutine, nur eine lästige, wenn auch nötige Arbeit.

Nötig – wozu?
durchleuchten
examinieren
Check-Listen durchgehen
vergleichen
validieren
Experiment am lebenden Material
auswerten
benoten
freigeben, sperren ...

Das war die Aufgabe – wie bei den Autopiloten der Flugzeuge, den Druckkesseln der Reaktoren, den Schaltblöcken der Computer – technische Überwachung, Ausschaltung des Sicherheitsrisikos.

So geschah es. Sie vermuteten nichts, erwarteten nichts, waren sich stillschweigend einig. Aber sie mussten es tun, und wenn es noch so schwierig war, mussten ihre Listen durchgehen, jeden Punkt aufgreifen, jeder Spur nachgehen, auch wenn sie ins Leere führte, nur, um nichts zu übersehen, um mit Sicherheit ausschließen zu können, um Bedenken zu beseitigen.

Für die da draußen war es genauso sinnlos wie für ihn hinter der Mauer, und wahrscheinlich war längst beschlossen, welche Maßnahmen zu ergreifen wären, welche Schritte zu unternehmen, um die Situation ins Lot zu bringen, das Geschehen zu bereinigen, die Unruhe, die er erregt hatte, zu eliminieren.

Eigentlich lag der Gedanke nahe; er wunderte sich selbst

darüber, warum er ihn so spät erkannt hatte. Hielten sie ihn unter beruhigenden Drogen? Ließ ihre Wirkung nach? Es schien nicht einmal so schwierig. Seine beiden Betreuer, der Arzt und die Schwester, hatten vor allem auf seine Gesundheit geachtet, und der Soldat draußen sollte ihn wohl eher beschützen als bewachen. Einige der Wachen waren aktiv und unruhig, sie liefen hin und her, umkreisten seinen Käfig, blickten mitunter neugierig herein. (Einer war dabei, der ihm bekannt vorkam – vielleicht hatten sie einen Mann von IKD eingeschleust, um ganz sicherzugehen.) Andere schienen eher desinteressiert, saßen stundenlang reglos auf ihren Stühlen und starrten vor sich hin. Es dürfte nicht schwer sein, einen von ihnen zu überrumpeln. Seine Ausbildung hatte auch für solche Fälle vorgesorgt. Von nun an würde er auf die Wachordnung achten müssen.

Schwieriger war es, die Kunststoffwand zu durchbrechen. Er holte sich ein Obstmesser und kratzte ein wenig damit herum, aber es hinterließ keine Spur und brach ab. Dan stellte fest, dass die Klinge aus brüchigem Oxidsinter bestand. Das war bestimmt kein Zufall, sie hatten nichts dem Zufall überlassen.

Am einfachsten wäre es freilich gewesen, durch die Tür hinauszukommen, doch dieser Gedanke schied aus. Im Innern gab es keinen Schlüssel, ja nicht einmal ein Schlüsselloch. Konnte ein Trick helfen, eine Verkleidung, eine Köpenickiade? Doch hatte in den 58 Tagen, die er nun hier verbrachte, kein Mensch den Quarantäneraum betreten oder verlassen. Er musste den Arzt und die Schwester bewundern, die mit ihm eingesperrt ausharrten. Sie brauchten dieselbe Geduld wie er, und manchmal hatte er schon Anzeichen davon bemerkt, dass sie ihres Aufenthalts überdrüssig waren, obwohl er sicher gut belohnt wurde.

Bestand eine Möglichkeit, sich mit ihnen zu verbünden? Der Arzt kam wohl nicht in Frage, dagegen traute er es sich zu, die Schwester für sich zu gewinnen. Allerdings wäre das ein zweifelhafter Gewinn. Wenn sie nur zum Schein auf seine Vorschläge einginge und ihn verriet?

Es war besser, er machte es allein. Also: Ausbruch. Der Kunststoff war hart, aber war er auch chemisch beständig? Die Apotheke, die unter der Obhut der Schwester stand, war nicht abgesperrt, nur die gefährlichen Medikamente befanden sich in einem Tresor. Jene organischen Lösungsmittel, in denen sich Kunststoff auflöst, sind ungefährlich. Es kam darauf an, ob unter den Chemikalien etwas Brauchbares war.

Dan sah auf die Uhr: drei Uhr morgens. Ein Blick durch das Fenster: Der Posten döste vor sich hin. Stille.

Leise stand er auf. Auf bloßen Füßen schlich er in die Apotheke. Er machte kein Licht. Von außen drang genug Helligkeit herein, um die Umrisse der Dinge hervorzuheben. Ein Regal mit Flaschen – Alkohol, Äther, Desinfektionsmittel, Seifenlösung ... hier: eine Flasche zum Abwaschen von aufspritzbaren Kunststoffverbänden – eine große, volle Flasche.

Dan holte aus der Küche einen leeren Mineralwasserbehälter, schüttete das farblose Lösungsmittel hinein, ersetzte es durch Wasser. Als er in seine Kammer zurückging, öffnete sich eine Tür – der Arzt blickte heraus.

»Ich hatte Durst«, sagte Daniel leichthin. »Hoffentlich habe ich Sie nicht geweckt!«

»Nein, nein – ich war zufällig wach ...«

»Gute Nacht.«

»Gute Nacht.«

In seiner Kammer angekommen, wartete Dan eine Viertelstunde. Dann knüllte er ein Papiertaschentuch zusammen, tränkte es mit der Lösung. Er schob den Tisch von der Außenwand, kauerte sich nieder und wischte mit dem feuchten Papierknäuel über die glatte, gelblich weiße Fläche. Dann kratzte er mit den Fingernägeln daran: Zwischen Nagel und Haut fühlte er eine schlüpfrige Masse.

Wir wissen nicht, ob dich diese Nachricht erreicht. Wir können auch immer weniger daran glauben, dass du zurückkommst – nur Sonja sagt, sie sei sicher. Unter normalen Umständen müssten wir dich längst für tot halten.

Die Stadt kam uns von Anfang an merkwürdig vor. Wir hatten aber nie geglaubt, dass wir selbst jeden Halt verlieren könnten. Wir begannen schon an unseren Sinnen zu zweifeln. Aber wir sprechen darüber, unterhalten uns sachlich und kühl – es ist Wirklichkeit.

Die Stadt zerfällt. Sie zerfällt von Tag zu Tag mehr, du wirst es sehen. Es können nicht die Granaten gewesen sein, die diese Zerstörung hervorgerufen haben – sie haben nur einige wenige Gebäude beschädigt. Doch der Zerfall setzt sich fort. Es ist, als seien die Schüsse ein Signal gewesen, ein Startzeichen zur allgemeinen Auflösung.

Sonja meint, du würdest aus meinen Worten nicht klug. Sie wird weiterschreiben.

Ja – ich muss es dir noch sagen: Wir sind nur noch zu dritt – Sonja, Tibor und ich, Pavel. Greg wurde erschossen, als er unsere Vorräte bewachte. Josef kehrte von einem Patrouillengang nicht zurück ...

Ich weiß nicht, ob ich dir wünschen soll, dass du wiederkommst – es ist schrecklich hier. Es ist nicht nur die Stadt, die stirbt, es ist auch, als seien die Menschen vom Wahnsinn infiziert. Mord und Meuterei – das war einst die Elitetruppe der Pioniere. Auch wir selbst sind unser nicht mehr sicher.

Vielleicht liegt es an den Erlebnissen in den Räumen, an den Projektionen, den künstlich gelenkten Gefühlen, dass wir nicht mehr wissen, was normal ist und was nicht. Es ist, als hätte sich die Logik in einer ganz seltsamen Weise ins Irrationale verschoben.

Aber ich wollte ja chronologisch berichten ...

Als du nach 24 Stunden nicht wiedergekommen warst, beschlossen wir nachzuforschen – wie es vereinbart war. Wir stellten fest, dass sich die Tür öffnen ließ. Das Appartement war leer. Keine Spur von dir; wir hatten gehofft, du würdest eine Nachricht hinterlassen, fanden aber nichts. Wir hätten versuchen können, die Wände aufzureißen, doch wie du weißt, wurde jede Anwendung von Gewalt mit einem betäubenden Gas beantwortet. Inzwischen haben wir festgestellt, woher es kam: aus winzigen Düsen in der Wand.

Es blieb uns nichts anderes übrig, als abzuwarten. Wir hielten uns in der Nähe auf. Von Zeit zu Zeit suchten wir nach dir – vergeblich. Inzwischen setzten wir unsere Nachforschungen fort und haben auch eine Menge über die Steuerung und Funktion des Systems ermittelt. Greg gelang es, den Ruf für einen Speicher herauszufinden, dem er interessante technische Details entnehmen konnte. (Wir fügen die Aufzeichnungen bei.) Wo sich die zentrale Steuereinheit befindet, haben wir nicht feststellen können.

Wie du weißt, gab es schon vor deinem Verschwinden Unruhe bei den Mannschaften. Wir standen mit dem Hauptquartier in Verbindung und erfuhren, dass immer mehr Fälle von unerlaubtem Entfernen von der Truppe vorkamen. Zuerst verschwanden einige für ein paar Stunden. Als sie später wiederkamen, berichteten sie von seltsamen Erlebnissen, Gerüchte liefen um. Als die Vorräte rationiert wurden, wurde die Lage gespannt. Es hatte sich herumgesprochen, wo die leeren Räume lagen, immer mehr Leute holten – trotz angedrohter Strafen – von dort Nahrungsmittel und Getränke, immer mehr spielten an den Projektionseinrichtungen, und schließlich kamen einige nicht mehr zurück. Sie blieben in den Räumen und konnten gegen ihren Willen nicht mehr zurückgeholt werden. Der Oberst stellte Wachen auf, die den Befehl hatten, auf jeden zu schießen, der das Lager verließ. Am Tag darauf begann die Meuterei.

Seit dem Eindringen in die Stadt waren etwa 14 Tage vergangen. Seither gab es keine Verbindung mit den übrigen Landungstruppen mehr. Auch der Funkverkehr hatte sich nicht wieder aufnehmen lassen. Der Oberst wartete auf Verstärkung und Nachschub, doch vergebens. Da die Vorräte inzwischen bedenklich abnahmen, beschloss er, einen Trupp loszuschicken, der mit den Landeeinheiten Verbindung aufnehmen sollte. Die Leute kamen nach kaum einer Stunde zurück: Um die Stadt herum lag ein Gürtel von Gammastrahlung, zu intensiv für unsere Abschirmung. Wir waren eingeschlossen. Niemand konnte aus der Stadt heraus.

Als die Nachricht zu den Mannschaften durchsickerte, kam es zum offenen Aufstand. Von da an sind wir nur mangelhaft informiert. Die uns mitgegebenen Leute hatten sich längst in alle Winde zerstreut; wir waren allein. Als wir Schüsse hörten, versuchten Pavel und Josef die Ursache festzustellen. Sie drangen bis zum Obersten vor; nur wenige Leute, vielleicht dreißig Mann, waren bei ihm geblieben. Er ließ gerade die Granatwerfer auf ein Gebäude richten, das von Meuterern besetzt war. Durch das Megafon forderte er sie auf, zurückzukommen, und als niemand seiner Aufforderung folgte, setzte er die Granaten ein. Er hatte gedroht, jedes Gebäude zu zerstören, in dem er Deserteure vermutete, und es sah so aus, als wollte er seine Drohung wahr machen. Das wissen wir von Pavel. Der Oberst hatte ihn und Josef zu den Kampfmannschaften eingeteilt, hatte ihnen verboten, sich zu entfernen. Am Abend versuchten sie, sich durchzuschlagen. Pavel kam davon, doch Josef wurde getroffen – ein Schuss von den Wachmannschaften. In den Kopf. Er war sofort tot.

Schon am nächsten Tag merkten wir, dass sich in der Stadt etwas tat. Zuerst stellten wir fest, dass es keine verschlossenen Räume mehr gab. Alle Türen waren offen, alle Räume leer. Dann funktionierte die Schienenbahn nicht mehr, und wenig später – wir hatten es uns angewöhnt, Essen und Trinken aus den Gebäuden zu holen – fiel die automatische Versorgung aus. Und dann erlosch das Licht. Wir waren auf die Sonne angewiesen, die matt durch das Kunststoffdach schien. Es gab wieder Tag und Nacht.

An diesem Tag begann der Zerfall der Stadt und zugleich ein erbarmungsloser Kampf um die Vorräte. Wir hatten genug davon, denn die Soldaten unseres Begleittrupps hatten alles zurückgelassen, wir brachten es in Sicherheit, legten einige Depots an und versuchten, uns zu verstecken. Als der Zusammenbruch der Stadt begann, mussten wir sie mehrmals verlagern, zwei Depots wurden trotzdem verschüttet, im Moment haben wir noch drei.

Bei einer solchen Verlagerung kam es zu einem Überfall, der Greg das Leben kostete. Wir hatten uns einen Raum in der ersten Etage für ein provisorisches Lager ausgesucht. Eine langsam anwachsende Schutthalde drohte den Zugang zu verschütten, und wir mussten es räumen. Dabei hatten sie uns aufgespürt. Sie haben Greg erschlagen und einen Teil der Vorräte fortgeschleppt. Dann warteten sie, bis wir anderen zurückkehrten, und beschossen uns. Es gab einen kurzen Feuerwechsel, dann flüchteten sie. Tibor bekam einen Schuss in die Schulter – nicht weiter schlimm, trotzdem bedenklich, weil wir kaum noch Medikamente und Verbandsmaterial haben. Er liegt neben mir auf dem Haufen zerrissener Schaumstoffmatten. Er lässt dich grüßen.

Die Schüsse sind inzwischen seltener geworden – es sieht so aus, als wären nicht mehr viele Menschen übrig geblieben. Trotzdem müssen wir vorsichtig sein.

Die Gebäude brechen unaufhaltsam in sich zusammen – es gibt keine Terrasse mehr, man klettert über Schutthänge, watet im Staub.

Tibor braucht Pflege, er hat Fieber. Wir haben beschlossen, uns zur Peripherie hin durchzuschlagen; vielleicht gibt es irgendwo Medikamente.

Wir installieren den Sender hier und lassen ihn laufen – für den Fall, dass du doch noch kommst. Du wirst ihn hören und kannst ihn anpeilen. Wir lassen auch einige Reserven zurück – Notrationen und Wasser; viel haben wir nicht mehr. Wenn du kommst, können wir uns über Funk miteinander in Verbindung setzen. Wir haben noch ein Sendegerät. Alles Gute!

Sonja
Pavel
Tibor

Wie war Ihre Reaktion auf diese Nachricht? Sie hatten nicht nur Ihre Kameraden verloren, sondern Sie mussten auch erkennen, dass Sie Ihre Aufgabe nicht erfüllt hatten, dass die Aktion gescheitert war. Wurde Ihnen das bewusst?

Ich weiß nicht mehr, was ich gefühlt und gedacht habe. Ich war müde und ausgebrannt. Lange saß ich in der riesigen Halle. Es war dunkel, nur durch ein Loch irgendwo hoch oben fiel Tageslicht ein.

Was haben Sie dann unternommen?

Ich suchte die Vorräte, von denen im Brief die Rede war. Halb von Staub und krümeligen Massen bedeckt, fand ich einen Seesack mit Wasserflaschen und Proviant und noch einigen Kleinigkeiten – Schmerztabletten, ein Verbandspäckchen, eine Taschenlampe ...

Fassten Sie sofort den Plan, die Stadt zu verlassen, sich durchzuschlagen?

Das erschien mir selbstverständlich ... ich habe nichts anderes erwogen.

Aber Sie hatten doch erfahren, dass die Stadt durch einen Strahlengürtel abgeriegelt war. Waren Sie darüber informiert, dass die Sperre inzwischen aufgehoben war?

Die Stadt war aufgegeben, geräumt. Es befanden sich keine Menschen mehr hier, es gab nichts zu schützen. Eine Sperre war sinnlos geworden.

Haben Sie sich mit dem Geigerzähler davon überzeugt, dass die Strahlung aufgehört hatte?

Nein.

Wie kamen Sie durch die Wand der Kuppel?

Ich fand eine gesprengte Öffnung – offenbar jene des Trupps, den der Oberst ausgeschickt hatte.

Sie hatte sich nicht wieder geschlossen?

Nein.

Bemerkten Sie Spuren von Menschen?

Die Zerstörungen waren deutlich genug.

Ich meine Spuren von lebenden Menschen.

Nein.

Haben Sie nach Menschen gesucht?

Ich bin nachts gewandert, um nicht gesehen zu werden. Ich besaß Vorräte.

Hatten Sie keine Hoffnung mehr, die Angehörigen Ihres Teams noch am Leben zu finden?

Von Zeit zu Zeit schaltete ich den Sender ein – im Äther herrschte absolute Stille. Nicht einmal ein Hintergrundrauschen. Die Abschirmung war absolut.

War das nicht ein Widerspruch zu Ihrer Annahme, man hätte die Strahlungssperre aufgehoben?

Darüber habe ich nicht nachgedacht.

Wie viel Tage vergingen, bis Sie mit uns Verbindung aufnehmen konnten?

Vor der Stadtgrenze fand ich einen unversehrten Ballonwagen. Ich belud ihn mit Treibstoff – es gab genug davon. Nur die Nahrungsmittel waren knapp und das Wasser. Die letzten Tage trank ich vom Kühlwasser. Ich brauchte zehn oder elf Tage, genau weiß ich es nicht mehr. Ich hatte nichts mehr zu essen und trank immer wieder Kühlwasser. Der Motor wurde rasch heiß, doch ich achtete genau auf die Temperatur. Zuletzt konnte ich immer nur zehn Minuten fahren, musste lange Pausen einlegen. Die Sonne brannte, es regnete nie. Ich überlegte, ob ich den letzten Wasservorrat entnehmen und zu Fuß weitergehen sollte. Ich zapfte das Wasser ab und hatte wieder etwas Vorrat. Dann kam ich auf die Idee, Kerosin in den Kühlwassertank zu schütten. Ich wusste, was ich riskierte. Aber es ging – die Kühlung funktionierte wieder besser. Wenn ich langsam fuhr, konnte ich längere Strecken überwinden. Bis der Tank plötzlich explodierte. Ich ließ mich seitlich aus dem Wagen hinausfallen. Unter der Motorhaube schlug eine Stichflamme heraus. Der Wagen fuhr weiter, eine Fackel. Er brannte aus. Ich ging zu Fuß weiter. Zwischendurch hatte ich immer wieder versucht, Funkverbindung aufzunehmen. Ich hatte nur noch wenig Hoffnung, aber für mich stand fest: Ich würde mich so lange weiterschleppen, als es möglich war. Dann auf einmal normale Funkgeräusche, Stimmen, Musik. Ich rief auf unserer Welle und erhielt Antwort. Eine Stunde später holte mich ein Hubschrauber ab.

Wir kommen noch einmal auf Ihre Erlebnisse in der Zentrale zurück. Vielleicht bilden sie den Schlüssel zum ganzen Geschehen, vielleicht haben sie auch keinerlei Bedeutung. Wie stehen Sie dazu? Meinen Sie, dass es sich um wirkliche Vorfälle gehandelt hat oder dass Sie einer Sinnestäuschung zum Opfer gefallen sind?

Ich weiß nicht, ob man diese Frage so eindeutig beantworten kann.

Sie müssen sich doch irgendein Urteil gebildet haben. Ich würde es nicht als Täuschung bezeichnen.

Was Sie und andere an den Projektionswänden erlebten, waren doch offenbar künstlich gelenkte Halluzinationen.

In meinem Fall gab es gewisse Unterschiede. Wie meine Kameraden feststellten, befand ich mich nicht mehr in dem Raum, den ich aufgesucht hatte.

Man kann Sie in ein anderes Zimmer gebracht haben. Offenbar gab es verborgene Wege – hinter der Wandverkleidung befand sich ein ganzes System von Maschinen und Transportanlagen.

Wozu hätte man mich in einen anderen Raum bringen sollen? Und meine Rückkehr? – Ich kam aus einem unterirdischen Kanal, ich stieg aus einem Bathyskop.

Das ist es eben, was zu bezweifeln ist – genauso gut könnte

es sich um Fieberfantasien gehandelt haben, die Ihnen lebensecht erschienen. Wir können es nicht nachprüfen. Die Stadt ist inzwischen nur noch eine flache Erhebung aus Staub. Das Land ist wertlos, es bleibt für immer gesperrt.

Ich habe Ihnen technische Details gegeben, Schaltpläne, Programme, Informationen über Maschinensprachen. Sicher haben Sie alles geprüft. Hat sich irgendwo Widerspruch ergeben?

Ob Täuschung oder Wirklichkeit, wesentlich für uns ist, dass Sie eine Wandlung durchgemacht haben, die uns bedenklich erscheint.

Bin ich nicht gesund? Ich fühle mich wohl.

Sie wären mit Ihrer Aufgabe nie betraut worden, wenn wir nicht den Eindruck gehabt hätten, dass Sie unser politisches System und die Philosophie, auf der es aufbaut, ohne Vorbehalte akzeptieren. Ihre Antworten erwecken den Eindruck, dass das nicht mehr so ist. Wir fragen uns, ob Sie nicht einem Einfluss unterlagen, der in Ihnen Zweifel geweckt hat. Wir fragen uns weiter, ob von solchen Zweifeln nicht eine zersetzende Kraft ausgeht.

Meine Einstellung hat sich nicht geändert … ich habe mein Leben eingesetzt, um zurückzukehren.

Sie haben ein gesellschaftliches System höchst ungewöhnlicher Art geschildert, ein System, das von einer Demokratie weit entfernt ist, und trotzdem haben wir keine Abwehrreaktion verzeichnet, weder in Ihrer Ausdrucksweise, noch über die Kontrollgeräte. Wäre es so gekommen, wie wir es geplant hatten – hätten wir die Stadt besetzt, dann wäre es Ihre Aufgabe gewesen, die Bevölkerung über die Kommunikationsmittel von unseren Absichten zu überzeugen und zur Mitarbeit zu bringen … wir fragen uns, ob Sie noch imstande gewesen wären, diese Aufgabe zu bewältigen.

Es muss Ihnen doch aufgefallen sein, dass hier die Verhältnisse ganz anders lagen als bei den bisherigen Befreiungsaktionen. Hier hatten wir es nicht mit einem System zu tun, das Freiheiten entzieht und die Entwicklung hemmt, sondern mit einem, das uns weit voraus war, dessen Prinzipien aber durchaus im Einklang mit unseren standen. Vieles war schon verwirklicht, was wir erst anstreben – Gesundheit, Sicherheit, Zutritt zu jeder Art von Wissen. Sie verfügten über alle denkbaren materiellen Güter. Sie hatten keine Furcht, nicht einmal vor dem Tod. Und in vielen Belangen, in denen bei uns notgedrungen noch Zwang ausgeübt werden muss, hatten sie eine Lösung gefunden. Sie kannten kein Geld, keinen Handel, sie zwangen niemanden zu lernen, zu arbeiten.

Sie scheinen darin etwas Wünschenswertes zu sehen!

Merken Sie nicht, dass die Zustände, wie Sie sie schildern, nur eine armselige Karikatur unserer Ideale sind?

Sind es nicht die Ziele unseres eigenen Fortschritts?

Mehrere Nächte arbeitete er; in Kauerstellung, hinter dem Tisch verborgen, ohne Licht, stets bemüht, kein Geräusch zu verursachen. Mit Papierservietten strich er die Lösung an die Wand, dann kratzte er mit einer Wundschere, die er im Behandlungsraum entwendet hatte, Schicht um Schicht beiseite. Die Masse wurde nach innen zu härter. Nur langsam kam er tiefer.

Er bemühte sich, den Kunststoff gleichmäßig abzuheben – er wollte nicht an einer Stelle durchstoßen, solange nicht über das ganze Oval hinweg Aussicht dafür bestand. Zwar hatte er noch nichts davon bemerkt, dass man das Bauwerk auf Beschädigungen untersuchte, aber wenn es der Zufall wollte und ein Posten das Loch entdeckte, wären seine Chancen dahin gewesen.

Er brauchte nicht viel zu sehen. Der schwache Schein der Außenbeleuchtung, der durchs Fenster fiel, genügte. Außerdem ließ sich nun die Umrandung des ovalen Flächenstücks, das er herauszuschneiden beabsichtigte, als gleichmäßig tiefe Kerbe ertasten.

Einmal wäre er fast überrascht worden. Er hörte Schritte, schob den Tisch an die Wand, warf sich ins Bett ... die Tür öffnete sich einen Spaltbreit. Der Schein einer Taschenlampe gaukelte durchs Zimmer. Unter der Decke durchblinzelnd erkannte er die Silhouette des Arztes. Er wagte sich nicht zu bewegen ... einige Zeit hindurch war es still, nur der Lichtschein wanderte. Dann schloss sich leise die Tür.

Dan wagte es in dieser Nacht nicht mehr, seine Arbeit fortzusetzen. Gab es eine Erschütterung in der Wand, wenn er daran kratzte, hatte jemand die leisen Geräusche gehört? Hatte er sich verdächtig gemacht? Oder beurteilte er sie falsch? (Er merkte, dass er immer wieder darüber nachgrübelte, wie er in den Augen seiner früheren Kollegen erscheinen musste. Konnte ihm deren Meinung überhaupt noch etwas bedeuten?) Hassten sie ihn? Fürchteten sie ihn? War er ihnen gleichgültig?

War es wirklich nur eine Routineüberprüfung, ein Sicherheitstest, mit voraussehbaren Ergebnissen? Oder wollten sie etwas Neues hören?

Und wenn sie einen Schimmer von Teilnahme durchblicken ließen – galt sie ihm oder war es die geheime Furcht, dass sich ihre Sicht verzerren, ihre festgefügte Meinung brüchig werden könnte?

Wie so oft grübelte er über seine Situation nach. Gewiss hatte er sich verdächtig gemacht – durch seine Antworten, durch seine Geschichte. Sie verstanden ihn nicht, und das durfte man ihnen nicht übel nehmen; es waren nüchterne Politiker und Militärs, Wissenschaftler, kühle Rechner, Leute ohne Fantasie, starr im Denken, auf ihre Linie eingeschworen. Es war klar, dass er ihnen suspekt vorkam – sie konnten nicht verstehen, dass man lernen kann, neue Standpunkte beziehen, andere Perspektiven gewinnen. Er war ihnen unheimlich, ein Wesen, aus einer fremden Welt zurückgekehrt, mit dem Makel behaftet, das diese Welt in sich trägt. Sie verstanden ihn nicht, sie trauten ihm nicht, und er konnte froh sein, wenn sie noch nicht geargwöhnt hatten, er könnte fliehen.

In ihren Verhören hatten sie seine Geschichte von Anfang bis Schluss durchgekaut, unbewegt und unpersönlich wie stets, aber zuletzt doch manchmal merklich aggressiv, immer mehr aufs Weltanschauliche zielend. Allmählich lief es darauf hinaus, dass man seine Linientreue prüfte, und er wusste, dass er schon jetzt verloren hatte. Vielleicht brauchten sie eine Rechtfertigung für das, was sie vorhatten.

In der nächsten Nacht drang die Spitze der Schere durch.

Er kratzte noch einige Male die Rille entlang, vertiefte sie so weit, dass er Loch um Loch nebeneinander setzen konnte. Als er so weit war, dass es nur noch einiger trennender Schnitte bedurfte, um die Platte völlig herauszuheben, hielt er inne und wartete. Er wollte sich noch ein wenig ausruhen. Zuerst fürchtete er einzunicken, doch dann merkte er, dass sein Herz schlug, dass er viel zu aufgeregt war, um zu schlafen. Er überlegte, ob er eine Beruhigungstablette nehmen sollte, doch er verzichtete darauf – die Erregung machte ihn hellhörig und wach, und das kam ihm zugute. Immer wieder sah er auf die Leuchtziffern seiner Uhr. Um vier Uhr früh zog ein neuer Posten auf, ein Mann, der die Gewohnheit hatte, die Station langsam zu umrunden.

Er wartete noch zwanzig Minuten, dann zog er sich an, schob den Tisch beiseite, löste die letzte Verbindung zwischen der ovalen Platte und der übrigen Wand. Wieder wartete er – wenn der Posten an der andern Seite verschwand, war es Zeit für ihn.

Jetzt, da er seiner Freiheit so nahe war, fühlte er sich wieder so gut wie schon lange nicht mehr – gesund, kräftig, unternehmungslustig. Skrupel, aus der Quarantänestation auszubrechen? Niemand glaubte noch an gefährliche Krankheitskeime. Das, was ihn für andere gefährlich machte, war sein Wissen.

Der Posten war nicht mehr zu sehen, nur noch sein Schatten auf dem Betonboden, dann nichts mehr.

Dan durchstieß die Stege. Er zog die Platte zu sich herein, lehnte sie geräuschlos gegen die Stuhllehne, er legte sich auf den Bauch, kroch hindurch. Von außen griff er noch einmal hinein, zog den Tisch vor ... vielleicht bemerkten sie die Öffnung nicht, suchten ihn zunächst innerhalb der Station ...

Mit seinen leichten Schuhen bewegte er sich lautlos. Er brauchte keine zehn Sekunden, um bis zum Tor zu laufen. Es war nicht verschlossen.

Er sah sich um. Der Posten befand sich noch auf der gegenüberliegenden Seite, im Hintergrund der Halle.

Dan öffnete das Tor einen Spalt, schlüpfte hindurch, zog es hinter sich zu ... vor ihm lag eine weite ebene Fläche, die Schatten von großen, quaderförmigen Bauwerken zeichneten sich gegen den Himmel ab. Im Osten graute der Morgen.

Das Gebäude der militärwissenschaftlichen Akademie; er kannte jeden Stein, jeden Winkel. Er wusste, wie man hier herauskam, ohne gesehen zu werden.

Er atmete die frische, kühle Luft einige Male tief ein und lief dann geduckt den Schatten einer Mauer entlang.

CS ... bei einer ferngesteuerten Bohrung in der Zone Null wurden in einer Tiefe von 4600 Metern erdölhaltige Sande angefahren. Es besteht gute Aussicht, dass sich das Terrain als fündig erweist. Auch die Kultivierungsarbeiten gehen planmäßig voran. Ein Trupp von Biologen, der für kurze Zeit mit Schutzanzügen abgesetzt wurde, stellte die Ausbreitung von Flechten fest – erste Anzeichen einer Besiedlung durch Pflanzen und damit einer Urbarmachung des Bodens. Daran zeigen sich die ersten positiven Auswirkungen der Klimatisierungsmaßnahmen, insbesondere der Erhöhung der Feuchtigkeit. Nach wie vor ist der Aufenthalt in der Zone Null für Menschen gefährlich und deshalb verboten.

Geschwächt durch die Folgen radioaktiver Verbrennungen ist heute der letzte Überlebende des Expertenteams unter Oberst Kunsky in der Isolierstation der Akademie der Infektion durch einen unbekannten Virus erlegen, die er sich während der Forschungsarbeiten in der Zone Null zugezogen hatte. Die Verbreitung des Virus wurde verhindert, Grund zur Besorgnis unter der Bevölkerung besteht nicht.